十三封自杀告别信
Für jede lösung ein Problem

[德]科斯汀·吉尔 著
冯雅静 译

新 星 出 版 社　NEW STAR PRESS

献给丽娜特和碧姬,以及我们宏远的规划。

一个问题的解决,就是另一个问题的产生。

——约翰·沃尔夫冈·歌德

致《图片报》

尊敬的编辑女士们、先生们：

刚刚想起来，贵报有可能会对我自杀一事进行报道，因此，我认为很有必要忽略我真正的自杀动机而重新杜撰几个：她每个月都为我们撰写关于爱的小说，但恰恰是她，再也不能够体验爱了……为什么德国有越来越多相貌出众的单身男女选择结束自己的生命？

这其中竟也稍稍存在一点所谓真相的影子。另外，在夏日假期的销售淡季里，该事件还可以为贵刊充实一下内容。好了，你们可以安心地去写你们想要的，只要不去引用我母亲的话就行。我的母亲虽然不是金发，却有着和金发女人一样简单的头脑。其实，头发的颜色并不能说明什么！褐色头发和金色头发一样，都能够享受生活。

偏偏只有我不能。

谨致以深深的祝福！

歌莉·T.

豪华套房神秘之死

……

又及：如果你们想把我的裸体照片放到头条，我建议你们用照片拼接的办法。可以把我的头——照片已随此信附上——

和吉赛尔·邦臣的身体拼在一起。你们可以从一个叫作乌尔里希·M.的人那里买到她的裸照,不过那些照片都是经过处理的,而且总是拙劣地试图将人物作为画面的中心。

一

"请从橱柜里把那个小'奇妙碗'递给我，露——提——丽。"母亲说。她觉得把午餐剩下的一个土豆、一片薄薄的烤肉和一勺红卷心菜扔掉太可惜了。"刚好够一个人吃。"她说。

我的名字当然不叫露提丽。

我还有三个姐姐，我的母亲一开始就没能将我们的名字弄清楚。我们的名字分别是提娜、丽卡、露露和歌莉，但母亲将我们叫作露提丽、歌露提、丽露歌，等等。这种排序在数学上有无限的可能性，在音节上也是。我是歌莉，最小的那个，也是唯一一个尚且单身，并且被人们认为用一点点土豆、一片薄薄的烤肉和一小勺红卷心菜就可填饱肚子的人。好像作为单身，理所当然就不应该有太旺盛的食欲一样。

"这个不是'奇妙碗'，这是'福来克司—孪生碗'。"母亲说。我把那只碗放进橱柜，又递给她另外一只。

为了不引起别人额外关注，我每周日都到父母那儿与他们共进午餐。我盘算着，这应该是我们最后一次聚餐。

"这个是'清凉气候一点六'！"母亲怒视着我说道，"它太大了。你真是越来越笨了！"

我又拿了一只。

母亲叹道："这个是'克拉利萨'，不过也能凑合，给我吧。"

常常将我们的名字张冠李戴的母亲却能准确无误地记住那些复杂的"土波"系列碗盆的名称,这真是奇怪啊!由此看来,我还不如叫克拉利萨。的确如此,别说是其他人的名字,就连那些日常用品的都比我的动听。

姐姐们的名字像我的一样无趣,这是因为我们的父母本来希望我们都是男孩子:提娜应该是马丁,丽卡应该是艾力克,露露应该是路德维希,而我,则应该是盖德。在我们出生后,父母为了方便,只是将那些男孩子的名字后面都加了一个"A",这样就成了女孩子的名字。

提娜还算是对自己的名字抱怨得最少的,她只是怪这个名字太常见了。碰巧她嫁给了一个叫弗兰克·迈艾尔的人,一个同样对自己过于平庸的名字不满意的人,因此他们的孩子都有着独一无二的名字——要我说,这些名字根本就没人会叫:西所拉、阿尔色尼乌斯和哈巴库克。

西所拉十二岁,不太喜欢说话,提娜认为这是她戴了牙套的缘故,而我将之归咎于小她四岁的一对双胞胎兄弟。这对双胞胎兄弟毫无间断地制造各种噪声和垃圾。

就像刚才吃饭时那样。

我本来还担心我某些不对劲的地方会引起别人的关注,但是所有人的注意力都一直集中在那对双胞胎兄弟身上,就算我把自己的头摘下来捧在手里,也不会有人注意到的。

哈巴库克将红菜放在土豆泥下面捣来捣去,然后紧闭牙齿,试图从牙缝里将这些泥状食物吸进去。阿尔色尼乌斯则用餐具敲着盘子的边缘并有节奏地喊道:"哈巴库克,快吐,快吐,快吐!"过了一会儿,哈巴库克故作呕吐状,将食物又吐到盘子里。

"哈比,"母亲轻声责怪道,"帕特里克该怎么看我们呢?"

"他怎么看跟我有什么关系？"哈巴库克一边说一边从牙缝里剔出一片红菜叶。

帕特里克是我姐姐露露的男朋友。当露露第一次把他带回家时，我简直如坠云端：这个帕特里克像极了我认识的一个人。

其实，恐怕还说不上是认识。他看上去酷似我通过一个交友网站 dating-cafe.de 认识的、只约会过一次的那个人，名叫"棒槌硬当当31"。那次会面并没有给我留下什么美好的印象，所以再次相见时，我着实以颇为吃惊的眼神审视了他一会儿。当露露向他介绍我，甚至当我说"认识你真是不可思议"并和他握手时，帕特里克都丝毫没有透露出与我相识的意思。尽管我对辨别人的脸孔很有一套，到头来还是不得不得出结论，是自己弄错了。对帕特里克而言，"棒槌硬当当31"只不过是一个误会而已。他那撮小小的、尖尖的山羊胡子看起来还挺漂亮；而且，和"棒槌硬当当31"相比，他的表现还算正常。只是在谈及他的工作时，他显得颇为神秘。

"您在哪里高就？"父亲问道。他漫不经心地回答说："IT。"

这已经是他第三次来父母家做客了，父母也不好意思再追问他"IT"究竟是一种什么工作。我清楚地看到母亲是如何把露露叫过去的。

"亲爱的，再问一下，帕特里克到底是做什么工作的？"

露露回答说："IT，妈妈，他上次不就已经说过了吗？"

我的母亲现在又变得像她以往那样聪明了。但是我能百分之百地肯定，她一定会告诉她的那些朋友，我姐姐的新男友如何如何"友善"，作为"IT"人员如何如何赚大钱，以及希望这次他们能有所结果之类的。

不好判断帕特里克对我们的态度。他的脸上始终是一副中性的表情。

提娜说:"帕特里克会明白,男孩子们有时候很野。他自己也曾经是个小淘气鬼。"

"在他从事 IT 行业之前吧。"我说。

"他是个有教养的小坏蛋。"姐姐露露说,并轻抚着他的手臂。

"当然,"帕特里克说,"我父亲一直很注重就餐的举止。"

"你的意思是说我们的孩子没有教养?"提娜恼怒地问道,并给了她丈夫弗兰克一个眼色。

阿尔色尼乌斯说:"再给我一些苹果汁。"

"再给我一些苹果汁,好吗?"母亲补充道。

"请,请再给我一些苹果汁,好吗?"我再次补充说。

"马上给我拿苹果汁!"阿尔色尼乌斯嚷道。他想用果汁压下嘴里令人作呕的气味。

西所拉轻声说:"也请倒给我一些。"

露露说:"真是一点教养都没有!"

提娜说:"等你有了孩子,再来下结论吧。"

"我是教育学博士,"露露说,"我已经和孩子们打了六年交道。我想,关于教养方面的话题我当然有资格发表自己的见解。"

"姑娘们,"母亲把苹果汁倒给阿尔色尼乌斯和哈巴库克并将瓶子放到一边,"每个星期天都是同一种话题,人家帕特里克该怎么想?"

帕特里克脸上依然还是那种中性的表情。他咀嚼着一块烤肉,目光定格在一只和实物一样大小的瓷豹上,瓷豹被置于栽在金色和白色嵌边花盆里的棕榈树之间,棕榈树被放在一张低脚的大理石台上。那条同样以金色和白色嵌边的窗纱被两侧的胖天使像撩起。要是把这面窗纱作为一个相框,那么所有这些摆设就都在这幅照片里了。如果非要问帕特里克此刻在想什么，那一定是：这实在是我见过的最没有品位的餐厅布置了。

要是这样，那他的看法完全正确。

房间里到处可见母亲对胖天使像以及金色和白色的热爱。还有豹子。母亲对这种凶猛的猫科动物青眼有加。她最喜欢的一个座式台灯底座的形状就与豹子有几分相似。

"它看起来不是和真的一样吗？"她问。她是对的。如果豹子的头不是跟镶了金边和白边的灯罩凑在一起，一定没人会说像真的，何况它还配上了真的兽皮和胡须。

我们一家人每周日都聚在这个猛兽笼子里共进午餐。我二姐丽卡来不了了，她和丈夫及女儿在委内瑞拉定居。就连我母亲这种对最起码的地理常识一无所知的人都知道，从委内瑞拉来科隆的戴尔布吕克的父母家吃午饭是不可能的。

"是南美洲的委内瑞拉，"她有时会这样告诉人家，"不是在意大利的那个。"

像上面提到的，她的确是个十足的地理盲。不过，她做的烤肉倒是不赖。我吃了三块，哈巴库克吃了四块。他不再鼓捣盘子里的红菜和土豆泥了。提娜最后总是把弗兰克的空盘子和孩子们的对换，弗兰克眼都不眨一下就将剩下的食物一扫而光，甚至包括已经被咀嚼过的。去年有一次，阿尔色尼乌斯突然恐怖地大哭起来，原来弗兰克把他掉了的、放在盘子边上的一颗乳牙一起吃进肚子里了。直到现在，一想起这件事，我还会感到不舒服。

关于孩子教育方面的争论逐渐平息下来。

"还真是的，"只有提娜还在那里唠叨，"自己没有孩子，却偏偏揪着别人的孩子不放！"

我给自己和西所拉又倒了点苹果汁。

"谢谢。"西所拉轻声说。

"外婆,歌莉把我们的苹果汁都喝光了。"哈巴库克嚷道。

"外公会去地下室再取些新的。"母亲一边说,一边用恶狠狠的目光瞪了我几眼。父亲站起身来去了地下室。

当他取了苹果汁回来时,顺手递给我一个信封。"歌莉,你的信。"他说,并轻轻摸了一下我的脸颊,"你今天看起来有些苍白。"

"因为她从来不出去呼吸新鲜空气。"母亲马上接话说。

"从什么时候起,你们开始接收我的信?"我问。信封其实早被拆过了。我看了下寄件人。"K.考勒-考思洛夫斯基。不认识。"

"你当然认识那个克劳斯了!"母亲生气地说,"克劳斯·考勒,他邀请你参加同学聚会。"

"他真是双姓吗?"

"很多现代男性都用双姓,这很流行。"母亲说。

"不会吧,要是妻子的姓是考次略飞尔①呢?"我说。

阿尔色尼乌斯和哈巴库克笑得将嘴里的苹果汁喷了一桌布。

"你那时要是和他一起去参加毕业舞会的话,那克劳斯现在就姓考勒-塔勒了。"母亲若有所思地说。这是她一个心爱的幻想。

"不会的,我敢打赌,他只不过想要三个'K'作为首字母。"提娜说。

"克劳斯的信写得非常漂亮,"母亲说,"这我都跟你们讲过很多次了。你那时候真傻,真是自作自受。你看人家哈娜不用工作,她可以安心在家照顾孩子。阿娜玛丽跟儿媳妇和孩子们在一

---

① 考次略飞尔,意为令人作呕的勺子。

起感到很幸福。"

哈娜·考思洛夫斯基被称作考次略飞尔,也曾经是我们那个圈子里的。出于某种动机,在我面前总是遮遮掩掩的她,不仅与克劳斯跳了舞,而且还和他的关系更进了一步。

露露问:"怎么样,你去不去参加同学聚会?"

我耸耸肩说:"再说吧。"说实话,我是无论如何都不会出现在那里的,对我而言,那里就像有个杀人狂。其实,我几周之前就知道同学聚会这回事了,一个叫查莉的朋友给我转发了布里特·艾姆克写给她的邮件:

  亲爱的昔日战友们,也许正如你们所知,自我们高中毕业迄今已有十载。作为当时班级代表的我和克劳斯经过考虑,认为如果我们在这第十一个年头重新聚首,追忆往昔,畅谈人生经历,该是一件多么令人愉快的事啊……

和布里特·艾姆克共同追忆往昔?你还记得吗,布里特,当初你是如何在历史课上抱怨的?"米勒先生,如果您给歌莉一个三分,那对卡特琳而言就不公平了。歌莉在这半年几乎没怎么发过言,她也不做作业,总是照抄夏洛特的化学作业,或者玩她的沉船游戏。"

关于她的人生经历,皮兹·布里特也简单描述过,当然是为某位感兴趣的人提供的:"在我完成社会教育学学业之后,在我和我的先生费迪南德·弗来海尔·冯·法尔肯海恩迁居荷兰的农庄之前,我曾为残疾儿童工作过一年。我们的女儿露易丝已经快上幼儿园了,去年我们的儿子弗里德里希也出生了。我们生活得非常幸福。向大家问好,布里特·冯·法尔肯海恩。"

布里特的人生经历听起来宛若童话，它告诉我们这样一个无奈的事实，那就是即便我们依然留恋过去的生活，它也已经渐渐远去了。假如按照我和查莉的意愿，那么布里特现在的生活应该是这样：她在施来克杂货店做收银员，嫁了个失业的酒鬼丈夫，与一条小便失禁的狗住在一个发霉的地下室福利房里。

而我，则嫁给费迪南德·弗来海尔·冯·法尔肯海恩，像他一直希望的那样。

"换成我是不会去的，"露露说，"她们都有好先生、好孩子、好工作，靓车豪宅，还有度假远游以及博士学位作为炫耀的资本。在那里你会感到很不好受的，而你连个男朋友都没有！"

"谢谢你的提示。"我说。

"你高中毕业后胖了一些。"提娜说。

"两公斤。"我说。我想最多也就五公斤。

"她看起来面色苍白。"父亲又说道。我惊讶地瞥了他一眼。这里居然真的有人会发现我有不对劲的地方吗？

"这个没人会看出来，"母亲说，"所有的人都还是单身，最主要的是这些男人也刚好到了结婚年龄。提露——歌莉你可以说自己是编辑或者书商什么的。"

"我为什么要那么做？"我问，"我认为我的工作并没有让我蒙羞。如果我那样做了，反而会让许多人不齿。"

"她在哪里工作？"帕特里克问露露。

"我是作——"

露露打断我的话说："她是写低俗小说的，比如什么蹩脚感伤、哭哭啼啼的爱情故事之类的，都是些廉价小册子。"

帕特里克说："我奶奶就曾经很喜欢读这类东西。不过，靠写这个可以生活吗？"

"当然，"我说，"一般情况下——"

"弊大于利。"父亲插话说。

"我有自己的生活来源，"我说，反正也只剩下三天了，"而且——"

"但是没有养老保险，又没有个丈夫给你填这个缺口。"父亲又打断我。我只不过想告诉那个愚蠢的帕特里克，也有很多年轻女性喜欢我的小说。"而你今年都已经三十岁了！"

为什么人们总是跟这个数字过不去呢？

"三十岁还不老，"露露说，"我和帕特里克第一次见面时也都三十二岁了。"这是两个月前的事。我至今都没问过她，他们到底是怎么认识的。但我敢肯定绝对不是通过 dating-cafe.de，因为当我跟露露提起这个交友网站时，她不屑一顾地说：

"那里都是些乱七八糟的虚拟的人，在现实生活中根本不存在。"

那么，"棒槌硬当当31"该是位很实际的人物了。

父亲对露露说："你在教育系统工作，有最丰厚的养老金。你有等的资本，可以过一阵子再结婚。"

"还有，你是金发，"母亲说，"就凭提露丽那头发，而且还整天蹲在房间里写呀写呀的，她能认识谁呢？"

"妈妈，我……"

"她无论如何都该参加同学聚会，这是个好机会，去看看那些男人现在都过得怎么样，"母亲忧心忡忡地说，"否则的话，她就只能去报纸上征友。"

提娜说："其实她早就开始这么做了。"她和弗兰克是在超市认识的。

"什么？！"母亲像受了惊吓，"已经到这种地步了！我的女儿登出了征友启事！哎呀，在阿丽克萨的银婚纪念日你怎么谈论这件事啊？我真恨不得找个地缝钻进去！"

"不用担心。"我说。我不去参加同学聚会，同样也不会出现在姨妈阿丽克萨银婚纪念日的宴会上。

幸好此刻西所拉打翻了她的苹果汁，我们的谈话也就此打住。哈巴库克的裤脚被果汁弄湿了，他发出一声类似被谋杀的尖叫，直到母亲端上餐后甜点，他才停住了哭闹。

午餐过后，所有人都道别离去，只有我必须继续待在这里，等着带走剩下的饭菜。

母亲把那个叫作克拉利萨的碗递给我。"还有，哪天顺便帮我把这个放在药店。"她一边说一边把一个鞋盒子放在上面。

"鞋？放在药店？"

"胡说，"母亲说，"这是些过期的药。你父亲不让我丢在垃圾桶里，他说药店回收这种药，好送给第三世界的穷人们。你果真登了个征婚启事？"

"没有，我只不过回复了一个而已。"我小心翼翼地打开鞋盒的盖子，"第三世界肯定不会要这些滴鼻液，有效期至二〇〇四年七月。"

"还有别的东西呢，"母亲说，"相马不能只看它的嘴。药店会乐意接收的。"她叹了一口气又说，"真没想到我的女儿会去回复一个征友启事。你一直是最让我操心的孩子。"

我又拿出另一盒。"啊，还有安眠药。"这次我确实有些惊讶。这应该不是一个偶然。我的脉搏开始加快。

"安眠药是去年圣诞节期间让大夫开的，"母亲说，"本来是给你父亲的,可是当他终于可以入睡时,我又开始失眠了,也时不时地在服用。"她回想着。

"包装还没打开过呢。"我说。我的双手有些颤抖,但母亲没有注意到。

"当然了,"她郑重地说,"你知不知道这种药物的副作用有多大?人们会很快对它产生依赖。我永远不会服用它们,你父亲也不会。"

"那你们为什么找大夫开了药方?"我问。

"你说什么?"母亲反问道,"我刚才不是告诉你了吗?我们根本不能入睡,已经好几年了!工作、孩子、养老金……我们的家庭现状糟透了。睡眠非常重要,绝对不能轻视。"

"可你刚才不是说,你无论如何都不会服用这种药吗?"我说。天哪!盒子里有几十种药品,包装全部完好。

"我们不能总是依赖药物,"母亲说,"如果必需的话,就用那种又古老又好用的缬草吧,我发誓还能搞到。"

"可是……"我说。

"你为什么每句话都离不开'可是'?"母亲问,"你从小就是这样,也不只是为了发表异议。这也是你找不到男人的原因。你能不能做点实事,把药品放回药店?"

我实在不想再和她争论下去了。"行啊,"我说,"可是我觉得第三世界的国家不会对安眠药感兴趣的。"

"又一个'可是'!"母亲叹道。送我走出房门时,她在我脸上亲了一下。"我真的希望你能够以积极一点的方式思考问题。"她用手抚弄着我的头发说,"在姨妈阿丽克萨的银婚纪念日到来之前,你去做一下头发,好吗?看上去会很漂亮。再见吧,提丽露,宝贝儿。"

"再见,歌莉。"父亲的声音从卧室传出来。

"那我可不敢保证。"我嘟囔着。母亲在我身后已经关上了房门。

我把鞋盒带回家。这里没有人阻止我把它扔进垃圾箱,我甚至不会感到有何不妥。那些滴鼻液和安眠药会在垃圾场制造放射性污染吗?

是的,我根本就没打算处理这些药品。它们是最近几天一直困扰着我的所有问题的答案。这一定是命运的安排,让我得到了鞋盒子里的东西,在我最需要它们的时候。

这让我想起以前的一件事,二者之间有惊人的相似之处。我那时想买一个笔记本电脑。碰巧有一天在跳蚤市场看见一本托马斯·曼亲手签名的《布登勃洛克家族》,才卖五十欧分。卖主说:"这种字体没人能读懂,所以无人问津。"

我对托马斯·曼其实并没有多少兴趣,而且这种套叠长句再冠以聚特林书写体也不适合我的口味。只要不是必需,我是不会去读的。就这样我把它放在易趣上拍卖,最后被一位汉堡的古董商以两千五百欧元的价格买走。于是买笔记本也就不成问题了。

通常我是不会如此幸运的,事实上以前从来没有过。

我一盒一盒地仔细检查,最后发现竟然有十三盒原封未动的安眠药!我把它们堆在餐桌上,一遍一遍地将它们摆放成不同的队列。我的目光简直无法从它们身上移开。它们都有着漂亮的名字,比如诺克它米德、瑞美司坦、罗辉波诺儿和雷多米。有几盒竟然还没过期。

药片太多,难免会出现这样的问题:在先吞下的药片发生作用之前，怎样将所有剩下的吞掉。我是这样打算的：快速进餐对我从来不是问题，或者可以这样说，"快速进餐"是我的一项特异技能。

我目不转睛地注视着那些药片，感觉到一丝凉意将我穿透。

在此之前的几天里，我将各种可能采用的告别方式都在大脑中过了一遍，发现大多不适合我，因为它们的实施需要一定的逻辑性和技术性，而这正是我缺乏的。至于割腕就更不在考虑之列，因为我怕血，而且割腕对初学者来说根本就不是件容易的事。

而安眠药我还是可以对付的。那就像一场小孩子的游戏。

亲爱的妈妈：

非常感谢你精心分类和收藏的安眠药，这真为我省去了不少麻烦，也避免了许多不必要的准备工作。

不错，如你所言，我们不能总是依赖药物。但是将它们白白浪费掉，又是多么可惜！这些药刚好够一个人吃。

好了，不开玩笑了。请原谅我利用了你的药片以及遗留给你的麻烦，但是在你开始生气之前，请试着以另外一种方式思考：我的所作所为将为你省去未来岁月里无穷无尽的烦恼。

迄今为止，我带给你的只有灰心和失望，对此我致以诚挚的歉意。在我甫降人世之际，你已经意识到我是歌莉，而不是歌达；而且，我有着褐色的头发，而不是你希望的金黄色。在姨妈阿丽克萨的婚礼上，只有金发女孩，例如我的姐姐和表姐妹们，被允许发放鲜花，而我不行，请相信这带给我的伤害绝对不亚于你的。整个婚礼仪式中我都独自坐在一旁。好吧，或许我不应该把外公的鞋带和狗的项圈绑在一起，可我怎么可能想得到这条德国小猎犬会有如此神力，以至于将桌布上外公的蛋糕和外婆昂贵的瓷器打坏呢？

对拒绝与克劳斯·考勒一起参加毕业舞会一事，我也请求你的谅解——虽然他是你好朋友阿娜玛丽的儿子，而且你也向我保证，痤疮、汗臭和他令人生厌的装腔作势都是青春期的症状，会随着岁月的流逝而自行消失。直到现在，你没有一天不在我面前诉说他相貌有多俊美、事业有多成功以及他与那个取代我的位置和他一起参加毕业舞会的哈娜·考思洛夫斯基如何相亲相爱。

相信我，的确有过一些日子，对他的拒绝也曾令我心生悔意。可是十五岁的我如何会知晓，等我到了三十岁时也许会为得到像克劳斯这样的人而欣喜。若是这样，我肯定那时就已经开始收集安眠药了。

你的歌莉

又及：即使我没有成为教师，你也没有理由对朋友和亲戚刻意隐瞒我的职业，更何况我有自己的收入。我刚刚给大家寄出了十四封信，是我的作品《嫌疑之下的夜班护士克劳蒂亚》。因为它的缘故，在相当长的一段时间，当别人问起我的工作，你常常告诉他们"我们的小女儿有一间小小的写作室"。

再及：维罗纳和威尼斯属于意大利，委内瑞拉则是南美洲北部的一个国家。但我知道你可能不信，为便于查证，我上学时用的地图就送给你好了。

二

我的星座是处女座,我们处女座务实、有序而且富有责任心。如果我们遇到问题,会先让自己冷静下来,然后有条不紊地解决。这种行为规范使我们比敏感的双鱼座、拘谨的巨蟹座和优柔的天秤座更能把握自己的生活。我可以举几个例子。

当处女座把"自杀"作为解决一个问题的最好方式时,他们的生活一定早已一团糟了。我想说明的是,我们并非轻易言败的一类。

我自身存在的问题,表现在三个层面上:

1. 感情生活;
2. 职场生活;
3. 其他生活。

我的感情生活可谓微不足道,确切来说是一片空白。四年半前我结束了最后一段感情,虽然这段经历如同一场灾难,但我最终还是习惯了两个人的磕磕碰碰。我从来没打算一个人生活,哪怕只是几个月。因此,一年之后我就有计划地开始寻找生活伴侣,但始终一无所获。我在"调情热线"注册,回复了一条征友信息,还被一位闺蜜介绍给她的同学。通过这些方式我认识了不少男人,像"棒槌硬当当31""疯狂朋友007"和"麦克斯,二十九岁,1.89米,不抽烟,怕羞,但喜欢找乐子"。

我总共和二十四个男人有过交往。如果人们认为我在"调情热线"上认识了数以百计的男人,而且至少和几十个曾经有过电话联系的话,那可真笑死我了。那些四十岁以下的未婚男性白领,对二十五岁以上的非金发而且罩杯为A的女性感兴趣的真的不超过二十四个,而且他们甚至不能正确地用德语表达。

当我们意识到不应该只用挑剔的眼光评判在现实生活中遇到的人的时候,我们就可以给自己物色对象了。

就拿我姐姐的新男朋友"棒槌硬当当31"来说吧,他迫不及待地想告诉我他为何以"棒槌硬当当31"作为自己的网名。那是一个天气大好的日子,而就在那一刻,就在我们相遇的咖啡屋,就在我正思忖他对凯瑟琳·赫本的老电影、对孩子、对宠物的态度时,他试图抓住我的手放到他的大腿上。

"三十一并不是我的年龄,"他低声说道,"你明白吗?我指的是什么?"

"或许是你的门牌号?"我故意笨笨地说,并尽可能把我的手放在离他比较远的地方,而最好的地方就是双手举过头顶。一个女招待还以为我在向她招手,喊道:"我马上过来。"

"你知道《非洲女王》这部电影吗?"我问。

"我的棒槌,"帕特里克说,"我的棒槌正好是三十一厘米。你不妨好好感受一下。"

"啊,不用了,"我生气地说,"这一定是个误会。我还以为那是工具呢,至于它有多长多硬,我丝毫不感兴趣。"

"棒槌硬当当31"发出咝咝的呼吸声,"其实第一眼看到你的时候,我就想到了。你这个性冷淡的蠢货!别的女人从来没有这样抱怨过。你根本不知道你错过了什么。"接着,他站起来走出咖啡屋,连他点的那杯卡布奇诺的钱都没付。

"您还需要什么？"女招待问道。我这才发现原来我的双手依然无助地高高举在空中。

"请把账单拿过来。"我叹了一口气。

有了这次经历，我开始变得小心谨慎起来。我专门挑选有后门的咖啡屋，好在账单过来之前及时溜掉。我们处女座本来就生性节俭，不乱花钱。至于与"疯狂朋友007"的会面，我就只有落荒而逃的份儿了，因为我发现他似乎患有强迫症：他公然将糖浆倒在台布上，再用指尖蘸起来舔。在我观察了他十五分钟之后，我知道了这位"疯狂朋友007"肯定早就意识到了自己"疯狂"的一面，所以给自己如此命名。

遗憾的是和"麦克斯，二十九岁，1.89米，不抽烟，怕羞，但喜欢找乐子"也是一场彻底的挫败。他真名叫迪特马，三十九岁而非二十九岁，身高和我不相上下，也就是说，他长得非常矮。还有，他其实根本就不怕羞。我们第一次见面，他就向我解释说，他之所以弄了个麦克斯的名字，把年纪减去十岁，又把身高加上二十厘米，是因为如果不这样，以他的经验来看，是没有人会答复他的启事的。他当然是对的，我不就是一个活生生的例子！对这种乐子我自是无法消受，只有从早已窥测好的后门逃之夭夭。

然后又平静地度过了一年。

相比而言，奥立还算不错的一个。他是我的朋友卡洛琳娜和贝尔特介绍的。当他们告诉我他刚和相处数年的女友分手时，我应该更聪明一些的。奥立是那种看上去不讨厌的人：他有很迷人的微笑，浅色的头发有一绺总是不听话地落在额头上，没有明显的官能综合征的痕迹。除此之外，他和我有相同的爱好：凯瑟琳·赫本的老电影、意大利膳食和汤姆·威茨。奥立是牙医，第一家真正属于他的诊所不久将于市区开业。我们约会过几次，我对他的好感也与日俱增。然而，就在我刚刚开始接受他的时候，他的前女友出现了，他们在八周后结婚。我为奥立祝福，表现得很大度，但实际上我心里一点都不快乐。

我毫无准备地进入三十岁的行列，越来越做不到取悦和迁就他人。

我从未有过在三十岁依然单身的想法。我的计划实际上与之截然相反：最迟二十八岁与我的白马王子成婚，二十九岁时第一个孩子出世，并且至少要种一棵苹果树。

在此期间，几乎我所有的姐姐、表兄表弟、表姐表妹和朋友都已成家，甚至包括克劳斯·考勒和布里特·艾姆克。当我从咖啡屋的后门逃走时，他们正忙着生孩子、盖房子和种植苹果树。提娜和弗兰克、丽卡和克劳迪乌思、卡洛琳娜和贝尔特、玛尔塔和马里乌斯、查莉和乌尔里希、弗尔克和黑拉、奥立和米亚、露露和帕特里克——看上去，都是幸福的一对。

游离在众多情侣之外的一个单身女子所谓的"其他生活"看起来冷冷清清。自从朋友们的孩子降生以来，这种感觉尤其强烈。他们偶尔挤出点时间，却在电影院里睡着了；他们身上的味道像变质牛奶；他们谈论的话题全是如何弄到一个幼儿园的名额或者怎么用纸袋做手工这些问题。

即使如此，我也从来没有拒绝过成为这无聊生活中的一员。当然，前提是和自己中意的男人。

"你过于一意孤行，"乌尔里希经常这样说我，"问题出在你自己身上：你寻找的男人根本就不存在。"

乌尔里希是我的前男友，因为他的缘故，我在众目睽睽之下把属于塔勒奶奶的小牛奶壶和其他几样东西摔在浴室的门上。这只小壶是阿丽克萨姨妈婚礼上唯一幸存的那套昂贵瓷器中的一只。此事的后果虽然不是相当严重，但如果我不是在盛怒之下，是绝对不会把它扔出去的。乌尔里希总能以他独有的方式，以他无所事事的态度将我激怒。

在我们相处的三年中，乌尔里希一直随随便便躺在什么地方，比如地毯上、沙发上、浴缸里或是床上。还有，属于他的物品和他用的东西也被扔得到处都是。领带、袜子、内裤、碟子、刀叉、比萨饼盒子、啤酒瓶、哑铃、纸、书和垃圾。我的住所不大，所以在走动中常常被乌尔里希的物品绊倒。但是乌尔里希认为，因为他付一半房租，他应该被允许"做一个真正的自己"，其中包括用一种治疗土加海盐的洗浴用品洗澡，而留在浴缸里的褐色污渍却再也无法除掉。他把酸奶喝光，但从不去买；他从冰箱里拿出牛奶，但从不放回去；他吃完糖就随便把包装纸扔在地板上。

虽然乌尔里希非常讲究身体卫生，而且总是把自己弄得很干净，保养得很细致，但是房间里开始发出一种难闻的气味，是一种混合了他的袜子、运动鞋和已经发霉的剩饭之类的味道。尽管我努力和乌尔里希协商，但他始终只想"做一个真正的自己"而继续着他的无序生活。

"你要是觉得不舒服，就自己收拾啊"是他一贯的说辞，于是我开始朝他扔东西，一般是运动鞋、酸奶杯和经济类的书。至于那个小牛奶壶，则纯粹是我一时疏忽。

他身上的优点不知何时已在我的眼中消失殆尽，我不再爱他了。当我和乌尔里希分手后，整个居室再次只属于我一个人时，我用了数周的时间来放松自己。我和乌尔里希甚至能做到以朋友的身份继续交往。和他见面再次变得美好，再没有吵闹声和乱飞的投掷物。我差不多又重新爱上他了，但他已经开始与我最老最好的朋友查莉恋爱并搬到她那里住了。

一想到乌尔里希现在随随便便地躺在查莉的房间里，我的心就隐隐作痛，尤其是当查莉提到他茶几上的袜子、浴缸里干硬的治疗土加海盐洗浴用品和沙发后面已经喝完被丢弃的酸奶杯时，我只能默默承受。我体会到的真正苦涩味道是在他轻松完成法律学业之后——一下子放弃了"做一个真正的自己"。为了赚取更多的钞票，全新的他身着西装，每天早晨八点钟准时离家。他用这些钞票雇用了一个清洁女工！这个女工每天为他打扫两次房间。虽然他偶尔还会把糖纸丢弃在地板上，但最重要的是，他已经不再是那个昔日的他了。他的公寓也焕然一新了。乌尔里希和查莉去年举行了婚礼，而我作为证婚人之一，却不得不装出一副为这对新人感到高兴的样子。

我当然质问过自己，是否在征友这件事上过于一意孤行，但是如果身边坐着像"棒槌硬当当31"这样的人，又有谁会为我的美妙旋律伴舞呢？

人生真是生涩的一课。我渐渐意识到，无论你事先如何规划，有些东西是不在你掌控之中的。

上周，刚好是三天前，在我母亲委托我把药品放回药店之前，查莉打来电话，问我肯不肯做一个孩子的教母。过了好一会儿我才反应过来。

"你怀孕了！"我嚷道。

"对！对！对！"查莉高兴地说，"真他妈的，这难道不是棒极了吗？"

哈，这是个怎样的问题！毋庸置疑，它对查莉和乌尔里希来说的确是棒极了，但对我来说是可怕的，多么可怕啊！

我刚好还能控制住自己，再说一句祝福的话。我找了个借口说要把煮得快溢出来的牛奶从灶上移开，就匆匆挂了电话。

然后我伏在厨房的桌子上放声大哭，哭得昏天黑地。我怎么变成这样？一个善妒的怪物吗？为什么不能够为这世上最美的东西而高兴：我最好的朋友有孩子了，而我，却宁愿死去。

是的，我宁愿已经死去。

平静下来之后，我停止了哭泣，我在考虑下一步我到底该怎么做——典型的处女座。首先我在网上搜索"自杀意念"这一词条，并将自己诊断为抑郁症。

关于这个主题的网站有很多，而患有抑郁症的人更是数不胜数。其实我并不孤单。我们抑郁症患者为某一经济领域的发展奠定了一个有益的基础。

抑郁症分为两种：原生性和反应性。原生性是由内因引起的，而反应性则是外界干扰所致。因为我并不是完全没来由的疯狂，所以我简单地把自己归于第二类。

从另一层面考察，也可将抑郁症划分为神经性、心理性、躯体性和循环性四种。通过对基本症状的识别——即使我有沉重的心理负荷——我把自己定为神经性抑郁症患者。

没有什么比进行这种诊断更令人绝望的了，对此我不想再次强调。它无疑使我的征友之路变得更为艰辛。

"嗨，我的名字是歌莉·塔勒。我是神经性的，是反应性的神经性抑郁症。"

只要一个人坚持把一切后果归结于官能综合征，那么他就丝毫不在意别人对他的看法了。但是我还没到这一步，我依然死死坚持与之相反的策略：规则性和系统性。

当电话铃声响起时，我全身急促地抽动了一下。一定是查莉，她肯定奇怪我拯救了灶上的牛奶之后为什么没再打给她。

但那是一个陌生女人的声音。"您是歌莉·塔勒吗？"

"是。"我迟疑了一下说。我甚至希望那个陌生女人对我说："你难道一点都不感到羞愧吗？因为你最好朋友的怀孕就得了抑郁症？"

可她说的是完全不相关的东西。她说："衷心祝贺您，您中奖了。"

我松了一口气。我必须以一种有效的方式迅速摆脱这些说"您中奖了"的人。不知道他们为什么总能弄到我的号码，几乎每周都有人打来类似的电话，他们声称我中奖了，是啊，几乎差一点就中奖了。只要随便买一种长期彩票，你就是百万富翁了，无论如何，几乎差一点就中了。如果你不想买，他们都会对你说同样的话："什么？您不想成为百万富翁？"很有可能他们都参加过相同的电话市场学之类的讲座，其中首先要学的就是：请不要推托，永远不要，即使与你通话的一方煮着的牛奶正溢出来。

查莉在接到这种电话时总是立刻挂断，如果她在等另一个电话，在挂断之前还会骂些很难听的话："去找个新的工作吧，你这个穷鬼！"或者"操你直到膝盖里！"查莉很没有礼貌。

我每次都下决心如法炮制这些污言秽语，但始终不能实施。我觉得直截了当挂掉电话，毫无礼貌地拒绝他们的问候，对那些贫穷善良的人是不公平的。不是每个人都可以选择自己的工作。我曾经买过一张彩票，尽管我既没有得到他们许诺的微波炉，也没有成为百万富翁；但如果我不买他们的彩票，良心上还是会过意不去。如果要我为摔掉电话替自己辩解的话，我必须给自己一个具有说服力的理由，否则我会一整天不好受。

深深的失望感可以说就是一个具有说服力的理由。我们可以这样设想："衷心祝贺您，塔勒女士，您中奖了！您有机会得到一辆漂亮的甲壳虫，塔勒女士，您——"

"什么？真的吗？"我兴奋而有礼貌地打断那位女士或先生的话，"是哪一个呢？保罗·麦卡特尼，或者林戈·斯塔尔？漂不漂亮倒是另外一回事，不过无所谓啦！我能拥有他多久？还有，您的意思是，他也做家务吗？"

"哈哈，我说的当然是一辆漂亮的甲壳虫敞篷车。它很适合在夏天开，对不对啊，塔勒女士？您不仅可以马上拥有它，而且如果运气再好一点的话，还有可能成为百万富翁！我们已经优先为您预订了。如果您现在决定买一张彩票，就有机会获得两百五十万欧元！难道不是吗？而这一切只需要每周付六欧元。"

于是我就找到了一个拒绝的理由，那就是深深的失望感。

"真是的，我觉得您这样真不好。"我说，在我生气地挂掉电话之前，"您先让我对保罗·麦卡特尼垂涎欲滴，现在又想拿这么便宜的东西搪塞我。我怎么能让一辆车帮我做家务？而且还是一辆敞篷车！我又是一个对穿堂风如此敏感的人！您不要再打电话过来了！就这么着吧！"

如此这般，虽然我打发了打来电话的人，但心里还是有些不安，因为我毕竟没有买长期彩票。

不过今天，多亏网上对我的诊断，使得这个问题不再是个问题。你根本不会相信，如果你告诉他们你患有神经性抑郁症，那些电话营销人员会如何以迅雷不及掩耳之势挂断电话。你最多向他们解释一下如何区分神经性和反应性，这样你便不会再在良心上过意不去了。

等我以简单的方式打发掉那个目瞪口呆的女人后，我又黏在电脑上，想再多了解一下我和我的抑郁症。这真是一次令人压抑的阅读。我反复读到，我们神经性抑郁症患者的病症相对于心理性抑郁症的最基本之处就在于对所关注的内心矛盾冲突状况的理解和领会。

是这样吗？

可是又有谁会费心劳神，去弄清楚一个人的内心是否真正存在矛盾冲突呢？也许只有在我全家刚刚遭遇一场雪崩般的震颤之后，他们才可以理解我抑郁症下的糟糕情绪；至于我因为最好的朋友怀了小孩子而产生轻生的念头则肯定无人能懂了——就连我自己都不能理解。

"停止抱怨，开始以乐观的态度思考问题。"我还是小孩时就厌恶这句话。我母亲几乎每天都把这句话挂在嘴边。

多年以来我一直和自己过不去，因为我偏偏做不到乐观地思考。比如对克劳斯·考勒和"疯狂朋友007"。我应该乐观对待这种在餐馆把糖撒在台布上去舔的人，我根本就用不着那个后门。乐观的态度绝对是解决问题的最愚蠢的方式，尤其是当一个不可能解决的问题出现时，这种逻辑是多么荒唐啊。

那些像我一样善于分析的人，总是试图把问题的解决方式直接摆到桌面上，这真够可怕的，更何况根本于事无补。现在，通过互联网上的资料，我终于知道为什么"乐观思考"绝对不是那些患有神经性抑郁症的人的保留节目了。

这种倾向一定在我孩提时代就已存在，我在阅读过程中突然想起关于用巧克力制成的复活节兔子的一些事。那时我八岁，在心里做了一个决定，是关于复活节兔子的。那就是：我不吃掉它，而是和它在一起，直到老去。

但是我那个贪吃的姐姐露露在吃完她所有的甜点之后，盯上了我的拉尔夫。

当时母亲正在参加一个有关健康和家庭方面的活动，除了圣诞节和复活节，家里很少见到甜食。如果有客人送给我们巧克力，马上就会被母亲没收，日后她再以自己精明的方式重新分发给我们。有时我们用自己的零花钱买巧克力，但由于这是被严禁的，我们为了安全起见而不得不在回家之前把它们通通吞下去，这种吃法毫无享受和乐趣。我们羡慕所有在家拥有一个允许随便打开的甜点抽屉的孩子，和其他孩子相比，我们更愿意和这些孩子交朋友。查莉大概正是因此而成了我最好的朋友，因为她想吃多少儿童巧克力就有多少，所以送我一些也不成问题。

如果我们抱怨，母亲就说："你们以后谢我都来不及呢。"我们每天得到的甜品只有什锦麦片里的葡萄干。据我所知，迄今为止还没有人来谢过她。

露露是巧克力缺乏症表现得最为剧烈的一个，她到处寻找拉尔夫的踪影。她甚至提出，如果我自愿把它拿出来，作为交换，她就让我读她的日记。但是我站在拉尔夫这边。

过了几天，露露终于从衣柜上面的鞋盒子里发现了拉尔夫，为了保险我还在它上面放了一层芭比的衣服。当我回来看见剩下的只有拉尔夫的小铃铛时，禁不住放声大哭。

作为惩罚，露露要被关两天禁闭，还必须向我道歉。"对不起，我吃了你的巧克力，"她说，并用手抹去嘴边的巧克力残余物，"不过反正它都快发霉了。"我大哭。露露被迫从她的零花钱中拿出两枚硬币放在我的床头柜上。

"现在你该停止哭闹了吧，"母亲对我说，"好了，没事了。"

当然，今天我所了解的那个过去的我并非早就具有神经性抑郁症的气质。根据互联网上的资料，母亲本来应该能领会和理解我的内心矛盾冲突状况，但是她没有。

"你为什么还在哭？"她问。"因为我想要我的拉尔夫回来。"我不停地叹气。露露说："那我把手伸进喉咙里再把它拿出来吧。"大家都被逗笑了，除了我。"不就是一个破巧克力兔子吗？"妈妈说，"快别哭了，你看外面阳光多好。"

可是我偏偏不能使自己的心境变得乐观一点。

后来，母亲完全失去了耐心。"就为了个巧克力兔子而大吵大闹，你不害臊吗？非洲的孩子们没有东西吃，他们根本不知道巧克力的味道。你现在要是还不停止哭闹，也把你关起来。"

如果我的星座是另外一个什么，我那时可能就会有轻生的念头了。

与之相反，我对整个事件本身进行了分析。我清楚地意识到摆在我面前的是一个不可能被解决的问题：我想让拉尔夫重新回到我身边，但是拉尔夫已消失得无影无踪。现在是五月中旬，就算我设法搞到一只和拉尔夫式样相同的兔子，但这个复活节兔子无论如何都不是拉尔夫了。

露露的两个硬币和她的禁闭并不能放逐我怅然失落的情绪。我作为受害者而非施暴者，在母亲那里偏偏得到了不公的待遇。

因为我当时只有八岁，所以我能想到去做的只有一件事，因为这件事，我到现在都还觉得有点过意不去。

亲爱的露露：

　　还记得你上四年级时的一个清晨吗？你从梦中醒来，头发却变成了巴特·辛普森①的样式。这么多年来你一直认为是丽卡把你的头发齐刷刷剪掉的，不是吗？而丽卡到现在都认定自己有夜游症。其实不是她，而是我，老天做证。我想看到你在班级合影上的恐怖形象。我的目的达到了。其实你罪有应得，你明白自己对拉尔夫——我的巧克力复活节兔子——所做的事情，那伤透了我的心。虽然我的复仇计划在几周后才实施，但我的仇恨在此期间并未消减。看来你们已经把这件事完全忘掉了，否则，我多多少少会受到怀疑。从这件事可以想见，这个家庭里的每个成员对我的感受是如何漠视啊！

　　时至今日，我真诚地对此向你致以歉意。我没有想到因此而带来的一系列连锁反应。首先是当晚丽卡也得到了一个巴特·辛普森式的发型，为此她又剃去了你的一条眉毛，而你又用快速胶粘剂把她的耳朵和枕头粘在了一起。如果不是母亲晚上把你们分别锁在两个不同的房间的话，谁知道这件事何时才能了结。唉，你跟丽卡至今都势不两立，如果不是我孩子气的复仇，你们现在应该是最好的朋友吧。也许你可以借此机会跟丽卡在我的葬礼上和解。如果我不在了，你确实还需要一个人，向她诉说关于提娜和弗兰克以及他们对孩子的教育观之类的闲话。

　　我诚挚地祝愿你能拥有一个美丽的人生——如果一个神经性

---

①美国动画情景剧《辛普森一家》中的一个卡通角色。

抑郁症患者真的相信存在美丽人生的话。

  关于帕特里克：他可能前段日子以"棒槌硬当当31"之名征过友，我们因此而相识。他曾详细地和我谈起他的，哦，棒槌的特点。我是说，可能。即使帕特里克就是"棒槌硬当当31"，你也无论如何不要让这件事破坏了你恋爱的喜悦。虽然他向很多女孩展示了他的棒槌，但这并不说明他的人品不好。何况你和母亲一样深谙"积极乐观思考"之道。

爱你的妹妹歌莉

  又及：希望你能费心安排一下，让西所拉继承我的珍珠项链、笔记本电脑和多媒体播放器。千万不要理会母亲和提娜所说的"这对双胞胎兄弟不公平"之类的劝告。我所有的书、唱片和影碟都留给你。如果其中一些你已经有了，那就卖掉它们或者捐给图书馆吧。

三

我无法领会"积极乐观思考"这种艺术，我的感情世界无异于一场灾难。在其他生活层面也没有什么令我稍稍振奋的东西，比如说我的工作。这让我立刻想起在网上读到的一段话，那就是抑郁症患者丝毫感受不到生之欢乐。

这时我又给了自己一个希望：有可能我根本没有什么抑郁症！或者最多只有那么一点点。

我也许厌恶我的生活，却热爱自己的工作。我每天因工作而快乐着。对抑郁症患者来说，这是非常少见的现象。

作为一个天生的爱情小说写手，大学第一学期我就选定了德国语言文学专业。我们必须——可能作为借鉴——读一篇"医生小说"并进行分析。与其他同学相反，我一下子就被这种绝美的、一气呵成的爱情小说征服，并写下了八十页的评论。我创作了一篇医生小说来代替《色情小说在文学中的地位和意义》的论文作为家庭作业。连我本人都感到惊讶，我竟然能够创作此类小说。似乎那位蓬松着淡黄金发的儿科护士安吉拉的故事是由一种非凡的力量口授给我的。安吉拉本质纯美，有一双灵巧的手，不仅沉默寡言、心地善良的主任医师，就连卑鄙无耻而外表英俊的高级医师都被她纯真的魅力所倾倒。甚至那位卑鄙下流的红头发高级护理最终也不得不承认，用阴谋诡计对付安吉拉这样至纯至善的好人是不应该的。最后，当主任医师注视着安吉拉，认定她就是他今生永远的爱时，我获得了一种从未体验过的满足。是的，这才是世界的走向，就是这样而不是别的什么。这非但不平庸浅薄，而是……生活化十足！我感觉自己是一个发现了惊天大秘密的人，与爱因斯坦发现相对论时的感受相似。

当天晚上我就把这篇小说《儿科护士安吉拉》投给了曙光出版社，令我惊讶的是几天之后我就收到信息，他们真的决定要出版。

除此之外，他们还有其他请求。

对我放弃学业而以"朱丽安娜·马克与戴安娜·多拉"为笔名致力于爱情小说创作之举，家人感到十分震惊。但是我无所谓。我找到了一种让我愉悦而自己又的确擅长的东西，为什么还要继续学业呢？

但这份工作并不轻松。

曙光出版社的廉价小册子和袖珍书包括漫画、科幻、动作、犯罪、神秘、西部和浪漫等领域。浪漫又被分为故乡、医生、贵族、那奈特和诺利那等主题，其他领域也都如此分类。大多数人都做出一副对曙光出版社一无所知的样子，实际上他们在撒谎。其实每个人都多多少少知道一些和这个出版社有关的书刊。

我每年为"帕克诊所医生奥尔森"系列写两本书，剩下的时间都集中在诺利那小说上。诺利那小说与医生小说非常相似，只是主人公以及他们的工作环境与医院无关。

人们常常对该行业有种种误解，其实凭借创作廉价小册子不能使人富有。我必须每月写出两本书，以满足我的基本消费——很谦虚的说法。这就是说，每两周我就有一个交稿期限，无论如何不能拖后。基本上最后四十八小时我是不分昼夜连轴转的。出版社不接受任何致使稿件滞后的理由，例如什么病痛或个人问题之类，没有比按时交稿更为重要的事了。我甚至都不敢肯定，他们会不会接受"死亡"这个理由。每周人们都可以从报刊亭买到一本新的诺利那小说，所以他们要求我无条件地、毫无偏差地按时供货。我不知道还有多少创作诺利那小说的作者，不过不可能太多，因为其中二分之一就出自我的手笔。对此我颇为自豪。

那奈特和诺利那小说的区别只有一个：诺利那是可以给青少年读的，而那奈特不是。举一个具体例子来说：在诺利那小说中，男主人公可以用手指轻轻托起女主人公因羞涩而低垂的下巴，直到她的目光终于转向他，让他感觉到她的爱意。诺利那的故事也在此场景中结束。

而在那奈特小说里，一开始男主人公就将女主人公激情拥入怀中，让她感受他男性的躁动，通过抚摸她的的大腿使她开始做出反应。但这不是尾声，而仅仅是一个故事的开篇。

我写作已经有十个年头了，依然以此为乐。当我每两周把打印好的稿件放进信封时，一种幸福感就会油然而升，一如当年因《儿科护士安吉拉》而得到的感觉：世界又一次被我握在手中，至少在小说里。那里没有"棒槌硬当当31"和"疯狂朋友007"那种男人。我小说里的男人都有宽宽的肩膀和翩翩的风度，而且从不谈论他们的工具。就连流氓无赖都有这些常识。里面也没有三十岁的单身女性；在三十岁生日到来之前，我都设法把她们嫁出去了。

我从来没有休息过：在我完成下一部小说前，就要构思下下部小说。如果一个人以写作为生，就需要具备很好的组织能力，我就是。整整十年，我的工作进程安排从未被打乱过：度假期间我照常写作，笔记本电脑也是依此目的而置办的。现在我怎么会为了几个愚蠢的自杀念头而停止工作!

果断地双击,我切断网络连接并深深吸了一口气。一切都不是那么严重。我轻生的想法肯定只是收到查莉新消息之后震惊的反应。也许过几天我就会理解自己的行为了。在此之前我要做些自己最喜欢做的:工作。

我目前正在写一个名为《勒亚之路:一个战胜致命病魔并找到真爱的女孩》的小说,我浏览了一遍勒亚从白血病病房到投入那个匿名骨髓捐献者的怀抱这一段,只做了几处小小的改动。我的神经明显地松弛下来。

楼下的艾克萨菲尔·耐度又在为他的艰难生活之路唱咏叹调了,我皱了皱眉头。这家伙真该向勒亚讨要一点点勇气:她的生活之路布满荆棘,但她从不抱怨!她也不会唱什么令人讨厌的歌来扰乱他人。

住在艾克萨菲尔·耐度楼下的黑拉在做清洗工作时则需要他歌声的陪伴:她没有洗碗机,但有四个孩子,所以在她清洗的过程中,一曲艰难生活之路的咏叹调可以为她解闷。

就我而言,我不能够在这种"音乐"的伴随下进行工作,因此我总是在黑拉清洗时用多媒体播放器的耳机将耳孔塞紧,收听一些不同的曲目。我正要这样做时,电话铃响了。

我犹豫了一下才拿起话筒。什么,该不会又是查莉吧?在我刚刚费了九牛二虎之力才找到一点心理平衡之后,她又带来一些惹我哭泣的好信息吗?

不是查莉,而是我的审稿人,曙光出版社的拉克里茨。

"真是太巧了,"我说,"我刚修改完《勒亚之路》。要是今天寄出去的话,你们明天就可以收到。"

"您明天亲自把稿件带过来吧,我们可以就此面谈。"拉克里茨说。

我以为自己听错了,所以发出一声"嗨"。

"我想借此机会让您认识一下我们的新主编。"拉克里茨接着说,丝毫没有受我的影响,"明天上午十一点左右,您有时间吗?"

拉克里茨的名字其实叫加布里拉·克里茨①,是诺利那小说系列的主管。我与她从未谋面。我们通常用电子邮件联系,偶尔通通电话。合同经由邮局寄来,我再以相同的方式邮去,我的稿件也一样。曙光出版社里没有任何人想与我这个人会面。

"歌莉,您还在吗?"

"在。"我回答,"明天我真的要去出版社吗?"

"这又不会太麻烦,不是吗?"拉克里茨说,"您住的地方离出版社很近啊。"

"是的,可以说就在拐角。"我和曙光出版社在同一个城市,我住在属于姨父的一间不隔音的屋顶房里,出版社坐落在莱茵河对岸一幢富丽堂皇的四层楼中。

"那明天见。"拉克里茨说。我还没来得及问下一个问题,她就挂掉了电话。

这意味着什么呢?为什么突然要我亲自把稿件带过去?十年来我一直准时交稿,显然他们对我的稿件很满意。这听起来或许有不谦虚之嫌,但我知道自己确实不错。我的稿件从来没被拒绝过,只有一次他们把我主人公的纳米比亚母亲替换成了爱尔兰母亲,以便突出她牛奶咖啡色脸上的雀斑。但这些我们都是通过电子邮件进行协商的。

---

① 拉克里茨是加布里拉·克里茨的谑称,意思是甘草,这是一种德语式幽默。

为什么这一次他们忽然打破惯例想见我呢？在打印稿子的时候，我假设了两条理论：其一，因为我已为出版社工作了十年，他们想多付我一些酬金，或者是为了出版社的图标，或者二者兼之；其二，财政局做了一次税务检查，发现我从来没有和Ｇ.克里茨有过工作餐，所以也不能一年三次从税款中将之扣除。也许明天一早财政局的人就会等在克里茨办公室门口，给我戴上手铐并押走。

我觉得第二条的可能性不是太大。

相比而言，更有可能的是我的辛苦工作将得到更多回报。那种因为查莉的电话而郁积在胸中让我不能呼吸的压力明显减轻了。我断定，我没有得什么神经性抑郁症，只是在私人生活中经历着一个糟糕的阶段。而在职场上，我还是一路走高的。我这段时间最好把精力多放在工作上，这至少还是令人放心的。

我已经好多了。

我甚至还给查莉打了个电话，让她相信我对她怀孕的消息如何兴奋，对成为孩子的教母是如何荣幸。

虽然现在还不是最好的时机，我还是决定保持这种姿态。最晚到孩子出生，我将会重新成为一个平和、快乐的人。查莉对我移开灶上的牛奶后再没有给她回电话毫不介意，相反，她还向我道歉。

"当然，你一定整个下午都试着打给我啦，"她说，"但是为了让这个消息广泛传播，我在全国范围内把电话打了个遍。对不起。"

"没关系。"我说。

"我太激动了。"查莉说。

"我也是。"我说。

"我可以拥抱整个世界，真他妈的！"查莉说。

我努力做到像我刚才说的那样。

"我现在甚至还有了点胸！"查莉说，"你能想象吗？胖乎乎的！你得摸一下，那感觉真是怪极了。"

"啊，当然，我相信你说的。"

"我已经迫不及待地想参加这次同学聚会了。布里特·艾姆克不是唯一一个因为有了长子继承人而拼命吹嘘的人，这只蠢牛。我不相信她那扁平的臀部现在就变得高贵了。我在谷歌上查了一下这个费迪南德·冯·法尔肯海恩，你猜怎么着？他已经五十五岁了！布里特·艾姆克对阿娜·尼可尔·史密斯毕恭毕敬，这谁能想到呢？"

"我还以为我们不去呢。"我说。

"现在不一样了，"查莉说，"现在我肚子里也有一个长子继承人，胸罩也用大号的了。去吧，会很有趣的。几位老师肯定也在场。我们要喝个烂醉，然后好好热闹热闹。"

"查莉，你怀孕了，你不能喝醉。"

"啊，还真是的，"查莉说，"不过无所谓，反正很有意思。想象一下，你可以告诉那个狗屁罗特他就是个狗屁，但他还不能把你怎么样，因为你很早就拿到了中学毕业证书。"

"首先，我知道我根本就喝不了多少；其次，他虽然不能再给我低分，但可以控诉我对他的不敬和冒犯；再次……"

"哈，歌莉，不要总是那么消极！我们去那儿掺和掺和。你喝个酩酊大醉，我到处串串，给他们看看我丰满的胸部，这简直棒极了！"

"是啊，肯定的。"我说着，并不由自主地摸了一下自己的胸部。它还是一如既往地那么小，但臀部因此得到了更好的发育。

无所谓！这也不是患上抑郁症的理由！我毕竟还有自己的工作，至于乳房的大小就不重要了。

第二天一早，我准时来到曙光出版社。出版社的大门是用醒目的大理石建成的，极其宏伟，这充分表明出版社靠廉价小说赚取了很多利润。我下意识地挺了挺肩，因为我很清楚，我的小说也为其财富的增长做出了贡献。也许就是前面那个漂亮柱子上的镶嵌工艺，或者是抛光的接待台。接待台后面，一个女人正用镜片后的一双眼睛紧张地注视着我——是的，准确地说，这就像是我的接待台。

"歌莉·塔勒，"我快乐地对接待我的女士说，"我和拉克里茨女士有个会见。"

那位女士疑惑地眯了眯眼。"和拉克里茨女士？"她问。

"对。"我说。我把手放在我的接待台上，手感好极了。

在前台女士打电话给拉克里茨并有礼貌地让我等待的空当，我在玻璃陈列柜里寻找我写的诺利那小说。那里只摆着《妖魔猎人加利·培顿》和《魔鬼新娘麦琪》，此外都是数不胜数的、以丑陋的牛仔和仙人掌作为封面的西部小说。

这是谁的杰作？可能那些被电视台里尘土飞扬的西部感染的人。

一个穿条纹衫、戴眼镜的年长的短发女人从电梯里走出来，我马上意识到，她肯定就是拉克里茨。我想象中的她就是这个样子。她匆匆扫了我一眼，就把目光转向空空的走廊。

"塔勒女士已经走了？"她问接待员。

"她还站在那里呢。"接待员说。

拉克里茨惊异地注视着我。

"您好,"我伸出手来,"很高兴认识您。"

拉克里茨迟疑着和我握了握手。"歌莉不来了吗?"

我想让自己笑一下,谁知却是一声轻咳。"您——是不是在等别的什么人?"

"哎呀,"拉克里茨眯起双眼将我上上下下打量了一番,"那……您多大了?天哪!"

"三十岁。"我说,略带些酸涩的味道。这个数字总是让我难以启齿。她为何想知道我的年龄?是不是我看起来很老?或者我不应该穿这件黑色毛衣,即使它来自克什米尔,而且是我衣柜里唯一一件高雅并容易搭配的衣服。

"三十岁,"拉克里茨重复道,"这就是说,当您刚开始为这里工作时,您还是个半大孩子。"

"已经成年了。"我说。

拉克里茨再次打量了我一番,摇了摇头,微笑着说:"我一直认为,您应该跟我的年纪差不多。"

"还从来没有人问起过我的年龄。"我说。他们问过我的社会保障号码、纳税号码和账户号码,但是没有问过年龄。拉克里茨是不是以我的声音来判断的?那个多年来一直和她在电话里交流的我的声音,难道听起来像来自一个五十多岁的女人?我有些愠怒。很可能是我的名字给了人们这种感觉。我可以打任何赌,在我这一代,我是唯一一个叫歌莉的。谢谢你,妈妈!

"您要是早知道我的年龄,计划上会不会有什么变化?"

"我亲爱的孩子,"拉克里茨说,"要是我知道您如此年轻,我会鼓励您去找一个像样点的工……"她停下来瞥了一眼对面的接待员,"您请,我们这边走。"她挽住我的手臂,"先去我办公室,然后十一点和阿德里安会面。"

"税务稽查?"我轻声问道。

"当然不是,"拉克里茨咯咯笑着说,"阿德里安是新来的主编。我真是急着想见见这个人。他认为您退休前是护士,他要把一个坏消息传达给您。"

"什么样的坏消息?"我警觉地问,"为什么是护士?"

"我们很多作者以前都是护士,这对医生小说的创作特别有帮助。"拉克里茨又瞅了一眼对面的接待员并将我领到电梯口。当门在身后关闭后,她接着说:"出版社里有几个变动,必须通知您。这就是我请您来的原因。"

"还是不要吧。"我嘟囔道。

但是拉克里茨并没有停下来。"也许您看过报纸,在廉价小说系列方面颇为成功的曙光出版社已经被一个巨大的出版集团,劳罗思,吞并了。"

"哦,是不是出版考利那系列的那个?"我问,并抽了抽鼻子。

"正是,"拉克里茨说,"劳罗思收购了曙光,完完全全。"

"这好像不是件好事。"我说。

"本来就不是件好事。"拉克里茨说。电梯门开了,我们来到三楼。"我不想再兜圈子了:除了那奈特外,其他小说系列都停止出版了。"

"但是我觉得,这些书的销路很不错啊。"我说。

"确实不错,"拉克里茨说,"可是劳罗思有自己的小说系列,他们不想和我们形成竞争。他们非常希望所有诺利那小说系列的读者将来都转到考利那系列下,同时以山林沃夫岗系列取代伏思淘思-弗里德里希山恩系列。我对这项提案是否可行,深表怀疑。"

"那'帕克诊所医生奥尔森'系列呢?"

"也要停止,"拉克里茨说,"虽然我们'帕克诊所'的销售量比他们'救护车医生马丁'要好得多,"她气呼呼地说,"而我们的恐怖和动作小说系列得以继续出版下去。本来我们的故土小说主编下个月要开始筹备吸血鬼系列,但她昨天请了病假,病因是神经崩溃。她丈夫说她发病时正在切大蒜,准备晚餐。"

刹那间我也有一种神经崩溃的感觉。我的双腿绵软无力,以致不能挪步。拉克里茨把我推进一间有许多绿色植物的明亮的办公室,并拿过来一把椅子给我。

"我知道,这些消息的确令人震惊,"她说,"但是我们肯定会找出一个解决办法的。您还很年轻。现在我们先喝一杯香槟来镇定一下,也为我们终于认识了对方。"砰的一声,她打开了香槟,倒进两个杯子里。

"为了更好的日子,"她说,"我们同舟共济,唇亡齿寒啊。"

"如此看来,税务稽查要比这个好得多。"我说,并喝了一小口香槟,"我难道不能为救护车司机系列或考利那系列写点什么吗?我很不错的!"

"是的,您真的很好,"她说,"问题是劳罗思集团这方面的作者已经足够了。您当然可以转入另一系列的创作,但是如果以此为生的话……您究竟在哪里工作,歌莉?我从来没有问过您。"

"我是作家。"我说。

"对,但是您学过什么?我的意思是在您开始写作之前,您以何为生?"

"除了写作,我从来没有其他收入。"我说。

"明白了。"拉克里茨说着又替我斟满香槟,我像喝水一样将之一饮而尽,"您那时才二十岁。现在我们总会找出一个解决办法的。我是这样认为的：一道门关上了，不知何时就会有另一道门打开……"

"我也可以为那奈特色情小说写作，"我说，"我或许只需要进行一些调查研究，也许在网上。"

"可惜那奈特的作者已经供过于求了，"拉克里茨说，"显而易见他们都想以自己的经验进行创作。因此，有时候结局真是出人意料，甚至……"

"但是我需要这份工作！"我冲着她喊道，"我爱写作！您知道，我刚才已经告诉您，我……没有这份工作我感到自己彻底被抛弃了。"

拉克里茨沉默了一会儿，然后她说："我希望您能得到一份更保险、收入更丰厚的工作。所幸您还年轻，还可以从头再来。"

"可是我根本就不想做别的！另外，您自己也说过我很不错。写作是我真正的使命。"

"毋庸置疑，您的确非常棒。我那位罹患神经崩溃症的同事在工作方面也特别出色，但是现在这种情况下又有什么用呢？我们要赚钱买面包，不是吗？或者您可以在一段时间里把写作当成一种爱好。"

"作为爱好……"我沮丧地仰倒在椅子上。

"您再喝一口吧。"拉克里茨同情地说。她再一次为我斟满，然后将她自己那杯一饮而尽。我也一样。"自从我们得知很多人将失去他们的工作以来，大家都生活在恐慌之中。我现在就已经知道，如果我患神经崩溃症的同事回不来的话，他们会强迫我去搞那个新的吸血鬼系列。新领导非常希望我们中的一些人自愿辞职，却偏偏没有人帮他这个忙。反正我再有三年就可以退休了，总能想办法挨过去的。"

"我还有三十五年啊。"我说。

"您这边会有个解决办法的。"拉克里茨把剩下的最后一点香槟倒在我杯子里,走到冰箱那儿,打算去取一瓶新的。

"当然。"我喃喃自语道,这个我早就知道,"我必须开始以积极乐观的态度思考。"

亲爱的查莉：

我刚刚算了一下，从我母亲第一次对我说你不是一个好的交往对象，到今天正好二十三年。

她是对的：你用巧克力把我填饱，你诱导我抽了第一支烟，还帮我增加了啃指甲的毛病。通过你我学会了与酒、奇异胸罩、脏话和染发为友。我第一次因旷课被抓，也是和你一起。

我的家人至今都称呼你为"可怕的夏洛特"。"这个可怕的夏洛特在肚脐眼上戴了个环，但这远远不能说明它也同样适合你。"其实和我挺相配的，就是我那里丑陋的炎症让它看上去逊色不少。什么防锈消毒产品，全是胡扯！"就因为这个可怕的夏洛特中断了学业，你也非要这么做吗？"在我们的人生道路上确实出现过几个颇为相似的经历。"真不能相信，这个可怕的夏洛特抢走了你的男友而始终是你的好朋友。"我的母亲就是不承认是我将乌尔里希赶出去的事实，就像我不太相信现在的乌尔里希居然将成双的袜子塞进洗衣机并在衣柜里挂上芬芳草一样。

实际上，没有这个可怕的夏洛特，我的人生将会更糟，如同它本来的那样。你是第一个使我认识到棕色——还有红色、蓝色和紫色——头发和金黄色头发价值同等的人，也是第一个告诉我家长和老师不一定永远正确的人。当我母亲试图替我和克劳斯穿针引线时，你站在了我这一边。你到今天都是唯一一个尊重我的工作而且在我每部小说出版后迅速到报刊亭购买的人。从来没有人像你一样带给我那么多快乐。

如果你生个女孩，希望她也有个"可怕的夏洛特"这样的朋友。没有比这个更好的了。深表我无尽的感激与爱。

你的歌莉

又及：你真不应该为了所谓的歌唱生涯而放弃学业。尽管你酷爱唱歌，但你其实一点都不会唱，只是迄今为止一直没人敢告诉你。如果你不相信我，就去问乌尔里希好了，他非常爱你，可是他经常对我说："宁可不用麻醉剂做牙根手术，也不要听查莉唱《彩虹之上》。"所以也千万不要有在我的葬礼上唱《万福马利亚》之类歌曲的念头。我无论如何都不希望人们因此在我的坟墓前大笑。

再及：我所有的耳环和你喜欢的那个带有玫瑰图案的枕头就交给你了。床上还有一盒全新的"印度之夏"染发膏，应该和你很相配。还有，不用担心，你会是一位出色的母亲。

四

香槟把我搞得十分伤感。

"世界末日的感觉，大概就是这样吧，"我想，"似乎脚底的一块地板突然被抽走了，那最后的依靠……"

"什么？"拉克里茨问。我的思绪又回到现实中。

"我想，我有些不胜酒力，"我说，"我头很晕。"

"我也是，"拉克里茨说，"这样正好，"她看了看表，"我们现在可以到阿德里安先生那里去了。"

"为什么还要去？"我问，"我不是都知道了吗？"

"是的，但他初来乍到，我们不想让他觉得我们消减了他的工作，尤其是那些棘手的工作。我想看看他剥夺了你的基本生存权利以后，将如何为此事推脱。"

"啊，"我说。我站起身来，摇摇晃晃的。哎呀，险些摔倒！"我一般白天不喝酒。一般我，一、一般我可以更好地表达，我该回家了。"

"这个，"拉克里茨递给我一块薄荷糖，她自己也拿了一块放进嘴里，"我们不应该让那个可怜的小男孩以为我们在借酒浇愁。"

"哪个可怜的小男孩？"

"这个阿德里安哪。他还嫩着呢，耳朵后面的绿毛还没褪净呢。劳罗思把他安插在我们这里，作为所谓的结构重组的负责人。他做出很酷的样子，但他根本不能胜任。他为了啃我们这些老骨头把牙齿都硌掉了。我们打个赌，到不了本季度末他就得离开这里，虽然他和我们的规划主任睡过觉。"

可怜的男孩阿德里安的办公室只隔了两道门。我的手臂不断左左右右来回碰在走廊的墙上，但我终于安然无恙地来到门前。

"这其实不是办公室，"拉克里茨幸灾乐祸地说，"它本来是一间贮藏室。这个可怜的男孩至今都没有一间像样的办公室，更谈不上受到支持了！他天生就不是当领导的料。"她敲了敲门，同时扳动了门的把手。

这间曾经的储藏室非常小，周围歪歪斜斜地放满了书架。中间有一张写字台，看上去已经很陈旧，在它后面临窗而坐的，就是新主编了。

他其实并不像拉克里茨形容得那么年轻，大概有三十五岁。至于他耳朵后面的绿毛有没有褪净我没看到，我看到的是他绿色的眼睛。他给我的印象首先是这双绿色的眼睛。这种眼睛我只在我的小说里见到过。

> 他那双在黑黑的、长长的睫毛下面的眼睛有着墨玉一般的颜色。他深邃的目光莫名地将她俘虏。为什么，她的心在轻轻震颤？

"这是我们的新主编，格利高·阿德里安；阿德里安先生，这是我们的一位老作者歌莉·塔勒。"拉克里茨一边介绍，一边关上了门。

"进来。"阿德里安说，语调里有些无可奈何的味道。

他叫格利高,这真是一个巧合。《勒亚之路》中那个匿名的骨髓捐助者就被我命名为格利高。

他皱起眉,像是处于矛盾之中,不知是否要将他那溢于言表的不满情绪发泄出来。最后还是礼貌占了上风,他的嘴角露出一缕微笑,站起来向她伸出了手。

"塔勒女士,很高兴认识您。"他说。他的头发看起来像被他揪了整整一上午,他鬓角那深色的鬈发已经开始变得稀疏,委实需要整理一下。需要一把梳子。我喜欢男人的这种"狂野的男子味道"。

首先是握手,我费了不少劲才使自己保持住平衡,他可真有力气。

"我也很高兴,"我胡乱说道,"我是……"我再次感到吃惊,因为我忘记了我想说什么。

格利高的握手很有力,他的手掌温暖而干燥。这种接触给她的感觉很好,她希望自己的手停留的时间能再长一些,但是出于礼貌,她还是抽回了她的手。他是不是也同样感受到这种磁石般的吸引呢?他的神色并没有什么特别。

天哪,我喝醉了吗?竟然两次失态,这是从来没有过的。
"这些新闻让歌莉非常震惊,"拉克里茨说,"一直以来,诺利那的'帕克诊所医生奥尔森'系列都是由她执笔。"

是的,她几乎摔倒,如果她不能坐下的话。

我想，香槟酒的作用对我的腿最为明显。可恶的是在这个狭小的办公室里根本没有其他椅子。我小心地将后背倚在书架上。是的，好多了。现在我只需要把自己打了结的舌头解开。

"我明白，"阿德里安说，"因为这次变动和您有直接的关系。"

我摇头。"我将来恐怕要在桥下过夜了。"我语无伦次。

"什么？"阿德里安问。

"您知道的，"我不耐烦地说，"多年来我一直对'艺术家社会储金'隐瞒我的收入，只为了省几个钱。就现在的形势来看，我也许只能得到一百五十欧元的失业救济金。这样就只有住在天桥下面了。"

太神了，我居然能如此流畅地说出如此复杂的句子。阿德里安似乎也惊诧于我的神采。

"对自由职业者来说，曙光出版社的重组当然是一件坏事，但是出版社可以帮助他们，也有一些变通之计。"他说。

"咳咳。"拉克里茨清了清嗓子。她能将轻咳变成一种绝妙的嘲弄。

"其实我们并没有义务这样做，因为自由职业者一直有风险。"阿德里安扬起眉毛说道，"劳罗思就总是告诫我们的作者，千万不能放弃自己的面包工作。"

"什么是面包工作？"我问。他是在告诉我劳罗思出版的小说只是给那些专业面包师读的？有可能的，我就看过几部。

"面包工作就是用来买面包而得以生存的工作。"拉克里茨说，"和业余写手相比，曙光出版社更喜欢用专业写手，但这可不一定值得你付出终生。"拉克里茨叹道。

"怎么，您没有工作？"阿德里安问，他好像根本就没在听拉克里茨说话。

"我当然有工作!"我喊道,身子也随之剧烈晃动,身后几本书从书架上掉下来,"我是作家!"

"并且是我们这里最好的作者之一,"拉克里茨说,"甚至是最最好的。"

"要是……"阿德里安说。

"还有一种可能性,"我的话题又转到桥上面去,"我不用住在桥下面,我可以搬回父母那里。"我故意用后脑勺撞击书架的木板,"或者到一个封闭的慈善机构。其实没有什么差别。"

阿德里安沉默地注视了我一会儿,然后问道:"您结婚了吗?或者有一个稳定的生活伴侣?"

我迷惑地看着他。

    这个问题显得有些冒失,但他的关注恰好迎合了她。她禁不住脸红起来,垂下了眼帘。

"还没有,您呢?"

阿德里安也同样注视着我。"我这样问,是因为……在这段,呃,过渡期,如果有人为您付房租,那将会对您很有帮助的。"

"什么?"我的怒火渐渐升起。

"劳罗思告诫他们的业余写手,找人一定要慎重,要找就找肯替你付房租的人,"拉克里茨说,"我们曙光在这一点上真是疏忽了。"

"拉克里茨女士,我认为您的冷嘲热讽对目前的问题没有任何意义,"阿德里安说,"我只是想尽力帮助塔勒女士。"

"是,那您倒是行动啊。我可以创作考利那系列或者什么救护车破烂什么的。"我说,"拜托!否则我会再次陷入抑郁症的泥沼,对什么都不能保证!我指的是神经性抑郁症。您有时间可以在网上了解一下。"

此刻,阿德里安看着我,好像不相信自己的眼睛和耳朵似的。我知道我是在胡说八道,可我是如此绝望。

"可惜现在劳罗思这边实在没有什么需求,"阿德里安说,"不过您可能知道,我们劳罗思正在策划动作和恐怖小说。如果将来需要您把自己的才华转用到这些领域,您会接受吗?"

"真恐怖。"我说着抱紧双臂放在胸前。

"那好极了!我们有一个全新的'吸血鬼女郎'系列,将于六月开始出版,我提议,您尽快给我们一个结构草案。"

"吸血鬼女郎?"我重复道,"我甚至都不知道那是什么东西。"

"这里根本就没人知道得那么清楚。"拉克里茨说。"吸血鬼是一种永生不老的超自然生物,他们有超凡的力量并以血液作为食物。"阿德里安认真解释道,"他们获取血液的方法有两种:或者吸取储藏在罐子里的血——他们大多数都拥有这样一个大罐子;或者像我们熟知的那样,通过啮咬人类的颈部来吸取血液。"

我不断用手指捏自己的眼皮,以表示我认为这不可理喻。然而,他的语气里没有一丝一毫戏谑的味道。

"吸血鬼可以在两个世界之间游走,他们能在几秒钟之内从地球上的某处穿行到另外一个地方。"阿德里安继续说,"人们把吸血鬼分为天生和变种两类。和传奇故事相反,有些吸血鬼并不害怕日光,虽然他们不喜欢见到光,但也绝对不会在阳光下化为灰烬。他们几乎都精通亚洲的搏击术,使用古代的兵器来统治自己的圈子。他们通晓读心术,会玩弄权术,在一定程度上有一种神奇的潜能,这种潜能随年龄的增长而增长。他们那众所周知的犬牙只有在他们产生吸血欲望时才会生长,平时则与世间常人无异。他们的故事和那些精灵妖怪也有很多相似之处,人们区分它们的标准是:一个在有光的世界,另一个则处在黑暗世界。不管是吸血鬼还是狼人,他们本质上并不恶,即使其中有几个例外。"他停下来,用期待的目光注视着我。

我有一种将手伸到桌子那头揪住他领口的冲动,我在拼命克制自己。

　　啊,你这个绿眼睛,如果你不停止胡言乱语,我就把你打入中间世界里!

要是我这样做的话,我就会失去书架这个背部支撑物而有可能倒在桌子上。

"当然不是所有被吸血鬼咬过的人都会变成吸血鬼,"阿德里安还在继续,"变种吸血鬼是一种十分复杂的生物。此外,他们从来不睡在棺材里,那纯粹是影视作品的凭空捏造。"

"啊哈,"我说,"那么,您现在对我描述的这些全是赤裸裸的事实,对吗?"

"哎,是的,"阿德里安的脸红了一下,"这是我们为'吸血鬼女郎'系列所做的最基本的背景资料考察。吸血鬼题材绝对受欢迎,它集恐怖、灵异和色情为一体,是的,这正是读者想要的。"

"它和色情有什么关系,我一点都没听明白,"我说,"这可真是他妈……"

"对于吸血鬼惧怕大蒜,也是影视作品的凭空捏造,还是真有这么回事?"拉克里茨插话说。

"不是捏造,"阿德里安说,"但要借助护身符的魔力才能奏效。"

"够了,"我说,这一切真令人恼火,"什么护身符,有病!"

"这些真是有趣极了。"拉克里茨说,"歌莉,我们走吧,我们不能打搅阿德里安先生太久。"

"您什么时候可以写完一个草案?"

"关于一个身怀亚洲搏击功夫,生活在地下世界的吸血鬼的色情故事?"我问,"我是肯定不……"

"下周五以前不会,"拉克里茨又打断我,并用肘部把我推到走廊里,"塔勒女士是专家,她对新题材会很快上手的。"

"那我就等着拜读您的大作了。"阿德里安说,"非常高兴认识您。"

"我也是。"我说,但拉克里茨已经关上了身后的门。

我最后一个与抑郁症抗争的壁垒倒塌了。我的工作,我生命中唯一一盏明亮的灯,熄灭了。如果我死了,也许人们会最终了解,一个人对痛苦的承受力是有一定限度的。

而我,此生已尽。

现在我只想回家,只想静静地上网查询最好的自杀方式,一种不见血的方式。

"事情进行得还挺不错,"拉克里茨说,"如果这个男孩有机会在人们面前讲述关于吸血鬼的话题,他会感到非常快乐。他对这个很在行,他亲自为'吸血鬼女郎洛妮娜'系列领航。"

"我永远不会写这种垃圾!"我说,"我现在就进去告诉他,他应该马上去烙一张大蒜鸡蛋饼护身,否则我亲自去咬他的颈部。"这个念头一下子打乱了我的思路,所以我语无伦次地继续说,"然后,呃,我回家……"

"先别急,"拉克里茨说,"首先,这确实是一个解决你经济问题的契机。我们必须接受他们的条件,如果这与工作有关。该规则并不适用于私人生活,但是目前只有在您另有高就的情况下,才可以推掉这个职位。所以,您会去写吸血鬼小说的。"

"什么?可是我对此一窍不通,"我说,"我一点都没听懂他说的那些地下世界和什么变种狼人之类的东西。"

"您当然可以,"拉克里茨说,"您只需要在素材上稍稍下点功夫就行了。"

我摇摇头。"对我这样一个患有神经性抑郁症的人来说,这是不可能的事,即使存在什么食素的吸血鬼。"

"瞎说,"拉克里茨说,"您只是喝多了。怪我!我应该知道年轻人的承受力有限。"在她办公室里她推给我一把椅子,开始将一些带有蝙蝠和令人作呕的鬼脸封面的小册子往一只麻黄袋子里装。我望着它们,双腿绵软,思忖我会不会呕吐。如果会的话,那就坏了——垃圾桶是金属的,上面有很多小孔。

当我盯着垃圾桶时,我在想,那个阿德里安对我到底怎么看。我刚才的举止称不上得体或有教养。这次我终于遇到了一位相貌英俊的男人,而我喝得烂醉,如同一只蝾螈。

而蝾螈到底是什么东西?为什么人们用蝾螈形容醉酒的样子?我迫不及待地想上网查一查。

有人没敲门就走了进来。

是一个黑发女人,一身黑色装束,有一张异常苍白的脸。

"吸血鬼女郎。"我悄声说道。果真如此:她也能够在日光下活动，而不会被湮灭或融化。

"吸血鬼女郎"根本没注意到我。"我刚刚从人事部门得知，那个什么布姆思女士一次就请了两个月的病假，疑病患者，没病装病，"她说，"那您，呃，那个什么克尔欣女士，就负责那个什么系列吧。"

"克里茨。"拉克里茨说，"我早就猜到了，所以已经开始准备。请允许我就此介绍一下我们新'洛妮娜'系列的作者。这位是歌莉·塔勒，这位是玛利亚娜·施耐德，曙光的规划主任。"

"哦！规划主任。"我说，怀着极大的兴趣向她伸出手。这也是和阿德里安颇为相配的一类女人，就差了几颗尖尖的犬牙。"认识您太好了。也许您知道什么是蝾螈？"

"我觉得是一种鸟。"规划主任说，她匆匆握了一下我的手就放开了。虽然她白得出奇的脸上没有一点皱纹，但我猜测她已经四十岁了。那个阿德里安还喜欢老女人，有意思，有意思。"或者是海滩篷椅的顶盖。这里在搞什么：在工作时间作'谁是百万富翁'的秀？"

"我是基于调查研究的目的想弄个明白。"我低声下气地说。蠢货，"海滩篷椅的顶盖"，让人笑掉大牙。

"吸血鬼女郎"又转向拉克里茨。"呃，什么克尔欣女士，您可千万不能也产生休病假的想法啊，否则后果自负。什么，这是香槟酒瓶子吗？您该不会在上班时间在这里开酒吧吧，呃，什么布姆思女士？"

"克里茨。"拉克里茨纠正说，"没有，这些是我的花瓶。"

"那就好！就算您已经在这里工作了一百年，也不意味着您在下一个一百年里不会被解雇。希望您转告给您那些装死的、逃避工作的同事。"她说完，转动着她那黑色吸血鬼高跟鞋的鞋跟关上了房门，没有打招呼，和她进来时一样。

"唔，她一定会被评选为本年度最佳雇员。"我说。

"这真是一个愚蠢至极的女人，"拉克里茨说，这是她今天第一次如此盛怒，"真不明白，那个男孩到底看上她哪里了。"

"也许他是被虐狂吧，"我说，"她穿上像我脖子那么细的紧身衣，罩杯依然是C——有些人能忍受一切。"

"都是假的，"拉克里茨说，"她胸部填满硅酮，额头是用波托克斯制作的，还有戴着牙套的满口牙齿。但是我们还不能太和她过不去。"她递给我一本小册子，"《洛妮娜——一个吸血鬼女郎的奇遇》，请过目。我们两个人暗淡的将来就靠它了。"

我盯着它看了好一会儿。

"这可真是前所未闻，"我说，"我们的诺利那被这个洛妮娜弄变形了，连名字的字母都被占用了一部分。"

"啊，是呀，经您这一提醒，还真是这么回事，"拉克里茨说，"称得上是一个令人恐怖的巧合。"她把那只装满小册子的麻黄袋子递给我，"我看作为调研材料这些已经够了。给那个绿眼睛男孩露一手！写一部吸血鬼小说，一部出色的。吃一片阿司匹林。我明天给您打电话。"

我摇摇晃晃地站起来。"那《勒亚之路》怎么办？"我问。

"如果您现在还要继续写下去，毫无疑问是不会得到任何回报的，因为诺利那系列已经不存在了。"

"只要我还活着。"我说。

曙光出版社
阿德里安先生
亲启

亲爱的格利高：

　　是的，我知道其实我们之间用"你"称呼对方并不合适，但在当前这种情势下，我们大可忽略那些礼仪问题。更何况在你读这封信时，我早就身处黑暗世界了。这不过是个无关紧要的小玩笑，作为天主教徒，我应该升入天堂，因为除了自杀这一点，我实在没有做过别的坏事。要不就是还有露露头发的事。其他那些都是无意的，或者是正当防卫。

　　在我开始骂您——不，是你——之前，我想告诉你，你确实是一位绝对英俊而且非常性感的男人。我这样说，不光是在我们互相介绍时我醉酒的情况下，而且到现在，在我又喝得差不多的时候，我还这么认为。是这样，在我用酒精吞食那些安眠药之前，我必须训练一下自己的酒量。自杀嘛，要在方方面面做好准备。

　　说到哪里了？哦，说到您，不，是你。如果我认为你性感，那肯定是真的，因为我对男性非常挑剔，这个你可以向别人求证。你究竟有没有戴有色的隐形眼镜？

　　可惜我们两个人之间没有发生什么，因为：第一，我要死了；第二，你和那个施耐德有关系。不过这些你都清楚。我确实觉得你不够聪明，在你尚未赢得新同事的尊敬之前，就已经失去了他们对你的尊敬，不是吗？那个女人不适合你，她之所以能得到规划主任之职，完全是因为她在新的领导班子那里对旧的规划主任施了诡计。更骇人听闻的是，她多年来一直和旧的规划主任保持着男女关系。还有，她的胸是硅酮做的，这你一定注意到了。这些都来自第一手资料，但是我不能告诉你来源，否则你说不定猜到拉克里茨身上而将她辞退。

现在来谈一下《洛妮娜——黑暗中的猎人》。你还是忘了你那善意而低俗的稿约吧。如果你能费心读一部我的小说，你就会知道，我的作品和那些吸血鬼垃圾简直有天渊之别。说实在的，我还没有读过比这个更为低劣的小说。光是那错误百出的语言就足以把一枚火箭臭到天上去。为什么这位愚蠢的金百利非要在月圆之夜取道公园这条捷径，而她的朋友一个月前刚刚在这里被一个叛逆者吸干了血？还有这句话："她的胸部气喘吁吁地起起伏伏。"没病吧？我多么希望叛逆者能够为金百利无意义的存在画上一个句号，但是没有，才刚有了点生趣，却凭空从中间世界跳出来个神经兮兮的洛妮娜，把一切都搞砸了，真是败兴。为什么洛妮娜和她那些嗜血的朋友只靠意念的单纯力量就能够永远出入中间世界之门，还可以完成从秘鲁到巴黎的穿梭？而当几个军队的叛逃者手持喂过毒的尖刀跳出来，凭借他们那点蹩脚的功夫向洛妮娜他们挑战的时候，他们的力量就不灵验了呢？另外，我一直在寻找其中的色情部分，但终是徒劳，是不是应该让金百利的胸来填补一下这个空白？

对不起，从我的本意来说，我不会动手去写如此低劣、空洞的小说。我想，你也不会认为有人会去买。就算偏好刀术的人也希望阅读一些充满真情和至爱的东西，不是吗？一位技艺超群的女英雄只有同时具有某种弱点时——除了烹调方面——才会是有趣的。否则，何来悬念？

我本来还有好几个要点想在这里陈述，但是本周我的时间被安排得满满的：另外几封绝笔信必须要完成，还要去理发店。故此虽然匆忙，但不乏诚意。

你的歌莉·塔勒

又及：我刚才做了一个有名的铅笔测试。你知道，挂在双乳下面的铅笔越多，就说明需要用的硅酮越少。这对你来说也许无所谓，但是我，哪怕是一支扁扁的铅笔都悬不住。

再及：附上因时间关系尚未定稿的《勒亚黑暗世界之路》作为诀别纪念。洛妮娜的亲生妹妹勒亚身患白血病，这当然是来自医生的诊断。但据洛妮娜所知，勒亚曾被一个叛逆者咬过，她的血液被恶性毒物所污染。只有勒亚的血和她在另一个世界的称得上心灵至交的哥哥能挽救她的生命。法力无边而又愤世嫉俗的格利高——哈，你自己读好了，它绝对色情！

五

我回家时,看见通向我房间的楼梯被一辆鲍比车堵住了。

"歌——呃——莉——嘿,告诉你——咦,我有一张新的贴纸。"

"是你啊,约翰内斯-保罗,可惜我一点时间都没有。"为什么这孩子说话如此费劲?

"再看、看这个。"约翰内斯-保罗说,他在鲍比车上来了个一百八十度的大转弯。

> 我身在耶稣的匪徒之中,站在那里。

"太棒了,约翰内斯-保罗,"我说,"但是现在请让我过去。因为我必须抓紧时间把自己杀死。"

"特丽莎也有一、一张新贴纸,"约翰内斯-保罗又把车开到我前面,"你要看看吗?"

"我从上面看就行了,"我说,"请让我过去吧。"

"妈妈的车上也贴了一张,"约翰内斯-保罗说,"你知道上面是、是什么吗?"

"船上摇摇摆摆的孩子们?"我问。

"不——唔——是,"约翰内斯-保罗说,"上面写着:耶稣与你同行。"

"啊哈。"我说。这和黑拉的另一张贴纸倒是颇为相配，那上面写着："让耶稣给你力量。"黑拉喜欢这种贴纸。她的信箱不像其他人那样贴上"请勿投广告"，而是"婚姻是耶稣赐予的礼物"。我到现在都不好意思问她为什么把它贴到那里，不过我猜这是给邮递员看的，好让他打消离婚的念头。开始我还从这些贴纸得出黑拉属于"耶和华见证人"[①]的结论，但她其实只是天主教徒而已，一个各方面都非常狂热的教徒。

约翰内斯－保罗是我表哥弗尔克的儿子，表哥娶了黑拉。约翰内斯－保罗是我表哥的下一代，或者可以称做我的表侄吧——大约如此，和我拐弯抹角有些亲戚关系，就像曲曲折折的莱茵河右岸的科隆市。我租住的是爱维琳姨妈和科伯马赫姨父——他的名则随着时间的流逝被我们忘记了——的公寓，离我父母住的地方只有一区之隔。这里遍布数以万计的居民房和车库。虽然没有人作过统计，但我敢肯定，没有任何地方的汽车像这里一样如此频繁地被冲洗。除了对面一位八十五岁的老太太，住在这里的就只有我一个二十岁以上的单身。

其实几年来我一直在考虑搬到河对岸去住，无论哪里，只要亲戚少、车库少而电影院、商店和餐馆多一些就行。但是那里的房租都高得吓人，留在这里无疑是很划算的。我只要每周一次花三小时替爱维琳姨妈打扫大理石地板并给波斯地毯吸尘。有时候爱维琳姨妈还让我用牙刷把浴室的钢管刷干净，但是为了省房租，什么不能做呢？不是吗？

"你很可能有受虐的倾向。"查莉常常这样说。

[①] 十九世纪七十年代末在美国兴起的基督教非传统教派。

"可没这么严重。"我如此回答。如果要在家工作的话,我住的楼层还没有高到该抱怨屋子里不安静的程度。艾克萨菲尔·耐度那点噪声在这里可以算是小菜一碟。爱维琳姨妈和科伯马赫姨父住在一楼,二楼住着弗尔克和黑拉以及四个孩子——派特乌斯、特丽莎、约翰内斯-保罗和贝尔娜戴特——这个年龄的孩子怎么会安静呢?黑拉说,为了不使耶稣震怒,孩子们常常将争吵限制在最小范围内,而且因为他们无论如何都不想让耶稣伤心,所以就干脆停止争吵。

顶楼本来有两套住房,一大一小。我住在小的里面,大的被弗尔克改建了,以便在顶楼可以听到孩子们的动静。公用的楼梯间因改建而成为牺牲品:我原来房间的门被封死了,为了进入房间,我必须从侧面爬一个建在外墙上的、由钢铁制成的螺旋楼梯。在寒冷的冬日,楼梯很滑,去年一月份我跌倒了,尾骨处留下一块丑陋的青肿。但在夏天,螺旋楼梯宛若一个阳台,你可以在阳光下坐在那里观察邻居们洗车。

总之,我的居住状况是绝对可以接受的。

查莉不认同我的观点。她认为我的姨妈和姨父是伪善的老古董,认为我表哥很孤独,而黑拉和孩子们都是十足的白痴。是的,他们确实有点傻里傻气。上次查莉来的时候,他们正在沙堆里玩一种叫"在水上穿行"的游戏。

"你包、包里是什么?"约翰内斯-保罗问。

"《洛妮娜——吸血鬼女郎》。"我一边回答,一边越过约翰内斯—保罗朝消防梯走去。

"什么是吸,血,鬼,什么狼的?"约翰内斯-保罗追着我问。

"你呀,这个你得在儿童圣经上查一查。"我平时对这个孩子并不坏,可是今天他没完没了的问题让我心烦。我急匆匆走到楼梯顶，开了门，把手袋和麻黄袋子扔到角落里，然后关上门。要是有一个"请勿打扰"的牌子的话，我会把它挂在门铃上。我要的不多，只求在寻找自杀方式的最后几天里能安静地度过。难道这是一种奢望吗？

在那个"抑郁症"网站——当然我已经读过——我发现还有另外一些对付抑郁症的方法，比如药品。我真佩服自己的细心。但是，我十分怀疑这种药品能让我眼下的生活充满亮点。上面提及的精神病药物全部有副作用：服药的人会掉头发。我的意思是，人们究竟要服用多少药品，才能够对付自己一团糟的人生以及日渐稀少的头发呢？

还有就是催眠术，如您所知，有一种催眠术是把自己当成母鸡，脖子一伸，咯咯叫着，试图产下一颗蛋。但是能这样做的催眠师实在太少了。其中存在的潜规则不外乎是吞掉你大量的金钱。比如，他们会不下三十次地对你说："你厌恶抽烟，你在看到烟的一刹那就感到恶心。"查莉就做过一次，而她现在依然抽烟。

至于治疗，一般是这样的：等到治疗师终于弄清楚你的想法时，已经过去好几年了。这么长时间我是等不及的。

我已经厌倦了。

我受够了，结束了。我不想再继续了。

反正也不会有人怀念我。

如果有的话，你们为什么不早一点关心我呢？

"您收到了一封新邮件。"电脑对我说。"管他呢。"我说，却禁不住去看。也许又是"您中奖了"——现在由打电话改成了发邮件。邮件却是布里特·艾姆克——现在被称为什么法尔肯海恩男爵夫人——发来的，还有一封来自表弟哈里。

"亲爱的高中同学们。"她写道。我必须严肃地质问查莉，因为她把我的邮件地址泄露出去了。有可能她今后会源源不断地给我发她高贵的继承人戴着圣诞老人帽的照片。但这已经无所谓了，这个圣诞节我早已灰飞烟灭了。"我们聚首的日期已定：今年六月三日我们将为这次重逢欢庆。迄今为止已有六个人报名，十四人回绝。遗憾的是，有一位同学已经故去。九十八份邀请书尚未收到回复。请速回函，以便我和克劳斯能及早预订我们的活动场所。"

一位同学已经故去？是谁呢？因何而死？为什么布里特不告诉我们他或她的名字，甚至连性别都保密？或许这只是一个小小的诡计，好让我们都去参加聚会。

要是布里特知道我自杀的消息，她会如何写呢？

可惜在此期间又有一位同学故去，如何你们想知道是谁，那么六月三日那天都过来吧。

我是不是可以安排好时间，以便使同学聚会和我的追悼会可以同时进行？

我查了一下日历。不行，我等不了那么长时间。现在是四月末，我想把这件事放在身后。只要一两个星期我就可以把一切准备好。我也不应该浪费时间：在没有工作的状况下，我的钱撑不到六月中旬。

除此之外，姨妈阿丽克萨的银婚纪念日在五月份的第三个星期日举行，我是无论如何不会去的。每个家庭成员都必须到场——单独朗诵一首自己创作的四行诗歌，还要以"听，谁从外面进来了"的旋律唱歌，由我表弟哈里钢琴伴奏。除了"姨父弗来德，穿着燕尾服，哈啦嘿，哈啦吼，他是个大蠢猪，哈啦嘿哈吼"之外，我已经记不起什么了。弗来德姨父其实很和气，姨妈阿丽克萨倒是两个人中比较愚蠢的一个，只不过她不穿燕尾服而已。

我母亲家族方面的庆典一直非常可怕。数不清的白发姨婆们看起来相貌相同，她们想问的问题只有一个："是不是胖了一些啊？"对此，她们的丈夫总是在她们的臀部拍一下，以"你看起来好极了"作为回答，这好像成了一个普遍的家族礼仪。我的表亲们想捉弄我，他们想听一下我的生物钟走得怎么样，如果在我母亲听力可及的范围内，她就会不断地说："你站直了！"

就连其中最令人期待的宴会也不能填补这种心理恐怖。二十五年前姨妈阿丽克萨的婚礼就没有给我留下什么美好的记忆。

姨妈阿丽克萨是妈妈她们四姐妹中最小的，她的婚礼曾是一个重要事件，为此他们在城堡饭店宴请了两百位客人，布置了华美的亭阁，请了弦乐队，并且专门把遍布德国各地的整个家族的迈森瓷器和餐具都集中到这里。我所有的金发姐姐和表姐妹都身着定做的粉红色丝缎长裙，头上戴着玫瑰花环，手捧装满布制玫瑰花的花篮翩翩而至。

只有我不得不身穿丑陋的深蓝色裙子一直站在父母身边，因为姨妈阿丽克萨解释说，如果我也作为花篮女孩，我的深色头发将会破坏婚礼照片上金黄色的整体色调。

就连我母亲都觉得这太过分了，但姨妈阿丽克萨死死坚持。"我一生只结一次婚，所以应该做到完美，"她说，"而且她太小了，反正这些她也做不来。"

胡说八道。如今我印象中的这个婚礼只是些零碎的细节。我甚至还记得，父亲把那些在教堂前用来投向一对新人的小石子混到我的米饭里，还有应该被放飞的两只白鸽子中的一只在古斯塔夫姨父的光头上拉了一摊粪便。这个婚礼除了完美之外真是五花八门。如果不是姨妈阿丽克萨因为我头发的颜色而大吵大闹，中间就不会发生那么多重大失误了。如果我也能穿上粉红色丝缎长裙到花篮女孩的队伍中，我就不会生气地躲在外公的达克斯猎犬瓦尔第藏身的桌子底下，也不会出于长时间的无聊将瓦尔第的项圈和外公的鞋带绑在一起。如果允许我和那些花篮女孩在一起扮演公主，我就不会把瓦尔第钟爱的球扔向草坪，瓦尔第就不会把外公罗顿克尔歇从椅子上放倒，外公罗顿克尔歇就不用抓住台布，桌子上来自各地的瓷器就不会摔到地上裂成千万片，我也就不会作为"对迈森瓷器负有责任的多洛提亚最小的女儿"而在这个家族中闻名。而现在的我则变成了"至今未婚的对迈森瓷器负有责任的多洛提亚最小的女儿"。

"亲爱的歌莉，"表弟哈里写道，"为纪念我父母银婚而创作的四行诗已于昨日截稿。但因为我想将每一节诗歌以特定的格式记录下来作为给他们的礼物，所以请求你能尽快将你的诗作寄来。我们将按字母顺序给每个人排序，你排在表姐弗朗西丝卡和姨父古斯塔夫之间。我们将把这首歌定为 D 大调，可以此练习。"

"你年纪尚轻且已如此愚蠢，哈啦嘿，哈啦吼，"我唱道，也许它根本就不是 D 大调，"你不了解我，所以这一切都不合拍，哈啦嘿哈吼！"这种狗屁还要人练习，这可又是一个经典。哈里把他那首诗作为范文一并传了过来。我只注意到每一行都有一个"做"字。

"哈里只会作些烂诗，现在他还想教导我。"我把哈里的邮件关掉，打开一个新文件。

"死前必做之事"，我写下第一行，"第一，写遗嘱；第二，考虑一下哈里的白痴四行诗，否则这个蠢人有可能亲自上门；第三，收拾房间并处理掉所有令人尴尬的东西；第四，写告别信，详见另一清单；第五，回绝同学聚会；第六，去做头发。"

遗嘱很重要。我外婆罗顿克尔歇就没写，只是口头留言，交代说她的首饰应该由孙女和外孙女继承。

"每个女孩都可以自己挑一个，"她说，"依次轮流，从年纪最小的开始。"这本来是个很不错的主意，但是当她从上面看到女孩子们围在首饰盒边没完没了地拉拉扯扯后，她终于得出一个结论：还是立个遗嘱比较好。

家里只有男孩子的爱维琳姨妈由于这个规则被彻底排除在外，她交叉着双臂站在房间角落里埋怨，而一向不喜欢女儿的母亲这次委实得意了一回。我猜想，这是她生命中唯一对我们之中没有男孩并不在意的一天。

"拿那个蓝宝石，蓝宝石。"姨妈阿丽克萨对当年才三岁的我的表妹克劳蒂亚低声诱导，但不谙世事的克劳蒂亚，想着蓝宝石的样子，第一次抓了一条珊瑚项链，第二次抓了一个里面有只虫子的琥珀坠。如此两次三番，急得姨妈阿丽克萨直流泪。我们的表姐妹戴安娜、弗朗西丝卡、米丽亚姆和贝蒂在她们的母亲用头撞墙期间，抓了些假珍珠、银制人物项坠、陶制首饰和蔷薇石英项链之类的东西；但是提娜、丽卡、露露和我一点都没动那些便宜的首饰，我们拿的全是真正的好东西。提娜得到了蓝宝石，丽卡得到了钻石耳环，露露得到了带钻石的白金表，而我则挑了一枚镶有一块精心打磨过的硕大海蓝宝石的戒指。

当我把它戴在我纤细的手指上时，姨妈阿丽克萨响响地冷笑了一声，姨妈爱维琳则嘀咕道："孽种！"

"你最好闭嘴，"母亲对她说，"你已经顺手牵羊拿走了所有的古玩和瓷器。"

"什么瓷器？"姨妈爱维琳叫道，"那上好的迈森瓷器不是被你的小丫头打坏了吗？"

"就是，"姨妈阿丽克萨说，"按理说她不应该再继承什么了。"

可是外婆没有说什么。

第二轮也是如此。"不是这个红耳环，戴安娜，是那个红耳环！"我们凭直觉抓到了最昂贵的东西，丽卡抓的是保尔德猫眼项坠，提娜抓的是祖母绿戒指，露露抓的是红宝石耳环，而我抓的是一条带有钻石扣环的项链。母亲当时颇为我们自豪。

我除了首饰之外实在没有别的昂贵之物，即使如此，我也不愿意把我这少得可怜的几件东西明珠暗投：比如说我收藏品中的一些古老儿童书，我的数码多媒体播放器和笔记本电脑。我几乎不由自主地要拿起电话打给我母亲："不要把所有的东西都送给阿尔色尼乌斯和哈巴库克，听见没有？"但我马上就意识到，这种做法是极不明智的。我必须保持低调和正常举止，直到我自杀那天，否则如果最后被人发现我的意图，我就会被安置到精神病院。

我要将该事件有条不紊地进行下去，如同我一贯的做法。至于"为什么"我已经解释过。现在我需要在"如何"上面下功夫。最好是无痛而简单的那种，绝对不能让人倒胃口。如果可能，我希望我死后的样子要好看些。我们当然也应该考虑到发现尸体的人的感受。

不过，事情还真不是我所设想的那么简单。

周六晚上是我和朋友们一周一次的聚餐时间，在收拾自己的空当，我依然在苦思冥想这个计划将如何实施。

我在www.depri-na-und.de上做了一个主题为"您属于哪种自杀类型"的测试，我断定自己绝对不属于玛丽莲·梦露型，也不是安娜·卡列尼娜型，更不是切腹型——老实说，我绝对不会接受这种方式。而没有药方的话，好像不管在哪里都搞不到安眠药。我只找到一个网上药店，他们提供"各种正品，非原装药品"，每片五十欧分。或许我可以在那里买上一公斤，然后全吞下去，看看到底怎么样。可是以我的运气，到头来只能得到些伟哥或维生素C之类的，要不就是能让人长出小胡子的药片。

我穿上一件非常旧的绿色套衫，一条牛仔裤，还戴上了我最钟爱的青蛙国王耳环。我在镜子前将自己审视了一番，想知道人们能不能从我身上看出自杀的迹象，但我发现，那微微上翘的唇角是如此不合时宜。它总是这样，这纯粹属于人体构造范畴，我们家所有女性都有这么一张宽宽的、弧形的、永远微笑着的天使般的嘴。

"意味深长的唇。"乌尔里希常常如此评价。

布里特·艾姆克将我称为"大嘴青蛙"，那时候我们上六年级。我和查莉把一只刚刚被轧死的青蛙作为书签放在她的拉丁教科书里，好让她弄清楚一只真正的大嘴青蛙到底长什么样。哎哟哟，她哭得惊天动地。

当我从防火楼梯爬下来时，弗尔克、黑拉和孩子们已经在吃晚饭了。

"西各那，你赠与了我们什么。"我听到一阵合唱声。从倾斜着打开的窗子里传出来香喷喷的烤肉味道。我忽然意识到，我整整一天几乎没吃什么东西，这让我加快脚步赶往电车车站。

我们的晚餐聚会曾经很有趣。我们非常讲究，喜欢做异域风味的饭菜，喝美味的餐前开胃酒和葡萄酒，吃喝畅谈，一直到深夜。但自从他们的孩子出生后，我的朋友们好像完全失去了对异国情调的向往，甚至连生奶酪、酒和泥炉烹调食品都一下子变成了危险的东西。总是因为至少有一个孩子在场，就不得不临时改变约定——"保姆没来""她特别想一起来""他长牙了"——我们也再没有寿司可吃了，因为孩子们不喜欢。

在我们把昂贵的庸鲽做成简单方便的鱼条的过程中——吃的时候还要蘸番茄酱——孩子们在厨房里转来转去。最后常常有至少一个孩子坐在我大腿上睡觉，我不敢动，直到双腿麻木，而且还得让自己保持清醒，关于儿童旅店和幼儿园学费等叽叽喳喳的谈话声不断传入耳中。如果不是我，每次也至少有一个成年人酣然入梦，这通常告诉我们该离开了，而那时还往往不到十一点。

除了我，只有奥立和米亚、乌尔里希和查莉还没有孩子——过去一段时间他们常常称病，说怀疑自己患了流感或其他流行病。而实际上，我想他们只不过想在周六晚上舒舒服服地一起去看场电影而已，或者在自己家中做一些可口的辛辣的以及生的东西吃。

现在连乌尔里希和查莉都即将为人父母了，再也没有谁能够和我一起调侃、捉弄别人了。

以前我们经常变换做饭的地点，轮流在各自的住所进行，当然在我的小厨房里也做过，夏天我们甚至带上气罐和炒锅去公园。而现在我们总是聚在卡洛琳娜和贝尔特那里，因为他们有大厨房，有噪声小的洗碗机，有最多的孩子，还有不尽职的保姆。他们住的是行列式房屋，要是见不到众多的玩具和到处翻飞的属于孩子们的劳什子，他们的房屋可以说还是相当有品位的。

卡洛琳娜给了我一个热情的拥抱，她用脚把一辆玩具车和一件粉红色的毛衣踢到一边说："你是第一个，一直那么准时，进来，我跟弗洛丽娜说过，你会上去跟她道个晚安，你知道她对你有多依恋，哇，这件套衫是新的吗？你看起来真棒，真的，你总让我想起那个电影明星，她叫什么来着？马上，亲爱的，她，偷东西被抓了的那个？你觉得我们买了猪里脊而没买羊脊肉这很严重吗？你知道，煨羊肉的锅还要放在烤箱里烤上几个小时，但猪里脊只要在平底锅里煎一下就行了，那就——亲爱的，你看到了吗，后天是父母之夜，我现在就可以告诉你，这次你去，真可怕，上次他们差一点选我当宝藏主管，还有，我根本就不会算术，我们账户上一直是负数……哇，这件套衫是新的吗？和你简直太相配了……"卡洛琳娜生完第二个孩子之后，就不会用句号了。她说起话来没完没了，而且许多话题还要说两次。

"嗨，歌莉，甜心。"贝尔特说，他怀里抱着婴儿泽韦林吻了一下我的脸颊。泽韦林想抓我的青蛙国王耳环。"我不去参加那个父母之夜。"

"我也不去，"卡洛琳娜说，"最后的五次我一直在听一些鸡毛蒜皮的事情，谁能受得了啊，总是什么无记名投票，弄到半夜……"

泽韦林试图把耳环从我耳朵上撕下来。他力气真大，要是我不护住的话，他一定已经得手了。当我放开他的手时，他的脸上一副哭相。我揉了揉自己的耳垂。

"那就谁都不去。"贝尔特说。泽韦林因为够不着我的耳环，在贝尔特臂弯里愤怒地蹬来踢去。

"我去和弗洛道个晚安。"我说。

"行,这真是太好了,我开始洗菜了。"卡洛琳娜说,"我没买到细叶芹,但是豆瓣菜也挺好吃,不是吗?如果我们两个人都不去,那他们只有背地里决定是否允许把能多益巧克力榛子酱涂在面包上,或者是否过宠物节,还有能不能带上毛丝鼠……"

"这些都根本无所谓。"贝尔特说。

"对我不是无所谓,"卡洛琳娜说,"是我整天要为这些哭闹纠缠的孩子们伤脑筋,他们喜欢毛丝鼠、能多益和……"

"你这样说,好像我从来不在家。"贝尔特说。

"你本来就不……"我上楼的时候,泽韦林开始大哭起来。"快看,多可爱,"卡洛琳娜说,"他喜欢你。我们所有的孩子都喜欢你。这件套衫到底是不是新的?和你太相配了。不是吗,歌莉你看起来好极了,亲爱的,那个女影星,偷东西被抓住的那个……"

我进来的时候,弗洛已经躺在床上了,但还没睡。她哥哥格来奥恩在上面的床上睡得很沉。这很好,因为我只给弗洛带来了东西:我的一个音乐盒。如果提一下盖子,盒子里的舞者就会转动着翩翩起舞。

"这是什么旋律?"弗洛问。

"多瑙河华尔兹。"我说。

"你是真的送给我吗?不只是借给我?"

"不是,它现在属于你了。"

"啊,谢谢!你是世界上最好的人,歌莉。歌莉,你小时候有没有养宠物?"

"我们有一只猫,"我说,"但它是我和三个姐姐共有的。因为我是最小的,所以只有猫的尾巴属于我。""比根本就没有宠物要好,"弗洛说,"你会送我一只猫作为生日礼物吗,歌莉?那样爸爸妈妈就不能再把它送人了。"

"看看吧,也许。"我说,喉咙里好像被什么堵住了。弗洛的生日在七月,那时我已不在人世。她是我的教女,我得承认,我爱她比爱同样强加给我的教子哈巴库克要多得多。

"我也会很喜欢一只小兔子。"弗洛说。然后她每周六都问我相同的问题:"你这周有没有认识一位男人,歌莉?""有,"我说,脑子里浮现出格利高·阿德里安的影子,"一个有一双绿眼睛和好听的名字的男人。""那——他让你心动了?""是的,"我说,"不过他已经许了人了,是个吸血鬼女郎。""优秀的人都已经有了伴。"弗洛叹息道,"你抱我一下好吗?"

她用双手搂住我的脖子。"你闻起来真香。""这是潘普洛纳香水,"我说,"如果你想要,我就送给你好了。""还是一只兔子比较好。"弗洛说。

亲爱的爱维琳姨妈和科伯马赫姨父：

首先我打算解除租房合同。

很遗憾我不能遵守预定的期限，因为我准备于下周五结束自己的生命。但是我敢肯定你们很快就能找到续租的人，也许是一位教会圈里的老太太，或者是来自韩国因信仰交流而来德的女学生。最好是女学生，因为老太太也许会在防火楼梯上滑倒，从而起诉你们。

如果你们的黑拉肯买一个洗碗机，那将会吸引更多房客租房的兴趣。停止将那些崭新的"让耶稣走进你的生活"的小册子分发到各家信箱，以时不时地请黑拉共进晚餐代之。

亲爱的爱维琳姨妈，你可能觉得我那时还小，对某些事物尚不能察觉，但是我清楚地记得你多次称我为"孽种"的情形。往事历历如昨，我还知道，你如何由于我的发色与妈妈阿丽克萨推测说我是在医院里被换来的，或者父亲是一个邮递员，然后你们开始窃笑。我当时觉得这很卑鄙，直到后来在生物课上学了遗传学，才明白了你们的意图所在。但是我可以告诉你：我是我父亲的女儿，是他遗传给我深色的头发和褐色的眼睛。这也许有点复杂，因为他的头发也只是浅褐色而已，但如果从孟德尔的遗传理论来分析，人们就会理解。因此，我把我那本旧的生物书放在你信箱里了，好让你闲暇时认真学习一下第五章，从第一百四十六页开始。我的父母遗传给我们十分有趣的混合特征：提娜是金发和褐色眼睛，丽卡是金发和蓝色眼睛，露露是金发和绿色眼睛，而我则是深褐色头发和褐色眼睛。当然，头发和眼睛的颜色不可能以人们喜欢的组合一直遗传下去,"优势"和"劣势"这两个概念说的就是这个意思。按照孟德尔的遗传理论来说,一个蓝眼睛女人,比如你,和一个蓝眼睛男人,比如科伯马赫,不可能生下一个褐色眼睛的孩子,比如弗尔克。

你尽可以在平心静气的时候好好阅读一下。这的确是一个非常有意思的主题。人们对此关注得越多,就会对周围的人了解得越透彻。

也祝福弗尔克、黑拉、约翰内斯－保罗、派特乌斯、特丽莎和贝尔娜戴特。我想,为我祈祷,不会使你们损失什么。

你们的歌莉

六

当我道完晚安走下楼时,其他人也都来了:玛尔塔和马里乌斯,乌尔里希和查莉,甚至奥立和米亚。奇怪的是玛尔塔和马里乌斯这次没带孩子一起来,当然除了玛尔塔肚子里的那个。从玛尔塔肚子的大小来看,里面极有可能是一只小象。

查莉情绪非常好。"到今天为止我已经三天没抽烟了,"她嚷道,"根本没用催眠术。这难道不好吗?还有,我对色拉有了食欲!不过,最棒的是我丰满的胸部。终于用不着魔幻胸罩了。摸一下,都是真的!"

马里乌斯马上想去验证一下,但玛尔塔打了他的手。

"查莉只不过是开玩笑。"她说。她的胸和查莉的比起来就好像,这么说吧,像拿一只甜橙和查莉鬼节上的南瓜比。而在她八个月的隆起的大肚子衬托之下,她的胸就更小得可怜了。

"不,我可是绝对严肃的,"查莉说,"你们所有人都得摸一下!开始!别不好意思。"她有点让我想起"棒槌硬当当31"在咖啡厅的一幕,别扭捏,快,摸一下,真的像棒槌那么硬。

"今天没得传染病?"当奥立和我问候拥抱时,我问。他那一头桀骜不驯的金色头发,有一绺总是不听话地挡在额头前。这个男人很性感。我一直对他娶了别的女人觉得遗憾。当然,他当了牙医之后抽烟少多了,他也刚刚洗过澡,不过这一切都无所谓了。

他哧哧地笑着说:"我们再找不着借口了。除此之外,我们喜欢普罗旺斯的煨羊肉锅。"

"好像今天没有羊肉了,"我说,"卡洛买了猪里脊。"

"真扫兴。"奥立说,他的目光扫向妻子,那边,查莉正逼米亚摸她的胸。"米亚,回头你开车,我今天打算喝个大醉。"

"不是吧,又是我?"米亚说。她是一个非常漂亮的红发女人,有着一双令人羡慕的长腿。她在一家叫作来克星顿-五年华的豪华酒店任接待处主任之职。顺便提一下,姨妈阿丽克萨的银婚纪念酒会就是在这个酒店举行的。"明镜厅"的租金要两千五百欧元,而且不提供服务,这是我母亲托我向米亚打听的。不知出于何种原因,明镜厅对母亲来说如同眼中钉。我猜大概因为她的银婚日只能在家里的豹子和天使客厅举行,而姨妈阿丽克萨对此嗤之以鼻。

"两千五百欧元租一个厅,却在姨妈胡尔达那里抱怨经济状况不佳。"我母亲马上拿起话筒开始打电话。老姨妈胡尔达被称为"继承姨妈胡尔达",因为她没有子女,却拥有可观的财产和一座漂亮的别墅。母亲和她的姐妹们还是小女孩的时候就对老姨妈百般讨好,努力去做她最乖的外甥女并一直保持下去。为了和其他人竞争,她们也争着定时打扫别墅。

"你上次就喝酒了。"米亚对奥立说,"你好,歌莉,很高兴见到你。你是不是也怀孕了?"

"没有,"我说,"你也许知道,我还是单身。"

"真让人想不通。"奥立说。他总是以一种亲切、无伤大雅的方式与我调笑,恰到好处,又让我不会产生错误的幻想。奥立是我想要的那种,有很少的那么几次,我甚至浮想联翩:要是米亚不存在,一切又会怎样。

卡洛琳娜把我搂到怀里,好像我刚刚到似的。

"这件套衫是新的吗?"她问,"和你非常相配。对吗,奥立?歌莉穿着看起来很漂亮吧,酷似那个偷东西被抓的女影星。"

"薇诺娜·赖德。"奥立说。

"对极了,"卡洛琳娜说,"歌莉看起来很像薇诺娜·赖德。"

"哈。"米亚笑道。

卡洛琳娜生气地看着米亚。她不喜欢米亚,她永远不会原谅当她和贝尔特正竭力撮合我和奥立时,奥立又重回米亚怀抱。"歌莉是典型的薇诺娜·赖德型,棕色的大眼睛,深色的鬓发……"

"丰满的臀部。"米亚说。

"要是歌莉的臀部太大,那我的呢?"卡洛琳娜问。

"更大。"米亚说。

"其实我是玛丽莲·梦露型。"我抢着说,好让卡洛琳娜放过米亚。

"不是,真的不是,亲爱的,"查莉也掺和进来,她给了我一个热情洋溢的吻,"玛丽莲是金发,而且有一对丰满的乳房,和我一样,你倒是摸一下!"

"行了,知足吧,只要还有个理由能让你高兴,"卡洛琳娜说,"回头有机会我让你看看我的妊娠纹。"

米亚翻了个白眼。"奥立,你摸了查莉的胸没有?要是还没有,那就快点行动吧,否则她要折腾我们整个晚上。"

"可别妒忌啊。"查莉说,"歌莉,你也收到布里特·艾姆克的邮件了吗?我们的一个同学已经去世,这是不是太可怕了?你觉得会是谁?为什么而死?啊,我真高兴我能戒烟,还挺快的。

我们现在渐渐到了一个应该多注意自己身体的年龄。"

乌尔里希啪啪地拍着我的肩膀。"嘿,老朋友!"他说。自从他和查莉在一起后,他对我的态度就好像我是他的酒友一样,就好像我们之间从来没有发生过什么。"对我们的好消息你想说点什么?"

"衷心祝贺。"我说。

"对,我也一样,"米亚说,"确实非常丰满。"

"关于羊肉的事,对不起大家了,"贝尔特说,"不过下周六一定有,我发誓。"

"可惜下周六我不在,"米亚说,"我要去斯图加特进修。"

"我有可能也缺席。"我说。

"你去哪儿?"卡洛问。

"我,唉……"我一时语塞。他妈的!我终于将自己出卖了。幸运的是他们对我的窘迫完全会错了意。

"啊,"马里乌斯说,"歌莉有个约会。"

"歌莉有约会!"贝尔特叫道,"也是时候了。"

一个约会?好,也可以这么说。我起了一身鸡皮疙瘩。一个与死神的约会。像布拉德·皮特在他主演的那部电影《第六感生死恋》里,和乔·布来克的约会。

"他叫什么名字?"

查莉问。"哦,乔。"我说,我感觉自己的脸红了。

"他做什么工作呢?"奥立想知道。

"他是一个工匠,呃,制作长柄大镰刀什么的。"我说。

"割草机的刀?"马里乌斯问。

我摇头。"旧式的那种……"

"索林根刀具,可能吧,"贝尔特说,"也许你能给我们弄几把上好的寿司刀来。对了,今天谁做前餐哪?"

玛尔塔打了个哈欠。"那就我吧。"

"你们说,我们是不是不做汤了?"卡洛琳娜问,她也打了一个哈欠,"我的意思是,这又需要很长时间。要是把蔬菜和里脊一起放在煎锅里焖一下,应该也可以,不是吗?而且用不了那么多餐具。"

"我没意见。"马里乌斯说着,同样打了个哈欠。

奥立同我和米亚交换了一个意味深长的眼神,他开始寻找开瓶器。我们沉默着把葡萄酒杯递给他。

第二天,我终于结束了苦思冥想,如您所知,母亲要把她收集的安眠药交给我妥善保管。我无法形容自己的喜悦之情。如果说我还对自己的计划存在这样或那样疑虑的话,那现在这些疑虑已经荡然无存了:我的生命即将走向终点,这简直是命运的安排。为什么我如此轻易就得到这么多安眠药呢?

现在,所有问题的答案都握在我手中,我可以心平气和地筹划"与乔的约会"——这比自杀听起来要好多了。为了赴乔之约,我甚至还买了一条新裙子。

我已经说过,我生性节俭,但当我知道自己不再需要钱时,我就能毫无顾忌地把它花出去。死后以一副姣好的面容被人们发现是很重要的。这真是癫狂至极:它紧贴着身子,却不会产生平淡的效果;它袒胸露背,却不粗俗;它是红色的,如火一般——一种非常适合我的颜色。

"您已经开始为死亡作准备了吗?"连售货员都如此说,她不知道她其实是多么正确。

很不幸我没有和这条裙子相配的鞋，我本来没打算买，因为我反正要躺着，直到我看到这双华丽的、上面有一只由人造宝石镶成的蝴蝶的红色凉鞋。虽然它对我来说太贵了，虽然那高而窄的鞋跟令我几乎不能行走，我还是把它买下来了。走是绝对用不着的。它那漂亮的、细细的鞋袢就算在躺的情况下也是别致的。

另外，我还买了两瓶很贵的伏特加。一瓶用于练习，另一瓶用于正式场合。其中的技巧在于如何让安眠药和酒精都留在胃里而不被吐出来。这需要一定的锻炼。我把屋子里所有酒类饮料全找出来，决定把它们在本周当中慢慢喝掉。这可以起到调整情绪和清除体内垃圾的作用。

我将与"乔的约会"定在即将到来的周五。我住的地方太小，不方便进行自杀行动，而且还要对黑拉和孩子们有所顾忌。因此我需要在帝豪酒店预订一个套房，可以将莱茵河尽收眼底，一晚要三百二十欧元。早餐是包括在其中的，但我是不需要了，而且还有一个好处——我其实连账单也不用付。

在此之前，我要做的事还有很多。

周日晚上，我就开始用两瓶红葡萄酒来训练了，酒是姨父科伯马赫送给我的三十岁生日礼物。我一只手举着酒杯，另一只手拿着一个垃圾袋在房间里审视，以他人的视角开始整理房间。首先我扔掉了查莉送给我的自慰器，想都没想我母亲或姨妈在找到它时的情景。这个东西看起来真恐怖，它的样子和人体的实物毫不相同，除非是有两个阴茎、带氖光灯的那种。至于为什么后者更好，我其实根本就不知道。老实说，我从来没有碰过这个东西，它一直带着包装原封不动地放在那里。当我把它丢进垃圾桶时，我感到有些内疚。查莉说这个东西很贵，它是市面上最好的，是限量版，而现在把它放在网上拍卖已经晚了。我没有把垃圾袋扔进家里的垃圾桶，而是将它扔到了电车站一个盛废纸的垃圾桶里。或许一个无家可归的人会因为发现它而欣喜不已。

我被地板上的麻黄袋子绊了个跟跄，那是拉克里茨送给我的，最上面那本是阿德里安提到的吸血鬼系列的第一部小说《洛妮娜——黑暗中的猎人》。我想把它扔进废纸堆里，但最终还是禁不住好奇，开始读起来。洛妮娜，一个新鲜出炉的吸血鬼女郎，在被一个吸血鬼叛徒啮咬之前，她的名字叫金百利。

这个故事一点都不扣人心弦，我为了能读完它，喝掉了整整一瓶红葡萄酒。

哼！那个阿德里安真应该庆幸自己还有一份工作，不用以写作为生。没有天赋其实也不一定是坏事，对于如此缺乏想象力的作品反而不会抱怨。

我开始考虑怎么样可以把这个故事写得更好，当然，这违背了我的意志。这个金百利的性格丝毫没有被表现出来，而叛逆者的动机也很模糊，他只是恰好咬了她。其中实在没有任何特别之处。小说不该在方方面面都存在缺憾，它需要有戏剧性的结尾、真正的动机和深刻的情感，像白血病患者勒亚那样的激情……转瞬之间我已经坐在写字台前，开始了《勒亚之路》的另一个全新版本的创作。原来设定的情节中各种不同的尖刀打斗场面为小说赢得了一些生趣，这我必须承认；但是，不仅敌对者，就连主要角色都动不动长出犬牙来，这毫无疑问使整个故事丧失了张力。

关于色情的处理：如果不知道接下来会被吻还是被咬，那么这绝对是一种兴奋刺激的感觉。

深夜，当我全神贯注地改写一段由血液捐献和性混杂在一起的场景时，电话铃响了。是查莉。

"我刚才做了个噩梦，"她说，"我吵醒你了吗？"

"没有，"我说，又给自己满上一杯红酒，"我自己刚刚也做了个光怪陆离的噩梦。有很多血。"

"我梦见我和乌尔里希是糟糕的父母，"查莉说，"当我醒来时，我知道事实就是这样。"

"胡说，"我说，"你们将会是出色的父母。"

"不是，"查莉说，"我昨天晚上又抽烟了。虽然只有半支，但是它战胜了我。"

"只有半支，没那么严重。"我说。

"你知道我房间里的花经常是什么样子，"查莉说，"要是孩子也这样，那该怎么办？"

"要是我就不会操心，"我说，"人在责任中成长。"

"我会把孩子忘在超市。"查莉说。

"我们给他拴个小铃铛。"我说。

"哎呀，他妈的，我有点不舒服，"查莉说，"我想我要吐了。谢谢你肯听我说话。"

"不用谢。"我说，然后又继续我的写作。

和乔约会的这周时间过得飞快。我每天都在努力锻炼自己的酒量，并按照"必做之事清单"依次将其完成。同时我还写完了《黑暗中的勒亚之路》，因为我们处女座不喜欢做事半途而废。我们一旦开始，就必须将它完成。在清理旧物方面也是如此。

我把成袋的垃圾拖到房外。自从我开始清理以来，我就控制不住扔东西的欲望。家用器具、衣服、鞋子、内衣、小摆设、相片、废纸、床单、美容化妆品——所有我不是百分之百喜欢的，都被丢弃。应该留下的，只有我这个在真实而纯粹的灯光笼罩下的人。

如果我不是患有神经性抑郁症的话,我甚至会在大清理中找到快乐。在此之后,房间看起来大多了,柜子是空的,所有物品都有它们固定的位置。

每周三我都要替爱维琳姨妈打扫卫生,虽然这次她让我用梳子梳理地毯的流苏并且清洁烤箱,但时间还是过得很快。要是我早点知道在微醉的状态下打扫卫生有多舒服就好了!

"下周我们把柜子彻底冲洗一下。"爱维琳姨妈说。她在给我布置任务时总是说"我们",实际上她从来没有动过手,只是袖手旁观并唠叨个不停。

"行,那就等下周了。"我说。可下周我已经不存在了。

我刚回到自己的房间,拉克里茨就打来电话,询问我稿子进行得怎样。我说周五我会把稿件通过邮局寄给她,她听了非常满意。

"又快又可靠,一如既往!我还以为您会把我晾在一边呢,"她说,"没有您我就完了。我这里的这部稿子真是太可怕了,一点档次都没有。"

拉克里茨不在收到我告别信件的人物之列,我当然不能写给所有的人。我为了锻炼刚刚喝下两杯伏特加加橙汁,我趁此机会说:"我对您很有好感,拉克里茨。我衷心地祝愿您一切顺利。"

拉克里茨却没有注意到我感情的变化。"我也很、很喜欢您,歌莉,和您一起共事真是一种快乐。"

啊,多感人!我的眼泪差一点就掉下来了。"在另一个更好的世界再见吧。"我高兴地说。

"好,"拉克里茨说,"我们要为此而努力。"

我的母亲也打来电话,我万分肯定,如果她知道这将是她和我的最后一次通话,她肯定会换一个话题。

"孩子,我只想问你一下,在姨妈阿丽克萨的银婚酒会上你要穿什么。"母亲说。

"哦,唔……"

"请别再穿那件老旧的丝绒夹克。为了应付这种场合,你完全可以去买件新的。哈娜,克劳斯的哈娜,克劳斯·考勒,她在阿娜玛丽的六十岁生日那天穿了一套西服,上衣里面配了一件背心。你这样穿效果也会很不错。我去问问阿娜玛丽,问她是否能向哈娜打听一下她在哪里买的,我们可以一起去买。"

"我,唉,我刚刚给自己买了一件非常漂亮的红裙子,"我说,"还有和它相配的鞋。"

母亲很明显地由于惊讶沉默了几秒钟,然后她说:"红色?一定要红色吗?红色太显眼了,而且适合的场合也不多。我更喜欢米色。哈娜的西服就是米色的。"

"那条裙子很漂亮,妈妈。它非常适合我,连售货员都这么说。"

"啊,为了尽快把滞销品甩出去,他们什么都肯说。你不知道他们有提成的吗?要不向你姐姐们借几件漂亮的,你觉得怎么样?"

"你的意思是,向提娜借一件劳拉·爱什莉的裙子,或者向露露借一套黑色套装?不,妈妈,那件裙子漂亮极了,你很快就会看到它。它花了我四百三十欧元。"

"四百三十欧元?反正看上去没什么两样,你总是把钱花不到正地方,我觉得你那件便宜衣服已经……"

"四百三十欧元,"我说,"原价是八百欧元。"

"我才不信呢,"母亲说,"你只是这么说而已。"

我叹气。

"我全是为你好，丽露歌，"母亲说，"穿好一点的衣服，你自己的感觉也会好得多。要不然人家会说，难怪我的小女儿找不到男人呢。"

我再次叹气。

"你知道吗，在亲戚中有这样一个流言，说你看起来不太，哦，不太正常？"母亲问。

"什么？"

"就是不正常，"母亲说，"你知道的，和一般人不一样。"

"哪方面不一样？"

"啊，别装傻了，"母亲说，"不一样的。不一样的类型，不一样的圈子，从另一边过来的那种。"

"拉拉？亲戚们认为我是拉拉？"

"孩子，我不喜欢你用这种字眼。"

"妈妈，拉拉是正确的表述，不一样的类型，不一样的圈子，从另一边过来的，等等，都是错误的说法。"我说。

"要是人们听见你这么说，他们还真觉得你是……"

"拉拉？不，我不是，妈妈。不过我对女人之间的性爱持支持态度。我倒是希望自己也能有几个。但是我根本就没有性生活，不论跟男人还是女人。我认为没人会觉得这有什么大不了的。也从来没有人问过姨妈阿丽克萨和姨父弗来德之间还有没有性。"

"提歌露！"母亲怒道。

"你看，"我说，"问这种问题会让人觉得冒失而不安，虽然如此，我们单身者还总是受到类似的质问。"

母亲沉默了几秒钟。她说："你知道的，弗来德做过前列腺手术。"

"什么?"

"别的我不多说,"母亲说,"我嘴很紧的,我是一个谨慎的人。知道吗,如果你最起码能偶尔带男人过来参加家庭庆典,就能使那些恶意的流言不攻自破,像你表姐妹弗朗西丝卡和戴安娜那样。"

"她们每次都带不同的男人过来,"我说,"玛丽-露易丝姨妈虽然总是做出一副婚礼就在明天举行的样子,可是你要是问我,我会告诉你那些小伙子全是租来的。她们这次又和谁订婚了?"

"哦,戴安娜的男朋友是一个股票经纪人,"母亲说,"弗朗西丝卡的男朋友还是上次那个,他们秋天结婚。""那个有着猫王的发式和高飞①的声音的理发师?"我有些吃惊地问。

"他不仅仅是个理发师,"母亲说,"他在市里有四家店面。玛丽-露易丝使弗朗西丝卡终于明白了,一个三十岁的女人不能够一直等待下去,等到自己的白马王子奔驰而来。在这种情况下就应该妥协。在当前,一个拥有四家欣欣向荣的店铺的男人绝对不能被等闲视之。药店的人关于那些药品怎么说的?"

"什么?"

"我鞋盒里的药。你要把它们放在药店的。"

"哎,啊,是,他们简直高兴坏了,"我说,"在埃塞俄比亚恰好流行一种严重的睡眠干扰症,你的安眠药派上用场了。"

"好,好。我得准备去打桥牌了。"母亲说,"无论如何,我都问一下哈娜的西服是在哪里搞到的。我也查一下海纳的货物目

---

①高飞(Goofy,意为愚蠢),迪士尼经典动画人物之一,笑声很刺耳。

录,看看里面有没有适合你的衣服。我再打电话给你。"

在一般情况下我也许会反驳几句,可是现在为什么还要无事生非呢?

"好的,妈妈,就这样吧,"我说,"谢谢你为我做的一切。"我觉得最后一句话颇为郑重。

"不管怎么样,妈妈都在你身边。"母亲说。

我最亲爱的弗洛:

还记得我们如何一起读印第安人的故事吗？我们聊着梦里的话题，甚至约定一起去爬一座山。想象一下，今晚我在梦中与我未来的丈夫谈了话。他头上插着一片鹰羽，有一双睿智的眼睛。我马上意识到，他就是我要的男人，我的心疯狂地跳个不停。

"不要再在远方流浪。快来，在这山雕聚集的山脚下，在神圣的花楸中，与我成婚。"他说的是印第安语，但是我可以听懂！"你和我，我们是天生一对。"

这是一个美妙的梦。醒来时，我的枕边有一片鹰羽，我当然马上行动，订了一张下一班飞往美国的机票。小时候我就一直梦想和一个印第安人结婚。我刚好还有一点时间来打理行李——当然，你的珍珠额头头饰带现在派上用场了——和写信给你，好让你知道我为什么突然消失了。

我未来的丈夫是印第安尼卡提部落的酋长，翻译过来大致是"生活在天堂的人们"。他的名字叫亚库图，意思是"用双手捧起妻子的聪明而英俊的男人"。他们印第安人起名的方式很智慧。我非常高兴没有选他的弟弟拉图里，因为他的名字翻译过来是"脚臭的人"。哈，真幸运。

我在梦里见到的尼卡提部落村宛如天堂：蓝色而明澈的湖泊，草地和森林，后面是那座雄伟的山雕聚集的山，山顶有皑皑白雪，处处都是奔跑的马，兔子们在彩绣的帐篷之间蹦来蹦去。这里有很多结满蔓越莓的灌木丛。我还看到几只硕大的乌龟。几个印第安小孩子还骑在它们背上。

你可以想象我多么迫不及待地想成为一位酋长的新娘,但遗憾的是那个村子里没有电话,没有信箱,没有手机。所以我会非常想念你。不过也许我们可以不时在梦里相见,并互相诉说自己的所见所闻。

多吃蔬菜。

你的歌莉——明天她的名字就变成遥卡塔了,意思大致是"云中漫步"。

又及:亲爱的卡罗琳娜和贝尔特,宠物对一个孩子的心理成长很有帮助,它们能增强孩子的责任感并能使其性格的各方面都得到完善。好的父母会满足孩子们对宠物喜爱的愿望,而弗洛刚好处在拥有一只小兔子的年龄。同这封信一起寄来的还有我从网上打印的关于这方面的资料,希望你们不要让一个老朋友最后的一个愿望落空。

请在弗洛十八岁以后再把这个海蓝宝石戒指交给她。在她长大前,在她有一定的心理承受力之前,最好让她相信我在一个印第安村庄快乐而懵懂地生活。我不赞成过早剥夺孩子的梦幻,例如复活节兔子、圣诞老人以及在这个城市中独身者的生活。我想,你们对此是不会有什么问题的,你们不是也骗孩子说有安抚奶嘴小精灵的存在吗?还说它一般是给刚出生的婴儿准备的。这难道会让人感到不舒服吗?

七

又一次下楼来到走廊是一个错误,甚至是一个巨大的错误,一个不可能再补救的巨大错误,而这纯粹只是因为我的虚荣。

事情是这样的,因为我看起来实在太出色了。我的头发、化的妆、裙子、鞋子——这一切搭配在一起简直是疯狂极了!说实话,我从来没有如此漂亮过。一周以来的过量豪饮对我的体形很有好处,因为我基本上由于恶心而没吃什么东西,其效果就是平平的肚子和瘦瘦的脸形。深色眼影衬托出我一双大大的眼睛。理发师为我做了几绺绛色和紫铜色的头发,看起来真是妙极了。

> 生命中的最后一夜,她散发着一种超凡脱俗的美。见到她的每个人,都无法忘掉对她的这一印象。似乎她被施了魔法,变得魅力四射,令人不敢靠近。

要是我不在活着的时候将这条裙子再穿几次,可真是一种浪费。宾馆里只有几个陌生人,我待的时间也不过五分钟。借此机会我正好可以顺便把安眠药的包装扔掉。我已经把所有药片都从锡纸里取了出来,在桌子上摆成五行。旁边放着一瓶伏特加和一瓶水,以及酒杯和水杯。

我把告别信件按照顺序投到宾馆前面的信箱。信太多了,而且有一部分非常厚重,为此我付了一大笔邮费,信箱被塞得满满的。

晚上六点,信箱已经被清空,现在是八点半。我最后要说的话全都在寄往收件人的途中。

一切都在按计划进行。不会再出现什么偏差了。

"我还有点时间,"我对镜子里的自己说,宾馆里与地板平齐的大镜子镶着金边框,赋予我的身体一种庄严的美丽,"我可以下楼去惊艳一番,然后再上来开始吞食这些药片。"

镜子里的我没有反对,她手抚秀发、卖弄地朝我笑了一下,我也向她笑笑。红色亮丽的唇膏非常适合我。平时为了不使我的大嘴更加醒目,我总是用不显眼的颜色,可朱莉亚·罗伯茨也不会总是这么做。如果我想勇敢地尝试些什么的话,那么就是今天了……

当我来到走廊,把药品的包装扔进垃圾桶时,那边只坐着两位老太太,她们看起来好像是把眼镜忘在家里了。前台的小姑娘对我根本不屑一顾。有两个商人下了电梯,但他们穿过旋转门径直向左走向酒吧了,根本就没看见我。

嗨!这是我最后一次活着欣赏自己的机会。

我本来应该马上转身回房的,但我听到了酒吧里传来的钢琴声,这让我突然生出一个愚蠢的念头:去喝最后一杯香槟酒,好调整一下自己的情绪。如果我双腿交叉坐在吧台而依旧没有引起那两个商人注意的话,那可真是见鬼了。

我穿着那双漂亮的红色高跟鞋不自然地走到酒吧里,径直走向幻灭。但我起先并没有意识到,我把更多注意力放在那两个商人身上,他们坐在吧台对面的一张桌子旁。正像我所期望的那样!带着一抹满意的微笑,我坐在两个商人目光可及的另一个吧椅上。我确实没有白来,吧台后面的服务生似乎也觉得我棒极了。

"请给我一杯香槟。"我说,朝他稍稍眨了眨眼睛。

"马上就来。"服务生说。

我双腿叠在一起,将裙子的褶皱抚平并张望四周。整个大厅笼罩在冷冷的、朦胧的灯光下,它被很多丝绒壁龛隔成几个部分。这个时间酒吧还比较冷清。意式咖啡机惬意地发出汩汩的声音,钢琴师正弹着那首《时光流逝》,商人对面的一个角落里有一株绿色植物,一对情侣在拥抱狂吻。我本来不想朝那个方向看,但是他们拥吻的样子让人猜想到他们的舌头每次都插进旁边另一个洞里,真让人恶心。

那是个红发女人,一身黑色筒裙,手臂上的雀斑清晰可见。她看起来好像是米亚。现在那个男人从她口中抽出舌头,她笑了,正好是米亚般的微笑。

等一下!

现在我能确切地看清楚她的轮廓,那是别无二致的。毫无疑问,她是米亚。

可那个男人不是奥立。他发色很深,而且比奥立至少大十岁。

"您的香槟。"服务生说。

不,不可能。米亚去斯图加特进修了,另外,她的婚姻生活也很幸福。这个站起身来与那个陌生男人紧靠着从我身边走过的女人无论如何不应该是米亚。然而,那确实是她。她如此近距离地从我身边走过,我甚至闻见了她香水的味道。

我张开嘴想说些什么,但米亚根本就没觉察到我的存在。陌生男人把手放在她的臀部，她咯咯地笑着，和他通过一道玻璃门消失在门厅里。

"我马上回来。"我对服务生说，并尾随他们来到门边。我看见他们在与前台服务员交谈，然后取了悬挂在那里的钥匙，紧紧相拥着向电梯方向走去。

我现在该怎么办？在我把该事件的唯一证人——也就是我自己——杀掉之前，我难道不应该让奥立了解这一切？可怜的奥立天真地以为他妻子在忙着没完没了地进修，可实际上她在欺骗奥立，和这个摸屁股并把舌头伸进喉咙里的男人在一起。可悲！

从另一角度来说——这关我什么事？也许它不过是个一次性的小插曲，如果奥立对此事永远不知情，他将会和米亚快乐终老。

这时，有一只手搭在我胳膊上，把我吓了一大跳。

"嘘，"那个人说，"是我啊。"

是奥立。

我像幽灵一样注视着他。确实是他，那一绺浅色头发悬在额头上，身上有淡淡的牙医的味道。

"你，你怎么在这里？"我问。

"我在后面吃饭，"奥立指给我远处的一个壁龛，"看到你进来，我还以为自己弄错了。"

"是的，但是，但是，米亚……"我一时语塞。

"对，米亚也在这里，"奥立说，"和她的情人。"

我张大了嘴呆呆地望着他。

"开始我也有点震惊，"他说，"来，拿上你的香槟，和我一起坐在那个角落里。然后我告诉你整个感伤的故事，一个男人如何跟踪他妻子的长长的、感伤的故事。"

"你，不，这不行，我……我还有事。"我说。就算奥立明显处于困惑之中,但过不了多久,他就会问我来宾馆做什么,那我的计划就处于迫在眉睫的危险之中了。

奥立捋了一下挡在脸上的头发。"对不起,当然,你有约会。他叫乔,是吗?你一定在等他,对吧?"

我点头。

"啊,当然,你现在脑子里想着其他事,不愿意听我讲自己的经历,我理解。"奥立看起来都要哭了。

"这真不是个好机会。"我沮丧地说。

"当然。绝对。我理解。只是当你从门外进来的时候,我想,这一定是个非尘世的奇遇,一张值得信赖的面孔!一个帮助我的人,在疯狂错乱之中为我点亮一盏明灯……非常抱歉。"

"没事的。"我说。

"做真正的自己该是多么幸福啊。"奥立看了看表,"才七点四十五分。我可以在吧台坐在你旁边喝酒,直到你的朋友过来,怎么样?你的约会是几点?"

"呃,实际上是八点钟。"我说。当我再次坐到吧椅上的时候,我内心思绪如潮水般乱涌。天哪!我现在该如何摆脱奥立。我真不该产生再次离开房间的愚蠢念头!"可是,哦,请别生气,如果我们一起在这里等他,总有那么一点怪怪的,不是吗?我觉得,那个……"

"哦,明白,明白,"奥立一边说一边坐在我旁边的吧椅上,"我绝对不会破坏你的约会。"

"好。"我说。

"别担心,我好好盯着门,只要你的爱人一进来,我就装作根本不认识你的样子,"奥立说,"就当我是一个醉鬼,无意间坐在你身边而已。我想要一杯威士忌,请来两份的量,或者三份的,如果有的话。不加冰。"

我啜了一口香槟。这委实是一场恼人的意外相遇,因为我只有这么一次想自杀……

或许我可以就这么大声嚷嚷一句"啊,他来了",在奥立反应过来之前,飞奔到门厅处,然后逃回我的房间。这是我能想到的唯一一种脱身的可能。

我透过玻璃门望去。一群日本人正好挤在门厅处。这可是个好机会。我可以离开这里了。

"啊,这就是……"我刚开始说,但奥立已经涕泪横流了。他把头靠在我肩膀上恸哭失声。服务生将威士忌酒杯拿走并报以同情的微笑。

"真见鬼。"我说。

"可以这么形,形容。"奥立说。我让他哭了一会儿。当我感觉到他的泪水透过我的裙子时,我轻轻推开了他。"嗨,嗨,"我说,"没有这么严重吧。据数字统计,有百分之六十的妻子都对丈夫不忠,而有百分之七十的丈夫对妻子不忠。"

奥立抽了一下鼻子。"我认为自己并不属于那被欺骗的百分之六十之列,"他说,"我一直想,我和米亚,我们是很特别的那种。"

"可这也有可能发生变故,"我说,"尽管……"

"是吗?让我来告诉你吧,她这样做已经很久了!我现在百分之百地肯定,几年来她一直在欺骗我,而愚蠢的我竟丝毫没有察觉。要不是我昨天早晨跑步时碰巧遇见米亚的同事,我依然对她一无所知。"

"是的,是的,事情总是那么凑巧。"

"是,确实!通常我只在城市公园晨跑,"奥立说,"不管怎么说，我们聊得很不错的。她的同事揭穿了她号称在斯图加特进修的谎言，但是四周前，她说和我在巴黎度假。"

"是吗？没听你们说起过。"

"因为我们根本就不在巴黎！"奥立对我怒吼，"那时候米亚在进修，而我则独自在家。对不起，我不该对你大喊。"

"没关系。那么，她不在巴黎，而是去进修了？"

"没有！你不明白吗？她对我和所有人都撒了弥天大谎。对那些人说她要和我去巴黎，又对我说她要去进修，实际上……"

"原来如此。"我说。

"不管怎样，我回到家，装作什么都没发生的样子，也没有多想。我猜可能是她的同事搞错了，这一切都是无关紧要的……直到今天早上，米亚开车到斯图加特进修，而我则一直紧随其后。"

"跟到斯图加特？"

"没有！"奥立又嚷道。商人们好奇地将目光投向我们。奥立降低了声调。"才到下一个停车场。她在那里停了车去买东西。内衣！深红色的！"

"唔，唔，"我说，"就一直那样跟着？"

奥立点头。"我跟着我的妻子，如同一个卑鄙小人，一个二流私家侦探。在商店的内衣部，我不得不蜷缩在架子下面。其他顾客还以为我是性变态。"

"可能吧，"我说，"我的意思是，呵，不会的。"

"诊所今天没开，"奥立说，"我的助手们整个上午都在打电话，只为了取消病人的预约。因为大夫必须要跟踪他的妻子。我说到哪里了？"

"米亚买了内衣后，发生了什么事吗？"

"她在商店里闲逛,悠然自得,我甚至开始认为她编造出进修的谎话只是为了能一个人舒舒服服地购物,然而后来,她在烨伦路的咖啡厅里和一个男人碰了面。"

"刚才那个男人?"

"对,当然和他,"奥立说,"他饥渴地把舌头伸到她的喉咙里,我甚至没有时间思考,他会不会是我一个不相识的表兄。"

"后来呢?"

"啊,那可真恶心。他们手牵手走到下一个的士站,打了辆车来到这个宾馆。"

"她为什么不用自己的车?"我问,"或者他的?"

"我——不知道,"奥立生气地看着我,"其实根本就无所谓。我觉得他们对彼此如此渴望,根本舍不得浪费时间,还在出租车上就想开始做事。另外,从烨伦路到商场有相当一段距离,她或许不想被人撞见。反正她是坐出租车来到宾馆的。你知道这里一晚要多少钱?"

我点头。

"希望这只猪头会付这笔费用,"奥立说,"内衣的价钱已经够可观的了。"

"你是怎么跟踪那辆出租车的?"我问。

"我打了另一辆车,"奥立说,"我当时非常吃惊。"

"出租车司机一定高兴极了,"我说,"'请跟着前面那辆车',这一定是他多年来梦寐以求的事。"

"我给了他十欧元小费。"奥立说,"米亚和那个男人订了一间房,整个下午都待在里面。我彻底失去理智了,不知道该怎么办。"

"这个我能想象。"我说。

"我就这样坐在吧台等待。我不知道自己在这里做什么,我的头脑还没有清醒过来。他们总会到这里来的。我坐在这个很不惹人注目的角落里,不过反正他们眼中只有对方。她一直在奇怪地咯咯笑个不停。"

"要不就是那个家伙把舌头伸到她鼻孔里弄痒她了。"我说。

"然后你来了,"奥立说,"像一个红衣天使。我以为那是自己产生的幻觉!不过我现在好多了。说真的,如果你不在这里,我不知道自己会做出什么事来。也许我会把那家伙叫来教训一番,揍他一顿。"

"不会,我认为你不会。"我说。

"呵,我也觉得我不会,"奥立说着将身体蜷成一团,"我怯懦地坐在角落里让自己冷静下来。真可怕,我是个渺小的胆小鬼。"

"你不是胆小鬼,你只是受了惊而已。"

"对,对,那倒是。幸运的是你现在在这里。"奥立抹去脸上的泪水,"啊,天哪!这让我有多难堪。真的!你在期待一个美丽的夜晚,我却在你耳边哭诉。这确实——我为自己感到羞愧。对不起。"

"没关系。你觉得这样做好不好,我出去给你叫辆车,你舒舒服服地……"

奥立摇摇头。他看了看表。"他也并不是很守时,你的乔。"

看来他好像是粘在吧椅上了。我转身向大门走去。那些日本人已经不在了,但恰好有个人站在前台,我可以冲向他,把他当作乔。可是我看见他有两只可怕的招风耳,远远看去尤为恐怖。我不想让奥立认为我倾情于有如此一对耳朵的男人。

"米亚作为来克星顿酒店的员工可以享受优惠,"奥立说,

"但在那里她不便于和情人幽会。蠢吧?我能再来杯威士忌吗?请来一杯双份的和一杯三份的。"

"问题是,他们为何不在他家里见面?"我说。

奥立耸了耸肩膀。"可能他住得太远,或者他的住所龌龊不堪。"

"也许那个男人也已经结婚了。"我说。

"啊,天哪!"奥立说,"这只猪猡。"

"我认为这只是一段风流韵事。她看重的还是婚姻,她不想放弃。"我提议说,"如果你当作什么都没发生,一切还是老样子,那你们就可以快乐终老。"

"你疯了吗?"他喊道,"这将是怎样一种病态的关系呢?"他又看了下表,"也许你的乔碰上塞车。他从哪里赶过来?"

从中间世界直接走来,以他的感觉和意识。

"从法兰克福那边。"我说。

"哎呀,"奥立说,"希望他说的不是黑森方言,你有一次说过它听起来一点都不香艳。"

"是,我觉得是这样。不过乔说高地德语,他老家在不来梅。"

"如果他还会来的话,"奥立说,"他做事可真不怎么地道,让人家等这么久,而且独自在酒吧。"

我渐渐开始有些不耐烦了。"听我说,我喜欢一个人等。我要是你,现在就回家去。"

"那根本就不成问题,"奥立说,"我还确实不能让你一个人坐在吧台,忍受陌生男人好奇的目光。"

"这儿根本没人看我。"我说。

"当然了,所有的人。前面那两个家伙一直在流口水。不过这条裙子也……确实性感。"

"唔，谢谢。"我说。

"真的。我还从没见你穿过它呢。鞋也是。"

"哦，它们其实很旧了。"我说。

"你还做了头发，"奥立说，"米亚昨天也去发廊了。"他的威士忌来了，他端起来喝了两小口。"你猜，他有多大？"

"乔？"

"不是，我指米亚的情人。他看起来很老，不是吗？"

"我看有四十五岁左右，或者接近五十岁。"

"老东西，"奥立说，"和米亚尽情享受他的中年危机吧。乔有多大？"

"三十五岁。"我说。这是安眠药片的数量，它们正在房间等我，并且想知道我到底躲在什么地方。

"这家伙走到哪里了？"奥立问，"他至少应该为他的延误打个电话。"

"我把手机忘在宾馆房间里了，"我说，"我最好上去拿一下。"

奥立惊愕地看着我。"你在宾馆订了房间？"

"哦，是。"

"可为什么呢？你可以和乔去你那里。或者——不会吧，别告诉我你们两个也是地下情，不想让别人知道。"

"胡说，"我说，"你们都知道的。"

"他已经结婚了，对吗？"

"没有，"我说，"没有，没有！"

奥立沉默了，他的沉默夹杂着某种同情的意味。钢琴师再一次弹起《时光流逝》，或许他不会弹其他曲目。我想离开这儿。

"您再来一杯香槟吗?"服务生问。

"不,谢谢。呃,好吧。"我叹了口气。在奥立为爱受折磨的这个时候,我不能那么轻易走上楼去把自己杀死。至少我得肯定他平安回家并且不会做出什么出格的事。"你想整夜都待在这里等米亚吗?"

"不知道。"奥立说。

"我觉得这不是个好主意。"我说。

"那给我提个更好的建议。"奥立说。

"回家去,然后静静地思考一下,这样比较好。"

"思考什么?"奥立问,"思考我是怎样一个白痴吗?"

"比如。"我说。

奥立又点了一杯威士忌。"可我喜欢这里。"他说。

好吧,那就不回家。我的耳朵也已经受够了。我脑海中浮现出告别信的影像,它们似乎被分类机按照邮政编码的顺序依次排列。而我还在这里做什么?我是不是丧失理智了?

"我走了。"我决绝地说。

"去哪里?"奥立惊诧地看着我。

"回我房间。我要给乔打个电话。"

"不要,歌莉,请待在我身边。"

"不,不行。"

"好了,好了,我理解,当然不行,对不起。"奥立看了看表,"我觉得他不会来了。那个浑蛋已婚男人把你耍了。"

"他没有。"我边说边走下吧椅,"请您把这杯香槟的账单打到房费里好吗?三二四房间。"

服务生点点头。

"不,不,"奥立说,"这个我来付。"

"打辆车回家吧,奥立。"我说。

"你对我太好了,"奥立说,"你是我认识的最好的人,美丽、聪慧而幽默。和那个乔在一起太可惜了。"

"已经太晚了。"我说,并在奥立的脸上吻了一下,最后一次感受牙医的气息。我的泪水几乎滑落,但是现在我一定要坚强。"再见,奥立,一切都会好起来的,只是千万别胡思乱想。"

"不会,别担心,歌莉。等我清醒一些的时候,我会打电话给你。"

我咬着下唇僵硬地向门口走去。

"如果你需要我的话,我就在这里。"奥立在我身后喊道。

亲爱的考勒太太：

我知道，多年来，您一直希望我以阿娜玛丽姨妈来称呼您，但是因为我已经有很多真正的姨妈，所以对您的这种信任至今依然尚未接受，尤其当我知道您因为我不愿意和克劳斯一起参加毕业舞会之事开始厌恶我之后。

这是一个陈年的误会，在此我想以一次代一百次将它彻底解释清楚：我没有为了让可怜的克劳斯由于没有舞伴而难堪，从而"临时改变主意"。相反，我多次明确向克劳斯和我母亲表示，我宁可生吃一磅活蜗牛，也不愿意和这个小伙子一起去参加毕业舞会。其一，跳舞时他的臀部总是后翘，像一只正在大便的鸭子；其二，这两年他看起来似乎根本就没有成长；其三，在舞会的间隙挖鼻孔并且抠脖子上的小痘痘；其四，即便有上述特点，他仍然认为自己有令人倾倒的魅力。对于最后一条必须由您来负主要责任。我将之称为教养。

至于舞会那天，克劳斯手捧一束花站在我家门前，其实就归功于他的这种特点。与此同时，乔治·施特劳伯也同样手捧一束花站在那里。无关紧要，只是为了使您满意才附上这一句：虽然乔治·施特劳伯身上的味道很好闻，但他跳伦巴舞时总是迈错步，而在跳探戈时几乎能把我的脚趾踩平。

至于我打开门然后开始大笑的传闻也是不实的。什么我大叫"哈哈，克劳斯，这次你可上当了。啥？你这个蠢货"更是没有的事。

事实上，当我看到门外两个男孩手捧鲜花站在门口之后，我彻底惊呆了。克劳斯完全忽视了乔治和鲜花的存在，他停止了挖鼻孔，对我说："准备好了吗，歌莉？"

"但是克劳斯，我说过我不会和你一起去的。"我说。克劳斯说："我以为你不是认真的。你去吗？"我该怎么办？我也必须站在乔治的角度考虑。如果乔治或我要为克劳斯的无知承担后果的话，又有谁会在意呢？

我的母亲试图以一张币值五十欧元的钞票收买乔治，让他回家，可是乔治的父母已经等候在楼下的车里，打算送我们到舞蹈学校。上车时，我绝对没有像你们一直认为的那样幸灾乐祸地微笑，而是心情非常沉重。我也没有对克劳斯伸中指。

不过事情到底还是有了一个快乐的结局。哈娜·考思洛夫斯基自动取代我的位置自然再次引起了您的兴趣，这真是家中的一件幸事，特别对克劳斯而言。我听说哈娜穿着得体的西服，把自己打扮得落落大方，并作为您打桥牌的替补。另外，她也具备商业头脑：我的母亲为了挽救克劳斯的声誉，向她出价五十欧元，而她则成功地将价码讨到一百欧元。

祝您生活愉快！

您的歌莉·塔勒

又及：随信寄去一本《嫌疑之下的夜班护士克劳蒂亚》——茱莉安娜·马克是我的笔名。作为一名成功的爱情小说家，而又不需要一间工作室，我深深为此感到自豪。

八

回到房间的第一件事就是脱掉鞋,然后把自己扔在床上。我确实有些不知所措了。

迄今为止,我一直认定周围的人没有谁比我过得更糟,可是我必须承认奥立是其中比较可怜的一个。无意间得知自己的太太是个骗子,而且还是个爱情骗子,他一定很不好受。

从另一方面来说,曾经拥有又再次失去比从来都一无所有要好些,不是吗?正是如此,他今天的遭遇坏得出奇,可能更甚于我,但这不过是持续不了几天的情伤;相比而言,我一生都处于神经性抑郁症的折磨之中,这要糟糕多了。

当他恢复单身之后,会有成打的女人排起长队,期望投入这位相貌英俊的金发牙医的怀抱。而又有谁会为我排队呢?

就是。

所以结束生命是我的正确选择,在自己穷困潦倒之前,为一切画上句号。

我又穿上鞋,并开始梳头。除了唇部需要再修补一下之外,我的妆容还很完美。现在是八点四十分,如果一切顺利,最迟到十一点我就会熟睡,永远不再醒来。

> 她宛若一朵无人采摘的初开的玫瑰,其芬芳无人欣赏。

在夜里她就要凋谢，花瓣将随风而去。

这说的就是我。

反常的是，在这一刻，我左边的一颗白齿开始抽痛。不，不，这不应该，它是奥立去年才补的。抽痛又停止了，真是的。

我庄重地坐在放着安眠药的桌子前，往大杯子里倒上水，小杯子里倒上伏特加。

"为你的健康，干杯。"我对镜子里的我说。我的镜像颇为疑惑地注视着我。

"开始！"我说，"不要再忸怩了，我们已经都考虑过了。没有别的出路。日复一日，年复一年，情况只会更糟。"

镜子里的我依然是那种疑惑的目光。

"失业、未婚、流离失所、无子。"我说，"如果他们读了我写的信，那我连朋友都将失去。已经回不去了。孤独、神经性抑郁症、年老而满脸皱纹——你难道想这样活下去？"

镜子里的我摇了摇头。这就对了。那现在就开始吧。

我把伏特加一下子灌进喉咙后部，正如我练习时的样子。咕噜噜，恐怖。现在轮到药片了。我打算先从粉红色的药片开始，然后是浅蓝色，最后吃完有灰白色斑点的那种。其间不时喝上几口水和一小杯伏特加。

药片一号：放在舌尖上，吞咽，喝水，完毕。药片二号：放在舌尖上……

有人敲门。

这可不在我计划内，所以我依旧伸着舌头坐在椅子上，希望也许这个敲门声来自隔壁。可惜不是。又开始了，而且这一次更加剧烈，更加持久。

"歌莉？歌莉？你在里面吗？"有人在走廊上喊。是奥立。不会吧！我伸着舌头，在惊恐之下依然纹丝不动。

"歌莉！是我，奥立！"奥立在门外叫道，"我知道你在里面。快把门打开，否则他们会因为喧扰罪把我带走。歌莉！我有话跟你说。歌莉！"

我渐渐开始愤怒。我把舌头缩回去，咽下药片，却忘了喝水。

"走开，奥立。"我口干舌燥地说，但是奥立听不见。他敲得更加疯狂。

"歌莉，开门，歌莉！"

我站起身来。我必须要把这家伙打发走，否则他会整夜站在那里又敲又喊。

"这里没有歌莉，这里住的是尤申卡。走开，不然我叫警察了。"我冲着门说道。

"谢天谢地，你在，歌莉。"奥立说着走到门的另一边，"开门，快！我有很要紧的事想跟你说。"

"不行，"我说，"快走！"

"为什么？我知道乔没来，我一直盯着门廊。你是一个人！开门让我进来，人家都已经很怪异地瞧着我了。"显然有些人走在过道上。"晚上好，"奥立对他们说，"别担心，我不总是这样，但是今天我老婆骗了我，我喝醉了。没什么了不起的，我知道这样不好，可也想不出别的办法。也许你们知道？您别用那么愚蠢的眼光盯着我。顺便提一下，上面右边第三颗是龋齿，我从这里就看到了。"

这可真是说不过去了。如果奥立对其他顾客进行辱骂，过不了多久人事部就会派人来，这是我无论如何不愿看到的。我打开了门。

"怎么这么长时间?"奥立说着走进房门,"你刚才没穿衣服?"

"不是,我只是刚刚……"天哪!那些药片!我从奥立身边直奔桌子冲过去,一个跳跃把它们握在手里,几乎有一半掉在地上。

但是奥立对此丝毫没有察觉。他扑通一声让自己重重地摔在了双人床上。"我刚才在下面想出了个好主意,"他说,"当我为了你的乔向门廊处张望时,突然冒出一个绝妙的主意,一个独一无二、举世罕见的主意。"

"以便你可以在这里睡上一觉醒醒酒?"我问,顺手把药片放进床头柜的抽屉里,然后开始弯腰捡其他药片。

"不是,比这个好多了。"奥立说,"我在考虑我们三个人如何能劫一架飞机。你到底在做什么?你的隐形眼镜掉了吗?等等,我帮你。"

"不是!不是!"我大叫着,并将捡起来的药片又扔到地上,"我根本就没有隐形眼镜,我在捡——呃,面包渣……"

"是这么回事,"奥立说,"你的乔伤害了你,对吧?我是不是没说错?而我则被米亚欺骗了。造物弄人,上天把我们所有人都招集到这个宾馆。我可以接着说下去吗?"

"除了乔。"我说。

"好,好。他到底躲在哪里呢?"奥立问,"我来猜猜:他的一个孩子出麻疹了,对吗?他们老是这一套,这些已婚的浑蛋。"

"他没有孩子。"我一边说,一边悄悄用脚把散落在桌子腿后面的药片弄到一起。奥立完全没有发现,他的感官很显然仅限制在一个范围之内。"而且他尚未结婚。随时都会出现。"

"什么?"奥立坐起来,"真的吗?"

我点点头。想再补充一句"他扎着一条黑皮带",也许奥立就会放弃。谁知他却转移了话题。

"哈哈,我差一点就上当了。"他说,又把自己摔回床上,"但是,那车会塞成什么样子呢?在现在这个时间?听我说,你不要难为情,歌莉宝贝。我们之间会发生一些最美好的事,他会被代替,从而受到一次狠狠的打击。"

"请不要。"

"当然,当然,这取决于我!我也没想到我老婆为了那样一个丑陋的男人而欺骗我。我的意思是,看着我,我的样子确实不错,"奥立说,"我是——用最谦虚的话说——周围最英俊的男人,而且还是牙医。我这样的人是不应该被欺骗的。"

"奥立,对你而言,这的确是一次可怕的震撼,我也很喜欢和你聊天……下次吧,而现在……"

"你倒是先听一下我绝妙的计划,之后你马上就会好受多了。你相信因果报应吗?"

"奥立!我特别希望一个人待着。"我打着哈欠说。难道那些安眠药已经起作用了?

"你没必要总在自己身上找错误,"奥立说,"这和你本人没有关系,是乔这个卑鄙的家伙做错了,相信我。你相当出色,那个乔肯定希望和他结婚的是你,而不是他那可怕的妻子。可是现在已经太晚了。活该,浑蛋,他,他要是早点想明白就好了。不过你也总是遇人不淑,真的,这个我得告诉你。你找的都是些不地道的家伙,他们没有责任感,只想和你玩玩而已。他们只是占有你的青春和美丽,但丝毫不给予任何回报。"

"哈哈!"我笑道。

"你说,这个豪华间里怎么就没有个迷你吧?"

"当然有，对面，"我说，"不过一瓶零点二升的可乐要七点二欧元。"

"我又不喝可乐，"奥立说，他转过身，直接从床上伸向迷你吧，根本就不用起来，"我想要威士忌。我已经喝习惯了，多贵都无所谓。我很富有，我是个富有的男人，是的，一个英俊的、富有的男人！也许这正是那个红发女人和我结婚的原因。"他打开冰箱，"没有威士忌。只有红酒和香槟。还有啤酒。呸，我要叫房间服务员。这是他们最起码要提供的。电话在哪儿？"

"我这里有伏特加。"我说，把我昂贵的伏特加倒在他杯子里。

"伏特加很好，"奥立接过来喝了一大口，"所有账单都由我付。现在注意了，所谓因果报应，绝对不能看成是巧合事件，这里发生的一切就是'因果报应'。所以我想出来这么一个计划：在米亚和她的情人以及乔和他的妻子都忙着的时候，我们两个，你和我，我们也共度春宵，在这个宾馆房间里。你觉得如何？这是不是很好？"

"这是——十足的胡闹，"我说，"非常孩子气！看啊，米亚，你能做的，我早就能做到了，活该。看来，我无论如何不会因此而受益。"

"当然，你做给那个乔看，"奥立说，"你不明白？如果你就这样坐等，可真遂了他的心愿。可是如果他看见你和一个开保时捷的英俊牙医……"

"但是乔根本不会知道。"我说。

"可能不会直接知道，"奥立搔着头说，"但从间接途径肯定能。因果报应！没有偶然的巧合！我们按照王子—王子规则，你不明白吗？"

"不明白。"我说。

"没有那么深奥！明天早上米亚和她的老家伙去餐厅吃早点，而我们已经坐在那里了，手牵手，非常相爱的样子。我用我的果酱面包喂你吃。米亚看到这些，就会知道这种感觉。"

"我理解，"我说，"你想激起米亚的妒火。但是我已经说过，我觉得这很孩子气，太过分。我不会陪你玩的。"

"你再考虑一下这个计划有多棒，"奥立叫道，"她甚至不能大吵大闹，否则就暴露了她的背叛。你倒是想象一下：你背叛了自己的丈夫，第二天清早却发现原来他也背叛了你，在相同的夜晚，同一个宾馆。"

"你听我说，奥立，"我说，"我非常理解，这件事激起了你的复仇欲。但是不要将它当作因果报应来做出可笑的事，而且还把我当成一只棋子利用。"

"哦，是的，也许不直接地。"奥立说着将酒一饮而尽。

"不直接？"

"好吧，这对你来说的确是一个不光彩的角色。不过，知道吗？反正米亚也不喜欢你，你根本就损失不了什么。"

"以此作为理由根本就行不通……"我中断了这个话题，"米亚不喜欢我——真的？为什么？"

奥立窃笑道："她认为你对我有意思。太奇怪了，不是吗？反正所有的女人都对我有意思。"

"不是，绝对不是。"我生气地说。是的，我曾经喜欢过奥立，但从未表露出来。"米亚怎么会得出这个结论？"

"因为我们过去确实差一点就发生什么了，"奥立说，"我和你。"

"对，可是是差一点，"我说，这个我没有忘记，"然后米亚又重新出现了。"

"正确,"奥立说着把空酒杯伸过来,我把伏特加满上,"在我们之间刚刚开始萌芽的时候。典型的米亚,善妒的米亚。"

"你那时其实不一定非要和她重新开始。"我略为愠怒地说。我还清晰地记得那个夜晚奥立告诉我他和米亚又在一起了的情形。我当时并没有多说什么,因为我已经预见了故事的最后结局。

"当然,因为——啊,那是个复杂的故事。"

"那就别告诉我。"那个晚上我本来想说一句经典一点的台词,例如"你还上来喝杯咖啡吗",但是我说了"哦,太好了,我为你感到高兴"以及"我们当然还可以做朋友"。原话我记不清了。那委实是一段可怕的日子。

"要的,要的,"奥立说,"我必须要宣泄。你知道为什么我们那么急着结婚,嗯?"

"因为——哦!可能米亚怀孕了?"我得出的这个结论颇具洞察力。

"对,"奥立说,"无论如何她是那么讲的,但她根本就没有。"他对着额头上的头发吹气,"其实我很高兴,因为我一点都不确定这个孩子是我的。其间由于米亚又短暂地爱上了别人,所以我们就分手了。这就是她,米亚。一切都不长久。我把鞋脱了,行吗?"

我摇摇头说:"我还是希望你离开。我累了。"事实也正是如此。我累得要命。该死的药片,不该这么快就起作用的。

"这是典型的你,"奥立脱掉鞋并给了我情意绵绵的一瞥,"你认为这不道德。你想制止我做不道德的事,你很可爱,是一个正派的人,和米亚正好相反。你是一个真正的宝贝。我真想揍那个乔一顿。"

"我也想揍你一顿。"我说，但奥立听不见这些。

"知道吗？我现在去冲个澡，然后我们舒舒服服躺在床上偎依在一起，再聊聊你是个多么好的人。"他边说边开始解领带，"笨吧，我没有带牙刷。我当然不能什么都考虑到，对吧？"

我无助地看着奥立笨拙地脱掉衣服。他把衣服放在椅子上，并吹着口哨一丝不挂地转向我问道："能用一下你的牙膏吗？""在化妆桌上。"我说，把目光投向别处，"哎呀，你碰我的牙刷了？"

"别担心，我用手刷，小精怪。"奥立边说边摇摇晃晃地走进卫生间。他还没关上门，我就来精神了，我深吸一口气，将所有剩下的精力集中在一起，趴在地板上收集药片，把它们放在床头柜的抽屉里，而抽屉旁边正好摆着一本《圣经》。然后我开始数数。三十一片——我吃掉两片，还有两片到哪里去了？衣柜边又找到一片，而另一片不见了，随便吧，我找得已经够卖力了。我咒骂自己的疏忽。这些药片是我最宝贵的财富，是载我到达彼岸世界的车票。可惜我不能在转瞬之间将它们全部吃掉。如果奥立对我的异常有所察觉，他们就会给我洗胃，再把我送到一个精神病学家那里。

可除此之外，我还能怎么做？

现在我是不是应该鼓起勇气，在奥立还没从卫生间出来之前，收拾好东西逃走呢？把药品扔在手袋里，穿上鞋，乘电梯奔出去？我可以坐出租车到另外一个宾馆，在那里完全不受打扰地……

当我还在沉思，而尚未得出一个结论时，奥立已经悠然地走出卫生间，腰里裹着一条毛巾。

"啊，这样洗个澡几乎使我重新清醒起来。"

"亲爱的奥立,如果你真的清醒,就应该打个车回家。"我说,又打了个哈欠。我感觉自己的身体十分沉重,但是是一种舒服的沉重,数周以来扼颈般的危机感已荡然无存。

"我倒还没有清醒到这一步,"奥立说,"我猜我现在血液中的酒精含量已渐渐接近二了。即便如此,我依然觉得我的主意很高明。米亚会被惊呆,而这对你的乔也是一个教训。"

"可是奥立,你这个笨蛋,现在要把乔从这件事里撇清。你难道不明白他对此一无所知?而米亚可能因此而雇用杀手把我杀死在一个角落里,这个你根本就没想过,对吗?况且我根本就不愿意。"

"当然了,拜托!"奥立用信赖的眼光望着我,"难道不允许我此生自私一次吗?知道吗,这是唯一一次机会——我们不能若无其事地随它去。米亚不会对你做什么,就算有个杀手,也是她雇来杀我的。你只要把我们两个当成情侣那样来行事就好了。"

"你可完全是从自己的角度考虑。"我说。

"拜托,拜托,歌莉,帮我一次吧,"奥立给自己倒了一杯伏特加,"我将终身免费为你护理牙齿,只用最好的陶瓷来给你镶牙。对了,你有一口保养极好的牙,小精怪,我以前告诉过你吗?"

"是的,做最后一次检查的时候,"我说,"还有,别总叫我小精怪。"

"抱歉,小精怪,"奥立说,"因为我喝醉了,所以才这样叫你,我其实一直都想如此称呼你。哎呀,抓紧了,甜心!"

我的膝盖忽然颤动起来。并非不适的颤动,而是放松的那种。我倚在床上。

"你才喝了两杯香槟,"奥立说,"你是我们俩之间比较清醒的一个,要是我有什么不安分的想法,你就打我的手,我把自己交给你了。"

"但是我太累了,累得连自己都管不好自己。"我边说边向后倒去,"粉红色的药力作用比较快。"

"什么?嗨,你不会现在就睡了吧?夜还很长,现在才九点半。我们的聚会呢?"

我踢掉鞋子,拉开裙子的拉链,躺着把这件漂亮的衣服脱下来。"请你帮我把它搭在椅子上好吗?"我说,吃力地让自己睁着眼睛,"它花了我四百欧元。"

奥立接过裙子,坐在后面的圆椅上吹口哨。"听我说,歌莉,如果你准备继续脱的话,我就不能保证什么了。"他说。

"只剩下胸罩了,"我说着就闭上了眼睛,"否则我透不过气来。"

"我也是,"奥立说,"啊,天哪!"

我试图再次睁开眼睛,但只是徒劳。"我现在睡一会儿,"我说,"我希望在这段时间你能正经一点,明白吗?"

"那你盖上被子,"奥立说,"我也不过是个男人而已。"

我扯过被子盖上。天哪,这张床舒服极了。枕头散发着洗过的清新的香气,而我何时又曾睡在熨过的床单上?

"你把这块巧克力压扁了。"奥立说。

"关灯,小精怪。"我说。"好吧,我也马上上床,"奥立说,"就只喝最后一杯伏特加,好让自己不对你产生非分之想。"我还想说点什么,但我已经睡着了。

亲爱的老姨妈胡尔达：

我是歌莉，你外甥女多洛提亚最小的女儿，如你所知，是唯一一个非金发的女孩，也是对迈森瓷器负有责任的一个。

你是所有老姨妈中我最喜欢的一位。说实话，你也是唯一能把我和其他人分开对待的一位。也许这是因为你没有选那种白色鬈发的发型，而且年过八十还一直在使用唇彩和睫毛膏；是因为你脸上有很多笑纹，而且用金烟嘴抽小雪茄；是因为你更喜欢简洁明确的谈话而不是没完没了地为自己的病痛诉苦；是因为你把姨父古斯塔夫和表弟哈里着实戏弄过一番；也许还因为你身边没有一位什么老姨父，会利用每次机会拍所有五十岁以下女人的屁股。

你为何终身未婚，老姨妈胡尔达？

"你到最后会像胡尔达那样"是这个家族里常被引用的一句名言，我敢肯定我起码听过一千遍。当我因为将一年级的刚吃过金枪鱼面包而想要吻我的克莱门斯·迪特里克推到荨麻草里时，当然还有，当我不和克劳斯·考勒……无所谓，反正在我三十岁以后，我几乎天天都能听到这句话："你到最后会像胡尔达那样。"

是啊，若果真如此该有多好！你肯定相信，如果我知道自己也会有一个像你这样的结局，我是万万不会自杀的。长着笑纹的继承财产的老姨妈。我敢打赌，在你生命中的每一刻都有数不清的男人拜倒在你的石榴裙下。我敢打赌，你根本无法平息那些恼人的香艳绯闻。你还拥有漂亮的衣服、宏伟的别墅以及在蔚蓝海岸、印度和纽约的神奇之旅！在这种情况下我甚至可以想象生孩子其实根本就不是一件坏事。我真的希望也有一些类似的经历！确实如此，你曾经得过梅毒，或者那只是一种家族内的谣言，如同我的同性恋传闻一样？

但是时代不同了，老姨妈胡尔达，现在人们面临的不是在无所不有或一无所有、金钱或爱情、孩子或私生子、肌肉或大脑、冒险或规矩之间进行选择，而是只允许在克劳斯·考勒或"棒槌硬当当31"之间进行选择，也就是说，只允许在粪坑或粪池、地狱或炼狱之间进行选择，而没有人会替另一个付房租。

因此我不想再继续生活下去。因此我患了神经性抑郁症却不愿服用任何药物，因为它们会使我的头发脱落。

尽管如此，我依然相信爱，老姨妈胡尔达，我对此深信不疑。

你也许知道，我母亲和她的姐妹们及表兄弟姐妹们一样，都指望得到你的遗产，所以她们一再禁止我们在度假时给你寄明信片，不让你得到圣诞节期间多余的手工制品，并且对你为我们生日寄来的裤袜每次都要热情洋溢地致以谢意。我们只允许给你留下好印象，所以我也从来不被允许透露给你我的职业。但是你知道吗，我为我的职业感到自豪。我甚至没有一间"小小的写作室"。我创作爱情小说。我的家庭成员中没有任何人读过其中的一部，他们所有的人只读卡夫卡和托马斯·曼——如果你相信的话。不过，我想可能你会对我的这些读物感兴趣。其中，《索菲亚的初吻》和《儿科护士安吉拉》有大字体的特别版，你几乎可以不用戴眼镜。

致以衷心的祝福。

你的歌莉

九

睁开眼睛时,我一时不知身在何处;想起来之后,我又闭上了眼睛。

我身边躺着奥立,我闭着眼就可以闻到,那是一种混合了伏特加和威士忌以及牙医的气息。他没有打鼾,但他的呼吸颇为沉重和浑浊。

有一阵子我伴着他的节奏和他一起呼吸。

什么都不对。他不应该在这里,我也不应该在这里,至少不应该还活着。

我对我还活着这件事没有一丝一毫的喜悦。现在的情况比之前更糟,而此刻我的白齿又在隐隐作痛了。哎呀!

"这可又是一个典型。"我轻声说道,然后坐起来。外面的天色已经亮了。我拉开窗帘,头一次惊诧于壮丽的莱茵河景观。一条运货驳船缓缓逆流驶过,它的船位灯在黎明的天光下显得黯淡。天空蔚蓝而清澈,这会是一个温暖而美丽的春日。

德国的邮政人员早就已经将那些诀别信件逐一放在不同的袋子里分类了。他们把信件装进黄色的邮政车或者放到自行车上。

在想象到邮递员的那一刻,我忘记了呼气。好了,不要惊慌,我还没有失去一切。我慢慢从肺里呼出一口气。如果成功的话,我可以将这一切重新尝试一番,在奥立醒来之前,带上药片悄悄离去，找一个安静的场所把它们吞掉。

紧接着我又想到一个无比严重的问题：我没有钱可以付宾馆房间的费用。警察会以潜逃罪将我逮捕。他们会在警察局搜我的身，然后以非法贩卖安眠药的罪名起诉我。

我又一次强迫自己冷静地呼了一口气。事情其实并没有那么严重。我有信用卡啊，我大可心平气和地走过去结账。等到钱从账户上转走，我早已死去多时、入土为安了。

结束自己的生命该不是一件很难的事，真他妈的！

至少牙痛停止了。我小心地站起来。我以为等待我的会是剧烈的头痛，谁知没有丝毫痛感。相对而言，我得到了一次充足的睡眠，一次彻底的休息。这种粉红色的药片很不错，毋庸置疑值得向人进一步推荐。我着实被镜子里的自己吓了一跳，不仅因为我除了一条短裤外几乎全身赤裸，更因为我昨晚没有卸妆，脸上全是睫毛膏和唇彩的痕迹。

我朝奥立看去。他睡得正香。难怪呢，他给自己灌了那么多酒。好吧，我不如先洗个澡，让自己整理一下思绪。

热水真不错。我的恐慌稍稍平息了一点。距第一个人打开告别信从而拉响警铃还有几个小时。除了奥立没有人知道我在哪里，没有人知道奥立知道我的所在，也没有人想得到向他打听我的消息。我在某封信里说过我要在宾馆订房吗？我记不清了。如果有，那他一定会向各个宾馆打听我的下落。是不是我应该再走得远一点？我可以打辆车到火车站，然后跳上开来的第一趟列车。不管它驶向何方，总能找到让我吃药的一个宾馆房间。药片还剩下三十二片，应该够了。昨晚那两片已经让我睡得像块石头了。

是的，就这么做。保持镇静，走出卫生间，穿衣服，把药片放在包里,然后抬腿就走。出租车,火车站,火车,宾馆——完毕!

我迅速把自己擦干,回到房间里。

"歌莉?真的是你吗?还是我诸多肮脏梦幻中的一个?"奥立醒了,用通红的眼睛望着我。

该死!该死!该死!

"这只是你肮脏梦幻中的一个,"我低声说道,"你睡得还很沉很死。闭上眼……"

"嘘,不要那么大声,"奥立说,"不骗你,我的头痛得都快裂了。你有没有碰巧带了阿司匹林?"

"睡觉!睡觉!!"我恳求道,"这只是一个梦……你累了,你的眼睛都睁不开了,除了睡觉你什么也不想……"

"你赤裸着。"奥立说。

"因为这是梦。"我说。

"嗯?"奥立被搞得迷惑起来,"你赤裸着,这里是宾馆。我也赤裸着。"为了验证最后一句话,他在被子下面检查自己的下身。

"是,是。肮脏的梦幻。睡觉,奥立,好好睡觉,一会儿月亮就出来了……"我嘀嘀咕咕地说。

"现在我什么都想起来了,"奥立说,"米亚和她的情人,这个宾馆,酒吧,你……"

"所有的一切都只是梦,"我失望地说,"如果你现在再次入睡……"

"哦,我的天哪,"奥立说,"回想起昨夜的我,那简直是另外一个人。"

"我也是。"我说。我倒在床的另一边,用双手抱住头。这一切就好像被施了巫术一般。

"米亚活该如此，"奥立说，"我不会告诉她，不过你确实比她棒多了。"

"什么？"我问。

"在床上，"奥立说，"老实说，床上的你就是一只榴弹。"

这个我自然知道。我吃的是安眠药，不是春药。我百分之百地肯定，奥立根本就没碰过我；就算不是，我也有百分之九十九点九的把握——毕竟我睡着了。但那不过是睡觉而已，又不是全身麻醉。如果奥立碰我，我就会醒来。最起码，如果他对我有越轨行为的话，我也会感觉到。可是，他根本就没能成功。他喝得烂醉如泥，能找到床就算是一个奇迹了。

而奥立又悟出了一个新知。"我早就知道。米亚事实上——她其实很无聊乏味。关于红发女人的传说看来多有不实。"

"奥立，我觉得你还不能回忆起所有的事，"我说，"你喝了太多的伏特加。"

"是的，但我还能记起所有的事。"奥立固执地说，"包括每一个细节。"

"怎么样？"

"我如何脱下你的裙子，不对，是我们在做爱时如何互相扯掉对方的衣服，我们如何在一起到处……我们还冲澡了，在淋浴时，这里……然后，哦，我的天哪，你哭了吗？"

我把手从脸上移开。"没有，我没有哭。我只是在想，我们对昨晚的记忆有一点相悖。"

"你这是什么意思？我不够好吗？"奥立抓挠着低垂的头，"全怪酒精！要不然我会更棒，真的。"

"不是，我的意思是，我们根本没有——你在做什么？"

奥立抓起电话。"我需要一片药,或者两片。还有一支牙刷。一个高级宾馆应该能提供给我所需要的一切,对吧?"

果真有人承诺十分钟后两样东西就会被送来。"怎么样?"奥立笑嘻嘻地看着我,"首先我要洗个澡。嗯,歌莉?对不起,昨天晚上我只是……啊,我只是我自己的影子。"

"奥立,你其实根本没有——啊,算了!"那只会惹出更多麻烦。这个男人不愿承认我们像两个死人一样躺在一起沉沉睡去的事实。

说到死,我可以在奥立洗澡的时候逃走。他还没走进卫生间,我就跳起来像一只没头的苍蝇一样乱转。药片、出租车、火车站……

我的衣服在哪里?当我来到这里的时候,我是穿着它们的:牛仔裤、黑色的T恤衫,还有一双黑色的系带鞋。内衣我也一定穿过,当然是在此之前。集中精神,真见鬼!现在,最重要的是药片。如果我把它们一片一片从抽屉里拿出来,那需要很长时间,但是如果我把抽屉抽出来,就可以把它们一次全倒在包里。

见鬼,抽屉被卡住了!什么豪华宾馆,里面竟然摆着这种二星级宾馆才有的破家具!我用尽全力使劲一抽,哗的一下,我和抽屉一起被横向甩了出去。药片散落得到处都是,有的还飞到了窗台上,那本《圣经》则被摔在墙上。

"该死!"我禁不住叫道。

有人敲门。"客房服务!"

"歌莉,请把门打开。"奥立喊道。喷头喷水的声音停止了。

"我现在正好不行。"我一边说,一边试图将抽屉放回原位,并把床上的药片收集一下。

奥立光着身子湿漉漉地走出卫生间。"我来吧。"他边说边打开门，一个身穿制服的年轻人站在那里。他的所作所为看起来就好像宾馆客人光着身子和服务生面对面是很平常的事一样。

"一盒阿司匹林和一支牙刷。"

"非常感谢，把账单打到房费里吧。"奥立把挂在椅子上的皮夹子拿出来，给了那个人十欧元小费。

我成功将抽屉放回轨道，而药片满屋都是。我把几片踢到床下，以免奥立看到以后，又开始问一些让人不舒服的问题。

然而奥立对此视而不见。"现在我感觉好多了。"他一边说，一边在服务生身后关上了门。

"你可真行。"我说。

"你生我的气了？我能理解。我刚才的所作所为确实——不像一位绅士。我的意思是，我先向你哭诉，后来又……但我也只不过是一个男人而已，而你则是一个迷人的女人……"

"我没有生你的气。"我说。

"那好吧，不过你肯定没把我往好处想。"奥立说。

不，我确实没有。这是个纠缠不清的男人，想让他动摇立场是没有任何可能的。

当奥立穿衣服时，我不再听他说话，我听到的只有秒针走动的嘀嗒声，如同一枚定时炸弹。第一封告别信已经在路上了，嘀嗒；它们不停地工作，嘀嗒；从一个信箱到另一个信箱，它们艰难地穿过门前花圃，从咬人的狗和上面写着"请勿投广告"的牌子旁通过，嘀嗒……

"我饿了。"奥立说。

"我也是。"我说，并对此感到有些惊讶。说实话，我饿得像一匹狼。那好吧，我们正好还可以共进早餐。之后依然有时间把药片收集到一起，然后迅速去火车站坐火车到新西伯利亚之类的任何一个地方……

"你是想让米亚看见我们,对吗?"

"谁是米亚?"奥立问。

"哎呀,奥立,米亚就是那个昨天让你心碎的女人。"我说。忽然间我不再生奥立的气了。此刻的他如此沉重不堪,难怪他的行为不正常。

"事实上我感到自己的情绪……很好。"他说。他在观察我如何用睫毛膏和普通的无色唇蜜化妆。"为什么女人们在涂睫毛膏时常常张着嘴?"

"这属于遗传学的范畴。"我说。我拿起手包,顺便又把两片药踢到一边。"我们可以走了。"

"你看起来很可爱,"奥立说,"说真的,要是人们看到你现在的样子,很难相信你原来是那样的一只野猫……"

我翻了翻眼。

餐厅里一个笼罩在灯光之下的暖房使我的情绪稍稍振作了一些。这里的自助餐令人赏心悦目。成堆的异国水果、面包、奶酪、切成片的肉食、脆煎熏板肉、鸡蛋炒虾仁和可爱的小香肠让人眼馋,还有各种各样的咖啡、茶、鲜榨果汁和凝乳食品。空气中弥漫着醉人的香气。

"我想象中的天堂就应该是这样的。"我说。

"你哪来的食欲?"奥立问。

"偏偏就是有。"我说。我必须往返四次才能把我想吃的东西全部取过来。我想吃的食物有:一个由菠萝、芒果、草莓和木瓜拼成的水果盘,一杯胡萝卜橙汁,一杯卡布奇诺,一个罂粟小面包，一片全麦吐司，黄油，鸡蛋炒虾仁，一块法国皇家茂别尔奶酪，一块来自阿尔萨斯葡萄种植者生产的臭奶酪，还有一根可爱的小香肠。

奥立满意地看着我挑选食物。"不管怎样我把你折腾饿了，"他说，"希望这不是一种对欲望的替代品。"

"实际上我从昨天早上到现在一点东西都没吃过。"我说。

"我得离开一下，"奥立对我眨眨眼，"你先吃着。"

我也是这样做的。我从舒适的藤椅上欠起身来咂着嘴喝着卡布奇诺。餐厅还有二三十位客人，但是高峰期已经过去了。米亚和她的情人没有出现。我猜他们一定另有要紧的事做。可是还有什么事比这丰盛的早餐更重要呢？说句老实话，如果我死了，遗憾的就是没吃这顿早餐。

奥立离开很久了。他回来的时候，我已经吃光了水果盘，还有吐司和鸡蛋炒虾仁，罂粟小面包也被我吃了一半。

"你去哪儿了，这么久？"我问，叉起那根可爱的小香肠，"此间我都去了三趟新西伯利亚了。"

"我已经退房了，"奥立说，他看起来心情不错，"你的行李在前台，房费已经付过了。"

"什么？"由于我的吃惊，小香肠从叉子上掉了下来。

"千万不要客气，由我来结账是最起码的事，"奥立说，"这和昨天晚上我们之间到底发生了什么没有任何关系，这只是我一个简单的愿求而已。为一个朋友，一个陪在我身边……在我身处困境时……"

他眼睛里的是泪水吗？"好吧，我接受，"我连忙说，"可是我的东西呢？你把所有东西都打包了？"

"东西根本就不多，"奥立说，"我把所有物品都装在你的旅行包里了,包括卫生间里的。"

"那你没有……你有没有检查床底和抽屉?"

"没有,我应该检查吗?哦,如果忘了东西,那没有问题,我们可以回头去取。有些首饰之类的东西吗?"

"呃,没有,"我说,"只有———一本书。"

"那儿只有一本《圣经》,"奥立说,"我还以为是宾馆的。"

"呃,不是,它是我的。"我说。

奥立投过来温暖的一瞥。"我常常能认识到你的新层面,歌莉。我们一会儿去取那本《圣经》。在这种宾馆里是不会丢东西的。咖啡味道如何?"

"好极了。"我说,又把小香肠叉起来放进嘴里,"我想再去拿一根。还有,奥立,《圣经》我自己去取好了。"

"啊,该死,"奥立说,"米亚!我把她彻底忘了。"

"鬼才相信。"我说。

"不,我是认真的!她在这里!和她的情人先生。那个可怜人在灯光下显得很古旧。他累坏了,好像整个晚上都没合眼。"

"也许他本来就没有!"我说。

"我看起来如何?"奥立问。

"好得令人叹为观止,"我说,"你这讨人喜欢的棕色皮肤是怎么晒出来的?"

"她坐在非常靠后的一张桌子旁,缩在他身后,在八点钟方向。别往那边看,装作没看到她的样子。"

"我本来也没看到她,"我说,"我后面又没长眼睛。"

"要是她看见我了,我该怎么做?"奥立气呼呼地问。

"这其实就是你的计划。"我说。

"什么计划?"奥立更加狂躁地问。

"你那个将我的计划全部破坏了的计划。"我说。

奥立没听我说话,他越过我的肩膀向米亚望去。

我叹了口气。"不要总盯着她,"我说,"你最好坐在我身旁这张椅子上。因为在这里她能看到你,但是你看不到她;而且她不知道你已经看到她了。"

"好,"奥立挪了一个位子坐下,"那现在呢?"

"现在你只需要等待,等到凝乳类食品上来为止。"我说。我也有些急躁。要是米亚发现我们,她会怎么做?如果我是她,又该怎么做?

我喝了一口胡萝卜橙汁。

"你有胡子。"奥立说。

"什么?"

"上唇那里,"奥立说,"是果汁。"他拿了张餐巾纸在我脸上轻轻擦拭。

"哦,好了,"我说,"如果米亚看见我们,她肯定要爆炸。"

奥立手里的餐巾纸往下擦去。"让米亚去死吧。我又不是为了米亚才这样做。你有一张非常漂亮的嘴巴,我以前对你说起过吗?"然后他开始吻我。我丝毫没有防备,但我接着把戏做下去——这真是一个惊心动魄的银屏之吻,可谓无所不包。我们可以借此问鼎奥斯卡。我的一只手插在奥立的金发间。我一直都想这样做一次。

直到奥立的手机响了,我们才停止接吻。

"哇!"奥立从口袋里掏出手机时有些紧张。"是米亚!"他低声说。

"很好,快接。"我说。啊,这其实一点都没让我觉得恶心。我现在反而对自己昨夜像一块石头一样死死睡去感到后悔。

"嗨,宝贝儿!"奥立说,"斯图加特那边天气如何?"

我装作系鞋带,悄悄弯下腰去观察我身后的情况。米亚的情人独自一人坐在餐桌旁,米亚则不知去向。她的情人看起来有点沮丧,甚至可以说失魂落魄。他似乎在找什么人,身体不停朝各个方向转来转去。

"哦,我这里一切都很好,"奥立说,"我刚才绕着公园跑了一圈。"他朝我眨眨眼,"昨天晚上?啊,没什么特别的,写了几个私人账单,看了看电视。你呢?对,我理解,这种进修总是很让人费心劳神。这间会议室里的空气有一种要下雪的味道。你什么时候回来?你想今天晚上去卡洛琳娜和贝尔特那里做饭呢,还是我们出去吃?好的,看你方便。开车小心点,宝贝儿。我爱你。回头见。"他按了结束键,又把手机放进裤子的口袋里,"我还行吧?她在哪儿?"

"我猜她在外面的走廊里,"我说,"她的情人一直在用目光搜索她。显然她看见我们了,才出去给你打电话。"

"她活该。"奥立说,"歌莉,说句实话,那个家伙身上有什么东西是我不具备的?"

手机又在响,这次是来自米亚的情人。他一边说一边离开了暖房。

"哈哈,"我说,"是米亚打的。她可能跟他说她今天不吃早餐了。我现在都快对米亚感到抱歉了,她确实陷入了困境。"

奥立用双手捧着我的头说:"歌莉,你简直太棒了!"

"乐意效劳。"我说。

奥立进入角色,再次吻我。我挣脱他。

"嗨!"我说,"没人看了。"

"可是……"奥立说。

"没有可是！你的计划奏效了！"我站起身来，"我虽然不清楚你要达到何种目的，也不知道下一步会发生什么，但是我现在必须要忙自己的事了。"确切地说就是我首先必须回到房间，把地板上的药片捡起来。

我赶紧吃完这一小块可口的阿尔萨斯奶酪——嗯，好吃极了！

奥立则是一脸懊悔的表情。"我明白，作为第一次你需要距离感，"他说，"所有这些都是一次经历……啊，这可真是一场大乱子。再加上那个乔。"

"就是。"我说。我拿起一块法国皇家茂别尔奶酪，但马上又放回盘子里。我在这里做什么？我已经为就餐耽误了太多的时间。我坚决地拿起手袋。"祝你好运，奥立。和你在一起的这段时光非常——有趣。不过我现在真的很匆忙。"

事实确实如此。当我在这里奔走时，邮递员说不定已经把我的告别信投入我父母的绿色邮箱里了。我必须赶到新西伯利亚，越快越好。

"歌莉，那个乔不适合你，你找的男人都不对。"奥立还在说，但是我装作没有听到。

我在门厅处用余光扫见一个红发女人闪身站在一根石柱之后，但我并没有朝她望去，而是继续往楼上奔跑。当我到达三楼时，我突然意识到应该先在楼下取一下房间的钥匙，但是三二四房间的门是开着的。

真够幸运！这样我就不用再到前台对那些人胡扯什么谎话了。

我直接冲着一个装满清洁用品的推车跑过去。一个小而健壮的女人从推车后面望着我。

她拿着吸尘器，腋窝里夹着一个吸尘袋。

"不要吸尘！"我十分紧张地喊道，"这是我的房间。"

"这个房间没人住,"女服务员说,"我刚刚将它收拾完毕,以便迎接下一位客人。"

"什么?已经收拾了?我们才离开一小时而已!"我冲她叫道,"真没见过这样的事。"

"您忘了什么东西吗?"女服务员问。

"对,可以这么说!"

"是什么?"

"我的……"这个臭女人!她应该很清楚她用吸尘器吸走了三十三片安眠药!可是我又能怎样?把吸尘器抢过来,再扯开吸尘袋吗?

女服务员摇摇头看看我,然后推上车,拿着吸尘器从我身边走过。

我呆呆地站在房间里,双臂依然举在空中。

我失败了。我驶向彼岸的车票就这样消失在吸尘器的管子里,而德国各地的邮递员已经在路上了。

亲爱的提娜和弗兰克:

我在此只做一个简捷而明确的陈述:我的遗嘱不可被视为无效。我希望我的珍珠项链、笔记本电脑和数位多媒体播放器由西所拉继承,而且绝对没有商量的余地,你们也不能因此而让她觉得心有不安。我认为你们可以用自己的钱给阿尔色尼乌斯和哈巴库克每人买一串珍珠项链、一部笔记本电脑和一个数位多媒体播放器,但是请静心思考一下,为什么你们对两个男孩如此优待?你们又要把这种姐弟间的互相敌视引向何方?

还有,可能会有一些奶牛和你们有相同的饮食习惯,但是在人的社会里,将已经嚼过的东西再吃下去就不太普遍了。如果你们想知道为什么在你们家从来没有人吃色拉,那你们可以追溯到去年夏天提娜的妙语。现引述如下:"是啊,这个碗可真是物有所值。我们处处都用得着它,用来盛色拉和布丁,还用来洗脚,如果下一轮流行性肠胃炎来袭,我们还可以拿它盛呕吐物。"还有问题吗?

我本来还想写几个关于"好习惯和好举止"的文章,但我尚有其他几封信要写,还要在宾馆订房以及让冰箱解冻。

祝好!

你们忙碌着的歌莉

十

我当然也可以在没有安眠药的情况下坐上一列火车驶向某处。是的,准确地说,这是唯一的选择。有许多可以肯定的事实,家是不能再回了。如果大家读了我的信,那我也不能再回到那些地方了。

我都写了些什么啊!

例如写给姨妈爱维琳的信!如果她知道我没死,她会亲手掐死我。如果姨父科伯马赫和弗尔克知道他们并非真正的父子,他们也不会开心。姨妈爱维琳当然就更不会了。

还有给曙光出版社的阿德里安的信。具体细节我已经记得不太清楚了,但有一点可以肯定,那就是我在信中对自己的胸部作了一番描述。噢,我的天哪!

我做了些什么?我现在怎么办?我需要一个藏身之所。可是我能去哪里?我只想到一个还能够让我在那里现身的人。

"歌莉,亲爱的,"查莉叫道,"这可真是个惊喜。乌尔里希,再摆一份餐具,歌莉来吃早餐了。"

"信还没到吗?"我问。

"到了,刚刚才到,"查莉回答说,"我收到一个'婴儿之家'寄来的包裹。有很多可爱的小衣服,还有乳头油。我正想打开试试呢。你为什么背着个旅行包?"查莉问。

"因为——呃,我不能再回我那里住了,"我说,"我姨妈会用耶稣受难像把我打一顿。"

"那个老东西又怎么了?你忘了给楼梯栏杆上光?"

只穿了一条短裤的乌尔里希把手搭在我肩膀上说:"早上好,老朋友。咖啡?"

"好的,劳驾。"我说着坐在藤椅上,它是围在老冰箱四周的一组藤椅中的一个。桌子上放着一个浅蓝和粉红条纹相间的大厚包裹,上面有两封信,其中一封是我寄来的。

"很好,查莉现在喝的是新的东西——茴香茶。"乌尔里希说。

"如果你像我一样恶心感么严重,你也会喝的,"查莉一边说一边坐在我身边,"茴香茶对早上的恶心很有帮助。我整天都感觉不适。"

"我也是。"我看着我的信说。我可以把它拿过来吃掉。这种事我上学时就做过——那是一张查莉偷偷塞给我的字条。

"把字条交出来,小姑娘,"罗特吼道,"马上!现在我数三下:一、二……"

数到三的时候,我把字条塞进嘴里。没有其他办法,因为上面写着:"罗特是一只具有性虐狂和新法西斯主义倾向的翻肚猪猡。"事实就是这样。

"还记得当年我是怎么把你从罗特的虎口里解救出来的吗,查莉?"我问,"为此我被罚写了一百遍'在德国,纸不是用来吃的'。"

"是的,这个男人的方式方法还停留在中世纪,"查莉说,"尽管他那时候最多四十岁。这个我得好好想想。如果我不走运,我的孩子将来的老师还是他——哦,这是什么?歌莉,你写的信?给我的?不能打电话吗?"她笑了。

我的心蓦地沉到谷底。"知道吗？查莉，我上周喝了不少酒……你晚些时候再看吧。"

但是查莉已经兴高采烈地把信从信封里抽出来打开了。她的视线在移动。"你为什么要写……对，对，可惜肯定……确实是，确实是，铁锈可以消毒……"她咯咯笑着，然后眼睛突然湿润起来，那大概是我写道她是我当年最好的朋友，我希望她的女儿也会有一位像她这样的朋友，"啊，太美了！乌尔里希，歌莉给我写了一封情书。歌莉，是不是？这太可爱了！"

我拼命咬自己的嘴唇。

"这么好的主意也只有你才想得出来……"现在她蹙起眉头，肯定是读到了"又及"处。她把最后一句话大声念了出来："宁可不用麻醉剂做牙根手术，也不要听查莉唱《彩虹之上》。所以也千万不要有在我的葬礼上唱《万福玛利亚》之类歌曲的念头。我无论如何都不希望人们因此在我的坟墓前大笑。这是怎么回事？"

乌尔里希惊慌地看着我说："歌莉！"

"我……我……"我不知道自己该怎么说。

查莉看起来怒火冲天。"是这样吗，乌尔里希？你真说过这些话？"

"呃，是，可能有那么一次，乱说而已，"乌尔里希说，"可是歌莉……"

"但你不是认真的！"查莉说。

"其实，我还是有一点点认真的，如果你直接这么问我的话。"乌尔里希说，"你最好问问歌莉，为什么歌莉……"

"这是什么意思呢？我不会唱歌？"查莉质问他说，"我是一名走俏的歌手。我有成堆的协议，比如说下周末，我又要在一个婚礼上唱歌。你知道我在教堂里都唱过多少遍《万福马利亚》了？而我每隔多长时间就唱一遍《把我的爱给你》和《风中之烛》？你们根本就数不过来。"

"的确如此，"乌尔里希说，"不过不能因此就否认歌莉……"

"也许你能想得起来，你其实在每个地方只唱过一次，"我盯着地板说，"没有人预订第二次。"

"是，因为我主要在婚礼上唱，而一个人不可能频繁地结婚，"查莉说，"葬礼也是一样。乌尔里希，你不是还知道我如何差一点就和那个唱片公司签约的事吗？那可不是一个随便的唱片公司！他们和许多巨星都签了约，而他们想要我！"

"对，"乌尔里希说，"但那是他们在听你唱歌之前。"

查莉无语。

"我很抱歉。"我说。

"对，我也是！"查莉说，"十年来我一直致力于这项事业，现在才有人告诉我我根本就不会唱歌？我不得不说，真是些好朋友啊！"

"你当然会唱歌，"我说，"只不过唱得不好。"

"你是说，唱得不够好！如今的我已经三十岁了，却没有工作。"

"你还有我。"乌尔里希说。

"你闭嘴！"查莉骂道，"你们两个不懂音乐，你们简直是乐盲。"

"你也是。"我说。

"你最好别出声，"查莉大声对我喝道，"好朋友！为了告诉我这些，也用不着写信吧！别害怕，在你的葬礼上我不会唱歌！我要跳舞……"她打住，又看起信来，"最后这个葬礼到底是怎么回事?你为什么要送给我你的玫瑰枕头?"

我又盯着地板。

"啊,天哪!"查莉说。

"你一进来,我就意识到你不太对劲,"乌尔里希说,"你的眼神一直停留在这只牛奶壶上。"

"歌莉?"查莉睁大眼睛望着我,她的手放在心的位置上,"歌莉,请告诉我你不想这么做。"

"我想这么做,"我说,"你不了解情况。"

"请告诉我你不想这么做。"查莉又重复了一遍,这次带着逼迫。

"对不起,事情不该变成这样。我做过周密的计划,但是女服务员把所有的药片都用吸尘器吸进去了。"我开始哭,"现在大家都收到我的信了,我不知道如何是好。"

"如果这里有人要哭的话,那首先应该是我!"查莉对我嚷道,"你不该这样对我!我怀孕了!你有没有为我想过哪怕一次?"

"我——可是,嗨,我还活着呢。"我说。

"谢天谢地,"查莉喊道,同时给了我一个压倒式的有力拥抱,"谢天谢地!"

我用了一个多小时才向查莉和乌尔里希讲述了整个事件的始末,在此期间,查莉有七次由于想呕吐而跳起,其中有五次几乎吐出来,有两次真的吐了。

我在讲述过程中尽量做到简短精练,并且避免这个悲情事件所有哲学层面上的问题。我也没有过多说起我和奥立之间的细节——例如我没有提及我们两个人或多或少裸着身子的情景——我只讲述他如何在无意识之下阻止我吞食药片,以及多多少少因为他,药片被撒落在地而又被清理的事实。

在所有事件当中,乌尔里希对米亚和奥立的故事尤为感兴趣。"这个红发女人果真有婚外恋?"查莉依然在忙着呕吐,她认为米亚和奥立的故事只是一个楔子,而真正的剧情还未上演。

"这下你所有的朋友和亲属都认为你已经自杀了。"她说。

"不是,只有那些收到我信件的人,"我说,"确实有不少人。"

"你的父母?"

"嗯,是的。"

"好吧,你是不是神经错乱了?"查莉大叫,"他们会得心肌梗死的!你现在马上打电话告诉他们你还活着。"

我摇摇头。"这我做不到,"我说,"我母亲会杀了我。"

"这不正是你想要的吗?"乌尔里希说。

"你必须要打,"查莉说,"你知道我和你的母亲不和,但尽管如此,她也不应该遭此打击。"她跑过去拿起电话给我,"快打。"

"可是我没有勇气。"我说。

"你来打,"乌尔里希对查莉说,"歌莉现在还不够理智,你难道不明白吗?这次她是来真的,否则她不会把信寄出去。"

"我完全不能相信她真想这么做,"查莉说,"她只不过想……她只不过想使我们大家能稍稍醒悟一下!那是一个出于一时冲动而冒出来的愚蠢念头,对不对,歌莉?"

乌尔里希摇着头说:"歌莉不是这种类型,查莉,她想问题总是面面俱到。她需要帮助。"

"无论如何我都不会去心理医生那里,"我说,"如果你指的是这个!"

"当然不是。"查莉说。

"可那里正是你应该去的地方,"乌尔里希说,"为了避免你下一次又去撞一列火车。"

"可是我并非安娜·卡列尼娜型,我是玛丽莲·梦露型,"我向他保证说,"我需要安眠药,但是它们消失在帝豪酒店女服务员的吸尘器里了。我并没有试图用激烈的方式伤害自己。"我真是个白痴!我确实应该把吸尘袋拿过来撕开。那么我现在应该正坐在火车上,我可以在驶向宾馆的途中将它们逐一清点。这也许不够完美,但总归是一个方法。

"好吧,我现在给你父母打电话,"查莉说,"好让我们避免一场更大的灾难。"

"你打电话的这段时间,我去卫生间。"我说。

"绝对不行,"乌尔里希用了个剪刀姿势,把我夹在臂弯里,说,"剪刀在此。"

"我也不属于切腹型,"我边说边朝刀具望去,"我倒是希望我是这一类。"

查莉已经拨通了我父母的电话。"早上好,塔勒太太,我是查莉[1],夏洛特·马可瓦特,也就是那个'可怕的夏洛特'。听我说,塔勒太太,如果您已经打开信件的话——您还没有?好,那您最好不要……对,是歌莉寄来的信,是,您不要读,因为歌莉产生了一个愚蠢的念头,那封信是一个愚蠢的恶作剧。不,别管它,根本就别读。见鬼,您为什么不听我的话……歌莉很好,真

---

[1]查莉是夏洛特的昵称。

的，她就站在我身旁。我也不清楚这到底是怎么回事，但是，她是对的，您的确对她很刻薄，比如她的头发……您不要再继续往下读了，她告诉我，药片被一个女服务员……她健康、快乐地站在……是，但是那个克劳斯确实是个不折不扣的讨厌鬼，没有人能够使他头脑清醒地思考，他只能跟那个泼妇……不是，哈娜·考思洛夫斯基在十六岁时还读那些小马农庄之类的书，还在书包上画'黑骏马'……喂？您听我说……好，这个我告诉她，虽然也许现在并不是一个好的时机……不过您也应该……塔勒太太！您现在最好给那些收到歌莉遗书的人打电话，以避免惊慌……是，我能够理解您……不，老姨妈胡尔达肯定不会因此在遗嘱里将您的名字从继承名单上抹去……这可是一种值得尊敬的职业，您应该为此感到骄傲，要是我，我的母亲将会充满……可是……哼，您知道吗？难怪歌莉患了抑郁症，您可真是一位可怕的母亲，长久以来，我一直很想告诉您。"

查莉按了结束键，然后把电话扔给乌尔里希。"这个白痴只为自己着想！我们根本用不着担心她会得心肌梗死。她对歌莉非常生气。"

"我想，她并非唯一一个。"乌尔里希说，"歌莉，你到底在给大家的信里写了些什么？"

是啊，我到底在给大家的信里写了些什么？

"我要去新西伯利亚，"我喃喃地说，"我得找个地方把自己藏起来。"

乌尔里希的手机响了。

"请把我藏起来！"我说。

"歌莉，我觉得你最好……"乌尔里希说。

"不要！"

"但是歌莉,在这种情绪的笼罩下没有丝毫乐趣可言。一个精神医生的干预是……"

"她住那间儿童房吧,"查莉打断他的话,"这样我可以日夜守着她。"

"谢谢,"我说,"谢谢,谢谢,谢谢!"

姨妈的房子里静悄悄的。我们弯着腰蹑手蹑脚地从侧面的窗子走过,然后借助我们穿的软底鞋爬上防火楼梯。我的心都跳到嗓子眼了,手也抖得厉害,以至于我竟然不能把钥匙插进锁匙孔里。

"我一点都想不通自己为什么要这么做,"我轻轻地说,"要是被爱维琳姨妈抓住,就全完了。"

"可是你需要你的东西。"查莉轻声回复,"如果我一个人来,那他们可以以偷窃罪逮捕我。不管怎么说,知道你还活着,你的姨妈会感到非常高兴的。"

"你不了解我的亲戚们。"我说。

当我终于成功地打开房门时,发现已经有人先我们一步了。正是爱维琳姨妈。她坐在我的餐桌上,双手插进我的首饰盒里。

我纹丝不动地站在那里盯着她,我的姨妈也一样,而且看上去和我一样惊慌。

只有查莉保持镇静,她说:"您好!请继续,我们不想打扰您。我们只想取回几件东西。别害怕,这不是歌莉的魂灵,这是活生生的歌莉。"

"我看见了,"爱维琳姨妈不屑一顾地说,"多洛提亚已经给我打过电话,说你只是跟大家开了一个邪恶的玩笑。我本人丝毫没有信以为真。"

"对不起，"我一时语塞，"我不希望……"

"你母亲可跳进这个火坑了，"爱维琳姨妈说，"她必须打遍所有人的电话并且向他们解释你在吃药片时有多笨。"

"您听我们说——"查莉说。

"要是让老姨妈胡尔达知道……"爱维琳姨妈说。

"你究竟要在我的首饰盒里做什么？"我感情里夹杂着的羞愧、恐惧和愤怒一并涌起。

"没什么，"爱维琳姨妈说，"按理说，这已经不是你的房间了。你自己把房退了。你的所作所为让你失去了在这里居住的权利。"

"但是那些物品依旧是属于歌莉的，"查莉说，"还有歌莉的首饰。"

爱维琳姨妈关上盒子说："你们认为我会对这些便宜货感兴趣？"

"看起来的确如此。"查莉说。

"你没有找到你要找的东西，是吗？"我朝爱维琳姨妈迈近一步，我非常清楚她的意图，"海蓝宝石戒指和珍珠项链不在里面。"

"胡说！尽管我有得到它们的权利，"爱维琳姨妈说，"这些你也都一清二楚。"

查莉决定忽视爱维琳姨妈的存在。她从壁龛里取出我的旅行箱，把它扔在床上。"哎呀，歌莉，你根本没多少东西了！你房间里的东西都到哪里去了？"

"都清理了。"我说，对爱维琳姨妈视而不见。

"我真为你的母亲感到遗憾，"爱维琳姨妈说，"因为有这种女儿而遭受折磨。不信上帝的孽种,我一直这么说。"

渐渐地,我的怒火越积越多。"不要再对我说孽种,爱维琳姨妈!"

"可这又不是什么贬义词,"爱维琳姨妈说,"你一向过于敏感。别把自己看得那么重要。"

"说到孽种这个主题,您是不是已经浏览过我那本生物书了,爱维琳姨妈?"

"你指的是你在信中玩弄的卑鄙伎俩?"爱维琳姨妈交叉着双臂,"就连瞎子都能看出弗尔克就是莱纳的儿子,头发、弯曲的腿、鼻子——如果你认为你可以以此来挑弄是非、无中生有的话,那我不能不让你失望:你真是白白地浪费了你的毒药。"

"这个你自己一定清楚,爱维琳姨妈,"我说,并把笔记本电脑从桌子上拿过来,"那个孟德尔怎么会知道这些?"

查莉打开五斗柜的抽屉。"几条内裤你还是应该有的吧?"

"只有几条漂亮的。"我说。

"这里只有三条。"查莉说。

"是。"我说,对此深感惋惜。被扔掉的那些紧腹内裤是我花了很多钱买的。

"这个房间必须马上清理出来,"爱维琳姨妈说,"而且还要粉刷。我们宁愿你就此离开这套因久住而被弄坏的住房,把维修和整理工作留给我们;另外,你还欠我们下一季度的房租。"

"嗨!现在倒是说到正点上了,"查莉说,"您的外甥女刚刚经历了一场自杀事件,您非但不为她还活着而感到欣慰……"

"一切不过都是作秀而已,"爱维琳姨妈说,"好让她自己最终成为核心人物,一如当年她故意打碎那套迈森瓷器一样。这孩子我从她出生起就很了解,我知道她的能力都用在了什么地方。"

现在我终于忍无可忍了。"姨父科伯马赫到底读了我的信没有？"我问，"还有弗尔克？"

爱维琳姨妈没有回答。她说："这么多年来我们接受你住在这里，你却如此回报我们！"

"不是，"我说，"我也并非一定要向您指明。其实只要弗尔克在学校的生物课上稍微留一点神，他绝对会为自己眼睛的颜色而感到挫败。或许他只是把这种情绪压制下去了。"

"你真要用自己无耻、荒谬的论点将一个幸福的家庭毁掉吗？是不是？"爱维琳姨妈的目光生硬。

查莉把所有东西都塞在箱子里，手上还拿着一件，站在中间用期待的目光注视着我。

"我不想破坏一个幸福的家庭，"我说，"但是我既不会付下三个月的房租，也不会翻新房屋。如果你松口，我会在你得到姨父科伯马赫或者老姨妈胡尔达的遗产上提供一些帮助。"

"你这是在敲诈我。"爱维琳姨妈咬牙切齿地说。

"如果我要求你每个月转一千欧元到我账户上，才是敲诈，"我说，"我当然也可以挑明这件事，这样对谁更好呢？"

"卑鄙！"爱维琳姨妈说。

查莉把箱子的拉链拉好，并把它从床上提下来。"剩下的我们明天再取。"

"我觉得会是姨父弗来德，"我说，"从眼睛的颜色来看，无论如何都很相配。"

爱维琳姨妈没有再说话。

亲爱的布里特：

很遗憾我必须回绝这次班级聚会，我会在即将到来的星期五因服用过量的安眠药而身亡，因此不能成行。

你一定急切地想知道我的经历，好在对比中显示出你的重要，如同你一直以来一样。那好吧，我也没有什么好隐瞒的。

我至今未婚，没有男朋友，几年来也没有规律的性生活。我租的住所只有一个房间，我在第一个学期就中断了德国语言文学专业的大学课程，自高中毕业至今体重已增加了四点五公斤。我所有的朋友都已幸福地成家，并且——或者——有可爱的孩子。十四年来，我一直开着一辆老尼桑，已经有四根白发，喜欢在晚上看由简·奥斯汀小说改编的片子的影碟。我每周在姨妈家做一次清洁工作。十年来，我一直为曙光出版社写爱情小说。我的笔名是茱莉安娜·马克和戴安娜·多拉，但遗憾的是转瞬间已经失业。我当下的财产总和为四百九十八点二九欧元。此外，我还患有神经性抑郁症，并且从来没有中过能赢得一辆甲壳虫的彩票。你满意吗？

顺便提一下，即使罗特认定是我所为，但当年确实不是我把你的辫子蘸上胶水粘在椅背上的。虽然我是无辜的，但还是在逼迫之下写了一百遍"一个德国女孩不允许因为他人的漂亮头发而心生嫉恨"，而你则在鳄鱼眼泪的掩饰下露出奸笑，就好像我那时真的羡慕你那头毛茸茸、稀少的头发似的！即便如此，我至今都不会出卖做这件事的人——团结到死！

歌莉·塔勒——天生的大嘴青蛙

十一

约翰内斯-保罗坐在鲍比的车上,横在防火楼梯下面,把过道堵死。

"歌——呃——莉——嘿,我妈妈说的到底是不是真的?"

"不是,肯定不对。她说的都是垃圾,"查莉说,"让开,派特乌斯。这里毕竟不是什么天堂之门。"她展示了自己的幽默,但约翰内斯-保罗纹丝不动。

"我叫约翰内斯-保、保罗。派特乌斯是我哥、哥。歌——呃——莉——嘿,我妈妈说的到底是不是真的?"

"我说,你是不是有病啊,小结巴?"查莉说,"我们想从这里过去。"

"那你妈妈怎么说?"我问。

"她说,你不爱耶稣。"约翰内斯-保罗说。

"可是,我很爱耶稣啊。"我颇为严厉地说。

"把你那辆可恶的车开到一边,否则我把笔记本电脑摔下来,"查莉说,"那对你妈妈来说可就损失大了。"

"可是妈妈说,你让耶稣非常伤心,"约翰内斯-保罗一边说一边慢慢把车退后,"你做了什么让耶稣伤心的事?"

"我……我没有……让耶稣伤心。"我一时语塞。

"就是,"查莉说,"他可以承担一切,比你想象的要多得多。

他还很慷慨。这个你大可以告诉你妈妈。"

"那你到底做了什么？"约翰内斯－保罗问。

黑拉出现在厨房窗口。"过来吃饭，约翰内斯－保罗。"她冷冷地看着我说。查莉则完全忽视她的存在。"作为一个孩子，他很难理解为什么有人会随便舍弃耶稣赐给的美丽生命。事实上，连我们成年人都不能理解。"

我急切地想为自己辩护，但不知道说什么好。

"我的生命并非如此美丽，"我说，"甚至非常……我的生命很可怕，但是我不让耶稣来承担。"

"你的生命在主的手心，至于你怎样做，责任完全在你。"黑拉说。

"就算是吧，也许百分之五十。"我说。

但是黑拉双手叉腰说道："可怕？可怕？你声称你的生命可怕？你毕竟是健康的，不是吗？你有住所，并且从来就不会挨饿，不是吗？"她一下子爆发了，对我怒目而视，炯炯目光放射着正义的光芒，"你知道吗？全世界有多少人生活在水深火热之中？有多少人生活在战火不断的城市，处于饥饿和贫穷之中？有多少人渴望得到一个健康的身体？如果你不能对自己生活得有多好得出一个评价，你就亵渎了主。"

我开始咬嘴唇。

"你知道你很烦人吗？"查莉说着挽住我的手臂，"自以为是的宗教狂！你知道当你的孩子们长大成人以后，他们要花多少钱来治疗自己吗？当你们争吵时，你们让耶稣难过；当你们发脾气时，你们让耶稣难过；当你们把小便尿在裤子里时，你们让耶稣难过！如果说这里有谁在亵渎主的话，那就是你！只是你从来没有意识到罢了。歌莉，在她把圣水洒到我们身上以前，我们快走吧。"

在车里我哭了。

"黑拉是对的,"我唏嘘道,"如果比我还不如意的人都要自杀的话,那么人口过剩的问题就一下子解决了。"

"当然,总有一些人生活得不如意。"查莉说,"你觉得蔬菜不好吃,可是第三世界国家的孩子们如果有任何东西可以果腹,就已经欣喜不已了。不要为自己受伤的膝盖而苦恼,想一想那些根本就没有膝盖的人。不要为自家死去的猫而哭泣,可怜的卡特琳娜·莱姆斯卡亚在伏拉底沃斯托克的大屠杀中失去了她的丈夫和女儿们。"

我已经很久没有读报纸了。"谁是卡特琳娜·莱姆斯卡亚?伏拉底沃斯托克的大屠杀是怎么回事?"

查莉叹息道:"不知道,这是我刚刚编造的。我只是想说,不幸是没有测杆可以测量的,不幸是相对的。"

"可怜的卡特琳娜·莱姆斯卡亚。"我说,不禁为卡特琳娜·莱姆斯卡亚的悲惨命运失声恸哭,就算她根本不存在。而我的那颗白齿又开始隐隐作痛起来。

并不是所有人都因为我还活着而生我的气。有几个人为此感到欣喜万分。不管怎样,乌尔里希这么告诉我,本周末的电话几乎全是他接的。我的姐姐们打来了电话,此外还有卡洛琳娜和贝尔特、玛尔塔和马里乌斯、姨妈阿丽克萨和表弟哈里。他们都想跟我说,对我尚在人世深感欣慰。反正乌尔里希是这样说的。我不敢接电话,如果他把话筒递给我,我只是沉默着摇摇头。和别人通话对我来讲是不可能的。我羞愧得无地自容。我相当肯定姨妈阿丽克萨和表弟哈里不会对我说什么动听的话。可能露露和提娜也不会。

"歌莉晚些时候会回电话。"乌尔里希说,他宛如一位好秘书,将每个电话都记录在案,还时不时地来个总结:"露露问你是否还有那个叫'棒槌硬当当31'的电子邮件地址,以及'31',是不是她认为的那种意思;提娜想知道那个多媒体播放器使用何种电池;表弟哈里说,你现在名字的排序不再位于弗朗西丝卡和姨夫古斯塔夫之间,而是在加比之后,因为她不久前刚刚回复说要参加庆典。"

整个周末我都待在查莉的健身房——也就是未来的儿童卧室,在沙发上或坐或躺,盯着墙壁或者天花板。遮光帘是拉下来的,所以我也看不到外面到底是白天还是黑夜。其实也都无所谓。

我真不应该自以为是,现在我的情况确实比自杀前要坏得多。我指的是自杀未遂。一个自认为周密的计划!我对自己所谓的组织能力的确不能再自负下去了。我早该想到,一项完美计划的制订总是将那些无法预知的事件计算在内。至少,我应该再制订一个 B 计划。

不过至少我的牙痛停止了。

我望着天花板。几年前,我们用盛鸡蛋的盒子把这个房间隔离出来,以便邻居们不被查莉的歌声所干扰。它们看起来有些怪异,一个挨一个紧紧地贴在墙上和天花板上,而查莉又偏偏把它们刷成深紫色和米白色。

当查莉再次进来倒在沙发上时,我说:"虽然这间儿童卧室在隔音方面非常实用,但我还是在考虑用一种新的造型来取代鸡蛋盒子。"

"你指的是浅蓝色再加上白云吗?"查莉问,"对呀,我也早想过了。我有的是时间,因为现在我只有躲在浴缸里才能唱歌。"

"我非常非常抱歉,查莉。我知道唱歌带给你多少乐趣。我真不应该让你扫兴。"我叹息道。

"我倒是还能从其他很多方面找到乐趣,"查莉说,"很遗憾你是对的:我唱歌的水平的确还不及中流之辈。如果以前也有人给我指出来的话,我就会及早认清自己,从而另作打算。可是所有人都是这样:真实而重要的事,他们不会讲给你听。我觉得你是一个好的典型。我刚才给我父亲打了电话,告诉他应该尽快为自己的口臭采取措施。"

"那他一定不高兴了。"我说。

"是的。可是如果他能够稍微用一下脑子,就会为我的提议感到高兴。所有人都闻到了,但是从来没有谁给他一个改正的机会,这是不公平的,不是吗?我们所有的人都不应该扼杀实话。歌莉,你不想吃点什么吗?"

我摇了摇头。

"你不要把所有时间都用来考虑如何将你的计划重新实施一次。"

"不是所有时间,"我说,"其他时间我在努力回忆,我都给谁写了信,信的内容是什么。"

"不过它们也许还存在你的电脑里,"查莉说,"或者你把它们都删掉了?"

"当然,"我说,"我差不多把所有文件都删除和丢弃了。我只想留下一些真正的东西,明白吗?"

"当然明白,"查莉说,"这其实也不坏。你现在可以放下包袱,彻底开始新的生活。"

"没有工作,没有钱,没有住所,"我说,"而且所有人都对我很恼火。"

"只有你那些混账家人对你恼火。至于工作,你可以在别的出版社另找一份。"查莉说,"知道吗?也许我真的不会唱歌,但你真的会写作!"

"是的,但是我没希望了,"我说,"在我用一封薄薄的信激怒我的主编之后,我连最后一个微乎其微的机会也失去了。"我交叉着双手,"不过我还是觉得他人很不错。"

乌尔里希打开门,把头伸进来说:"卡洛和贝尔特来了。"

"我不想见任何人。"我说。但卡洛琳娜已经从乌尔里希身边挤了进来,径自跪在沙发上,想给我一个拥抱。

"歌莉,啊,我的天哪,你可真是把我吓坏了。我非常高兴你没有那样做,我永远不能原谅自己竟然对此没有任何察觉,我还一直认为你挺幸福的。你是一个那么快乐的好人,所有人都喜欢你,孩子们也是。你知道为什么我们选择你作为弗洛的教母吗?如果我们出了什么事,一想到你会照顾她,我忐忑的心就会平息下来,哦,歌莉……"

"非常抱歉。"我喃喃说道。

"这儿,你的戒指,"卡洛琳娜说,"它非常漂亮,你要把它留给弗洛,这也让我感到无比欣慰,但是我更愿意你在四十年之后,或者更久以后再送给她……"

她把这枚海蓝宝石戒指戴在我的手指上。

"那么,兔子的事怎么样了?"我问,"再过四十年大概就有点晚了。"

卡洛琳娜叹了一口气说:"好吧,不过那些清理工作总归都是由我做……地方我们倒是有的,而弗洛也已经比较懂事了……

就这样，我想，她会得到一只兔子的。"

"最起码没令人失望。"我说。

贝尔特倚在门框上说："乌尔里希告诉我你失业了。你为什么没告诉我？我们公司一直需要一些办公人员。反正在那里你也可以赚到和你写作差不多的薪水。"

"那将会……"我说着轻咳了一声，"谢谢。"

"至于男人嘛……嗨，歌莉，一个像你这么漂亮、幽默和有专长的女人现在嫁人还太早了。"贝尔特说。

"千真万确。"乌尔里希说。

"就是你不想要我的。"我说。

"不是，是你不想要我。"乌尔里希说。

"是，因为你不想要我。"我说。

"只要还维持现状，你就应该及时享受生活，"贝尔特说，"承受家庭和房贷的重压也不一定是件好事。有时候只为了在星期天能得到一次充足的睡眠，我宁愿拿一切去交换。"

"讨厌的男人，"卡洛琳娜说，"这是典型的男人思维模式。但是其中当然也有一些美好的东西，歌莉。至于作为单身能够得到的乐趣，你想一下布里奇特·琼斯就知道了。"

"拙劣的例子，"查莉说，"毕竟她最终还是得到了科林·菲尔斯。"

"只是在电影里才有的。"卡洛琳娜说。

"对，可是想一想那些不幸的婚姻吧，"贝尔特说，"你们还不知道，米亚和奥立之间已经岌岌可危了。"

"是吗？"查莉问。

"是啊，"贝尔特点点头说，"奥立昨天晚上在我们家，他的话给了我们很明显的暗示，米亚……"

"这个轻浮的女人。"卡洛琳娜补充道。

"她欺骗他,"贝尔特接着说道,"奥立的坎肩也不是那么干净。他妈的,他看起来累坏了。我还从来没见过他这个样子。"

"当我们向他讲述歌莉的事时,他似乎受到了极大的震动,"卡洛琳娜说,"他的脸一下子变得苍白。"

"还真是这样,"查莉说,"那米亚昨天晚上在哪里?"

"由于头痛在家卧床休息,"贝尔特说,"一转眼就完成了她的进修课程。"

"她是个婊子,真该死,"卡洛琳娜说,"我常常这样说。但是现在我们必须要走了,保姆只在家待一个小时。"她在我脸上吻了一下,"保重,歌莉,还有你们两个,好好照顾她。"

"我们当然会的,"查莉一边说一边用手抵住胃部,"如果我不是现在要吐的话。"

"哈哈,"卡洛琳娜说,"呕吐和其他那些即将到来的麻烦比起来,简直就像是纯粹的儿童游戏。"

我非常希望就这样一直在查莉那里无所事事地坐着,但我知道这是不可能的。实际上对我来说只有三种可能性,可是我一种都不喜欢:其一,再策划一次自杀;其二,接受一个社会团体或机构的指导;其三,继续以某种方式生活下去。

周日晚上,乌尔里希又拿着一张纸进来,他读道:"你的母亲让我转告你,明天早上八点准时到家里去见她,否则她要和你断绝母女关系。她问你能不能稍微想象一下,由于你的不负责任她要怎样收拾这堆烂摊子。如果还要她再一次在电话里说起你那怯懦而无趣的愚蠢行为的话,她就不得不因心脏病而接受住院治疗。"

"很好,"查莉说,"我觉得她还真应该去那里。"

"你母亲说,如果可以,你至少应该亲自打个电话向她解释一下你的所作所为。"乌尔里希说。

"哦,见鬼!"我说。

"你根本就没必要去,"查莉说,"让他们发脾气好了。"

"你不了解她。她可是认真的,"我说,"只要她还在,我就永远不被准许踏进家门一步。"

"那又怎样?最坏的结果就是失去继承权,那你就得不到陶制的豹子了!呀,呀,太可惜了。"查莉说。

"不过她是对的,我的做法确实怯懦。"我说。

"我不这样认为,"查莉说,"我甚至觉得你很勇敢。尽管写了那么多信,之后还是决定要活下去。"

"这个是始料未及的。"乌尔里希说,"唉,查莉,你到底还要让我解释多少遍才好?"

"就是这样,就是这样,"查莉坚定地说,"你们低估了潜意识的作用!它比我们本身要强大得多。歌莉在潜意识里想要活下去!它需要抗争!它想行动起来!它早厌倦了所有的虚假和客套。"

"很好。"我说。现在我要承担所有后果。我痛恨自己的潜意识。

但查莉甚至有可能是对的:尽管我恨不得一直在沙发上躲着,但是第二天早晨我的潜意识还是把我从睡梦中扯起来。它的确想抗争。

八点整,我准时叩响了父母家的房门。

我父亲为我打开门。他看起来很累的样子,也比平时显得有些苍老。

"你好，爸爸。"我说。

"你好，歌莉。"父亲说。他面无表情，也没有任何进一步行动，比如说吻我一下之类的表示。"你母亲在厨房里。"

"知道吗？站在你面前的不是我，"我说，"而是我的潜意识。"

父亲的表情没有任何变化。"你的母亲不想见你。她刚才收到了老姨妈胡尔达寄来的鲜花。"

"哦，"我说，"我还以为你们已经告诉老姨妈胡尔达我没有……竟然没有……我可以走了吗？"

"你敢！"母亲在厨房里喝道，"让她进来吧！"

"进去。"父亲说。

"老姨妈胡尔达周末不在家，"母亲在厨房里说，"我告诉了她的管家，请求她把你的信毁掉，但是现在看来，好像这个波兰贱妇根本没有弄明白我的——"

"我很抱歉。"我说。那一部分所谓的富于抗争性的我的人格又躲藏在深处了。我独自站在这里，只求和谐共处，息事宁人，如同一贯的我。

"哼，闭嘴，"母亲在厨房门后说道，"你现在亲自给老姨妈胡尔达打电话，自己把一切解释清楚，你明白我的意思吗？电话号码就在电话旁边。"

父亲铁青着脸从餐厅拿过来一把椅子放在电话旁，然后消失在客厅里。

我拨通了老姨妈胡尔达的电话。

电话那头有人叽里咕噜地说了句什么，这一定就是那位管家。

"我是歌莉·塔勒，是弗卢克曼女士的孙外甥女，她在家吗?"现在才早上八点,我就已经开始对伏特加产生欲望了。可恶的是所有的酒都在厨房里,而我的母亲也在那里。她极有可能把耳朵贴在门上,好来监控我能不能完成她指派的工作。

"喂,请问哪位?"正是老姨妈胡尔达文雅而年轻的声音。

我清了清嗓子说:"我是歌莉。"

"歌莉?"

"歌莉,你外甥女多洛提亚最小的女儿。"

"多洛提亚?"

我叹了一口气说:"就是那个摔坏迈森瓷器的歌莉,老姨妈胡尔达。"

"哦,是那个歌莉。谢谢你那封友好的亲笔信函,小心肝,"老姨妈胡尔达说,"不过我还以为你已经自杀了。我肯定是什么地方读错了。不幸的是我已经给你母亲寄去了鲜花。"

"是,我知道,非常感谢。呃,不管怎样我还活着,想对你说……我的母亲反正是很……她一直很希望……其实在所有姐妹之中她确实是……"

"你不要再说这些了!"母亲在厨房门后咬牙切齿地说。我说不出话来。

"你当然还活着,否则你也不可能给我打电话,不是吗,小心肝?"老姨妈胡尔达停了下来,我听见她燃起一支小雪茄,"接下来你会怎么做呢?所有人都知道了你的计划,会不会因此使你的生活更加艰难呢?"

"我……我本来想吃安眠药的,"我说,"那会是一个死亡事件。我一共有三十五粒药片,但是我在经历了种种周折——如果要解释清楚的话,会占用很多时间——之后,把它们弄丢了。"

"弄丢了?"

"一个宾馆服务员用吸尘器把它们都吸走了。"

"哦,我明白了,小心肝。在过程中自然是出现了偏差,"老姨妈胡尔达说,"那你没有办法在短时间内再临时准备另一个解决方案?"

"不能。"我说。

"其他那些方式都是让人倒胃口的。就好像如果你碰巧需要一个鹅膏菌的话,你肯定得不到它。"老姨妈胡尔达在电话那头哧哧地笑着,"你有没有打算再试一次呢,小心肝?"

连我自己都不知道。我应该再试一次吗?

"你快道歉。"母亲在厨房里厉声说道。

"请原谅,老姨妈胡尔达。"我说。

"可为什么呢,小心肝?"

"就是我……你收到了我那封信。"我结结巴巴地说。

"快别这样,小心肝!这也是一次不错的生活调剂。还有,谢谢你寄来那么多小册子。我平时几乎不读这方面……"

"当然不会。"我苦涩地说。所有的人只读卡夫卡和托马斯·曼。

"但是我很喜欢上面的图画。那个穿着护士服的女孩身体向后倾斜着的那张,确实非常灵敏的样子。还有那个青年男子有着令人叹为观止的结实胸肌,他看起来如此冷峻。我想,我现在要慢慢消化一下它们了。再见,我的小心肝。"

"呃,好,再见,老姨妈胡尔达。"

"这就算完了?"母亲在厨房里说,"她说了些什么?"

"问你们好。"我说,"现在我可以走了吗?"

"想都别想,"母亲嚷道,"今天你就守在电话旁接电话吧。是你自己把整锅汤煮坏的,你现在就拿起勺子把它们都喝光吧。"

"为什么你不关掉留言功能?"我提议。

"因为这样会使事情更糟,"母亲说,"我还得再回电话……不,不,你必须亲自在电话里跟大家解释,说这不过是一个可怕的误会而已,并且我与这件事没有任何关系。"

"你的意思是,这个误会是……嗯……"

"随便是什么,见鬼!你怎么不再去死一次!我的脸都让你丢尽了。"

我舒舒服服地坐在椅子上,希望根本就没有电话打进来。但遗憾的是很快电话铃声就响了。这第一个电话是考勒太太,即克劳斯·考勒的母亲打来的。

"我刚刚想到,这应该是个令人讨厌的玩笑吧,"当她听出来谁接的电话之后说道,"你向来具备一种特有的幽默感。"

"道歉!"母亲在门后命令道。

"对不起。"我说。

"你应该向克劳斯道歉,"考勒太太说,"对你如何践踏他的感情!反正你永远不会有孩子的,否则你迟早会知道,作为一名母亲,当她目睹自己儿子的心如何被他最爱的人撕碎时,她有多么心痛……当他所有的幻想被通通打碎,就这样走向社会时!"

"可是我已经在信中向您解释过当时的情况了,考勒太太!"我说,"实际上是克劳斯打碎了我的幻想!"

"我亲爱的姑娘,"考勒太太说,看来她对我丝毫没有善意,"不管你如何这样或那样辩解,同时约了两个男孩参加毕业舞会的经历将成为你一生的污点。我经常告诫多洛提亚:早熟的少女是轻浮的少女,那些留级生反而有着光明的未来。"

而臭烘烘、抠鼻孔的人会成为明日之星吗?我从未轻浮过!也并非早熟。我在十六岁时还不知道如何使用卫生棉条。考勒太太这是从何说起呢?

"道歉!"母亲在门后面命令道。

"我再次向您道歉。"说完我挂了电话,"考勒太太为什么认为我不会有孩子呢,妈妈?她也觉得我是同性恋?"

"想要孩子,首先得有男人,"母亲在门后面说,"在你做了这些事以后,你再也得不到男人了。只要是八个感官俱全的男人,他们就不会要你。你知道克劳斯该多么庆幸自己能免除这个苦难!唉,我真是羞得想钻到地缝里去。"

八个感官?克劳斯·考勒具备八个感官?视觉,听觉,嗅觉,味觉,触觉,臭觉,挖鼻孔觉——而第八个感官到底是什么呢?

第二个电话来自姨妈阿丽克萨。"曜,歌莉,你在家啊?我还以为你母亲不允许你再踏进这个门槛了。"

"还可以,但是只能进到走廊那里。"我说。

"快道歉!"母亲喝道。

"对不起,阿丽克萨姨妈。"我说。

"这又从何说起?"姨妈阿丽克萨问。哦,的确如此,我其实根本就没有给她写告别信。

"对不起,我打破了那套迈森瓷器。"我说。

"呵,宽恕并且忘记,"姨妈阿丽克萨说,"我一直告诫多洛提亚,总有一天她会尝到自己教育失败的恶果。够了,歌莉,我的孩子,这种事情确实不能做!人们只在自己死后才留下遗书,没有人在事前就把它们寄出去!希望我的克劳蒂亚永远都不会做这种蠢事。"

她让人看着不顺眼,如同我所有的姨妈,但她是对的。我的所作所为委实荒谬之至:如果我没有寄出那些信件,现在就不会惹出这么大的麻烦。那些原本就存在的麻烦已经够多了。

"你和老姨妈胡尔达联系过了吗？"姨妈阿丽克萨问。

"她给妈妈寄来了鲜花。"我说。

"哦，真的？"她笑得非常由衷，"她也知道你的药片是从你母亲那里得到的吗？"

"不。"我说。

"那我下次可要告诉她呀。"姨妈阿丽克萨神采飞扬地说，并就此挂断了电话。

第三个电话是曙光出版社的格利高·阿德里安打来的。

"塔勒家。"我说。

"您好，我是曙光出版社的格利高·阿德里安，"他说，那是一个温暖的男中音，"歌莉·塔勒曾经为我们工作过。您是歌莉·塔勒的亲戚吗？"

我说不出话来，我的双腿忽然间变得软绵绵的。不过还好，我反正是坐着的。

"是谁？"母亲在门后追问。

"喂，您还在吗？"阿德里安问，"是这样，我们曙光出版社想对她进行哀悼，并且……哦……歌莉她非常优秀……"

"可是您并不认识她啊。"我不禁脱口而出。

电话那端沉默了一会儿，然后阿德里安说："可能不是很熟，但足够让我们得出她是一位非常有天赋的作者的论断。"

"哈哈！"我说，"那您为何终止了诺利那小说系列？您又为什么不和她签约，让她为劳罗思集团创作？嗯？"

"因为——可惜我在劳罗思并没有决策权，"阿德里安说，"再加上我初来乍到，根本不知道……"他清了清嗓子，"现在为时尚早，对……但是……"他又清了清嗓子，"葬礼何时举行？"

"根本就没有葬礼。"我窘迫地说。

"什么?"

"根本就没有葬礼!因为我根本就没有死。"又是沉默,但这次的时间明显要长很多。

"歌莉,我说,塔勒女士?是您本人吗?"

"是。"我倔强地说。

"您原来没有死?"

"对,"我说,"但这并不意味着我不想死。"就在这一瞬间,我忽然感到一种前所未有的难堪。

"那么,这究竟是怎么回事呢?是不是一种被称为……哦,公关玩笑的东西?"阿德里安问。

"不,不是这个!"我冲他大声嚷道。我也不知道为何偏偏在这时如此愤怒,而偏偏又是对他。"我就是倒霉,不行吗?向来如此!它如同一条贯穿我生命的红线。您觉得如果我早知道在某一天我们还会谈起这个话题,我还会把那封信寄给您吗?"

电话另一端又是短暂的沉默。"我想不会。"阿德里安说。

我们都没有说话。

"我都写了些什么?"我小心翼翼地问。

"您不记得了?"

"我喝醉了,"我说,"我写了很多信。"

"我理解。"阿德里安说。

"快道歉!"母亲在门后命令道。

"对不起。"我机械地说。

"为什么道歉?"阿德里安问。

"您是谁?一个施虐狂?"我厉声说道,"我记不清楚我都给您写了些什么,但是我为此请求谅解并收回这一切,行了吗?"

"好的,好的,"阿德里安说,"您难道不觉得我的文字功底很差劲,写作风格也不值一提,而且所写的小说都是垃圾吗?"

"哦,那倒是,"我说,"但是我还是为此向您道歉,也为其他的所有这一切。拉克里茨会因为对出版社内部议论太多而惹上麻烦吗?"

"我觉得您确实记不得您在信里都写了些什么。"阿德里安说。

"我本来就不记得了。但我还记得拉克里茨对我讲述的一切。她会因此而惹上麻烦吗?"

"不会,"阿德里安说,"此事只有你知我知。"

那真是太好了。"谢谢。因为我的自杀,她也生我的气了吗?"

"她也收到了你的信吗?"

"没有。"

"那她还不知道,"阿德里安说,"她今天上午不上班。您听我说,歌莉,我读了您的书稿。我必须承认它很好,实在是——太出色了!"

"谢谢。"我惊诧地说。

> 他由于疏忽对她直呼其名,而她的心竟莫名其妙地开始奔腾。

"我认为您的建议也很有启发性,"阿德里安说,"您对人物形象和小说布局确实很有见地,这也是我打这个电话的原因。我本来想询问一下谁将获得这本遗作的稿费。"

"哦,是这样,要是这件事早一点发生就好了。"我说。我开始设想如果我真的吞食了那些药片,我的父母会对这通电话有何反应。首先致以沉痛的哀悼,我们是否允许将您女儿的吸血鬼小说出版？您可以用这笔钱买一副上好的棺材。

"是，我知道，"阿德里安说，"但是我想知道您现在的状态怎么样。"

"要是我真就这么死了……"我说。

"可能您的药片不够多，"阿德里安说，他的声音听起来有些激动，"又或者您被及时发现了。"

"可是……"我说。

"没有可是，孩子！"母亲在门后喝道，像她一贯的那样。

"无论如何稿费属于我，"我说，"至少可以把我户头上的钱重新变成正数。"

"好，"阿德里安说，"这个我们已经讲清楚了。其他相关事宜让我们以后再谈吧。"

我还不希望他挂断电话。"您本来打算来参加我的葬礼吗？"

"我会寄一个花圈的。"阿德里安说完放下了电话。

亲爱的哈里：

请原谅我的耽搁，然而由于要为自杀做准备，我实在是太忙了。随信附上终于完成了的为你父母银婚而作的八行诗文：

阿丽克萨想嫁有钱郎，哈啦嘿，哈啦吼，

设法接近弗来德，哈啦嘿，哈啦吼，

汽车、豪宅、孩子和狗，哈啦嘿，哈啦吼，

这一切看起来好完美，哈啦嘿，哈啦吼。

唉，其实却是嫁错人，哈啦嘿，哈啦吼，

阿丽克萨已把刀磨亮，哈啦嘿，哈啦吼，

直奔弗来德的前列腺，哈啦嘿，哈啦吼，

这次生活变美好，哈啦嘿哈吼！

来自你表姐 D 大调的衷心祝福！

歌莉

又及：我曾经告诉你如果你吃了肥皂就会飞，对此我致以深深的歉意。但是那时候我还小，不晓得多年以后你依然把厕所里所有的肥皂偷过来全部塞在嘴里。当你把肥皂当成兴奋剂，从姨父古斯塔夫的车库上跳下来时，你已经九岁了！说实在的，直到今天我还在问自己，你是如何利用自身的这些设备成为企业老板的。

十二

母亲中午才允许我离开,等她所有的姐姐、桥牌友和姨妈、姑妈都打过来电话为止。据我所知,我并没有给其中任何一个写过信,这是要做什么?是的,我得向所有人道歉。

尽管我的母亲在这段时间有三次从我身边经过,比如上厕所,但是她连看都不看我一眼,也不再和我说话,只是时不时地隔着门叽叽咕咕地给我一些指示。我也没有得到水和食物。

放学后我的姐姐露露打来电话。"呵,你在家里做什么?我还以为妈妈不让你再踏进这个门槛了。"

"可惜,还让。"我说。

"既然是你接的电话,我正好有话说:第一,很好,你还活着;第二,你对帕特里克的怀疑,被证明是错的。"

"那就好。"我说。

"是,"露露说,"帕特里克和你提到的那个家伙——"

"棒槌硬当当31。"

"对,那个变态狂,他们无论如何都不是一个人。"

"只有长相一模一样,"我说,"也许他们是占星学意义上的双子,这种情况应该是有的。"

"胡说,是你把那些特性强加给帕特里克的!"露露说,"不可思议!你总是碰到不地道的人。在网络上。我早就告诉过你,在网上闲逛的不是网虫就是性变态。现在把电话给妈妈,我有事对她讲。"

"行,但是不要聊太久,老姨妈艾尔思贝特还没有打电话来,"我说,"虽然我不知道为什么,但我还是要迫切地请求她原谅。"

我也向母亲道歉。

"妈妈,对不起。"我说,因为实在想不起来还有什么人会打电话过来。

"这么敷衍了事可不行,"母亲说,"在你每做一件事之前,首先要经过深思熟虑。"

"那如果我现在已经死了呢?"我说。

"事态将一样严重。"母亲说。

总是这样。

在我离开之前,我看见父亲在花园里,正将一株西葫芦苗植入菜畦。

"爸爸,你也不再和我说话了?"

"我能跟你说什么呢,歌莉?"父亲依旧沉着脸,"知道吗?你的所作所为很令人伤心。"

"我不想伤害任何人。"我说。

"这话听起来很可笑,"父亲说,脸色忽然转为愤怒,"你怎么可以结束自己的生命而同时又不令别人伤心?"

"我还以为这对你们没有什么……"我那不争气的泪水已经掉了下来,"前段时间我过得不太好,爸爸。不光是你们为我设计了另一种人生,我自己也是!除此之外,我的性格还或多或少有些神经质……虽然我也拼命和自己斗争过,并且像一头牛一样辛苦工作,但到头来只有这唯一一条出路。"

"我们常常得不到我们想要的那种生活，"父亲说，他的额头青筋暴起，这只有在他网球打输了的时候才会出现，"我当然也没有想到，我的小女儿竟然试图结束自己的生命。"

"如我所言，我不想伤害任何人。"我说。

父亲欲言又止。

"说实在的，我其实从来没有真正需要过你们，"我脱口而出，哈，我那所谓的勇于抗争的潜意识到底又涌现出来了，"反正在你们看来我总是错的。你们为我头发的颜色和从事的工作而感到羞耻，我至今仍是单身也让你们蒙羞。我知道，你们本来期望生一个男孩。你曾经有四次希望自己能够得到一个儿子，但你只得到了女儿。你的失望感伴随每一个女儿的出生而逐渐增强。但是我们常常得不到我们想要的那种生活，不是吗？每个人都应该随遇而安。"

我怒气冲冲地讲了一通，甚至停止了哭泣。父亲显然十分惊愕，竟然答不出话来。

"最起码你现在有了外孙。"我说完转身离去。

"快看，是谁来了。"查莉打开门说。

是奥立。他严肃地望着我，两道眉毛皱成一团。我从来没有见过他这副表情。而平时，他总是用那双大大的、炯炯有神的蓝眼睛望着我，如同望着一个耶稣圣婴。

哦，请别这样！他不是唯一用这种阴郁的目光注视我的人。我早就习惯了。

"我们必须谈谈。"奥立说。

"我不想跟任何人谈。"我说着并弯下腰绕开他，朝查莉的健身房走去。我真想在这间用鸡蛋盒子隔开的房间里痛痛快快地大哭一场。

而且此刻我的样子看起来也不怎么好。头发没有洗,也没有化妆——不值得化,因为我哭得太多,常常在顷刻之间就被泪水弄得满脸都是,还穿着查莉的一件上面印着"fuck yourself"的T恤衫。

"她刚从父母家回来。"查莉解释说,"歌莉,情况很糟吗?"

我不想这样,可是当我快走到门口时,忍不住失声恸哭。

"鼠辈之家!"查莉骂道,"不为你尚且活着而高兴,反而逼问你为什么要这样做!"

"你为什么要这么做,歌莉?"奥立问。

"我根本就没有,"我说,"这也恰恰就是我的问题。"

"你在那家宾馆订了个房间,正是因为你想在那里自杀?"奥立问。

"别管我,奥立,"我说,试图把那道由鸡蛋盒子做成的门关上,"你本人也有足够多的问题,我们还是不要插手对方的事吧。"

奥立把脚挡在门口说:"我只有几句话要说。""没有什么好说的,"我说,"你不过是在错误的时间来到了一个错误的地点。"

"正确的时间和正确的地点,"查莉说,"没有奥立你早就死了。"

"是的,那该有多好。"我说。

查莉把手放在奥立的肩膀上说:"她还需要几天时间。你最好走吧。"

"行,马上,"奥立说,"我有几个问题要问你。乔是怎么回事?"

我不回答，只是试图关上奥立用脚抵住的门。"你是因为他才出此下策的吗？"奥立问。

"啊，奥立！乔不过是一个，呃……"我说。

"什么？"

"化名。"

"嗯？"

"匿名，"查莉说，"或笔名，隐喻。"

奥立眉头紧皱。"我还是不明白。"

"乔是我凭空捏造的，"我说，"你们瞎说我有个约会，我正好就借用了这个理由。一个死亡之约，像布拉德·皮特的电影。"

"《第六感生死恋》，"查莉说，"死之恐惧与嫌恶，直至第六感。"

"那么乔根本不存在？"奥立问。"当然，而且很多，"我激动地说，"但可惜我本人一个都不认识。现在回家去，奥立，我想一个人静一静。"

可是奥立的脚固执地踩在门边。这是一双上好的、昂贵的、手工缝制的鞋，但很明显没有得到主人的护理。"你从哪里弄来的药片？"

"别人送的。"我说，并用力踩奥立的脚趾。但是他连眼皮都没有眨一下。

"你为什么去了酒吧？你打算在那里做什么？"他问。

"喝最后一杯香槟，"我说，"我知道这确实是愚蠢至极。偏偏就这么巧。请回吧！"

"不可思议！"奥立说，"现在回想起来，如果我当时真的就那么打个车回家的话……"

"你救了歌莉的命。"查莉感激地对奥立说。

"是，"奥立说，"不管怎么说。可是如果当时我能意识到情况有什么不对的话，那我现在至少可以稍微自负一下。"

"无论如何我都永远感谢你。"查莉在他脸上吻了一下，他则把头转向一边。我借这个机会把奥立的脚踢开，砰的一声关上了门。

"嗨！"奥立喊道，"我还没说完呢！"

"算了。"查莉说。虽然被鸡蛋盒子隔开，我依然能听见每字每句。"她现在突然间要面对这么多事。你自己当然也一样。米亚的事我感到很遗憾。你们谈过了没有？"

"整个事件简直太复杂了。"奥立说。的确可以这么说。

"她爱那个男人吗？"查莉问。

"我哪儿知道？"奥立说，"我不知道米亚怎么想。我说过，这一切都很复杂。我和米亚，我们前几天几乎都没怎么说过话。"

"可是……"查莉说，"要我是不会容忍的！总要解释清楚才好，毕竟你们已经结婚了。"

"我明白，"奥立说，"所以我在这里。"

"这和歌莉有什么关系？"查莉问，"哦，我知道了！因为米亚认为你和歌莉之间有关系。"

"我说过，我不清楚米亚的想法，"奥立说，"同样，我也不知道歌莉到底怎么想。"

歌莉怎么想，连她自己都不知道，我想。我从门边走开，躺在沙发上。

一分钟之后，查莉进来了。

"奥立走了，"她说，"你也觉得他举止怪异吗？"

"他认为我们之间发生过什么。"我轻描淡写地说。

查莉挨着我坐在沙发上问："什么？"

"他当时喝得烂醉,以至于分不清愿望和真实的界线。当他早上赤裸裸地在我身旁醒来,他当然这样猜想了。"

"他为什么赤裸裸?"查莉问。

我耸耸肩说:"他没有带睡衣。"

"但是有没有和别人发生性关系,自己总该知道的。"查莉说。

"是吗?那你和那个家伙的事又怎么讲?就因为你由于醉酒躺在他的沙发上睡着了,你甚至怀疑自己会怀孕。"

"他叫嘉士伯,"查莉说,"那可不同,因为我当时确实没有任何知觉。"

"大概奥立也是一样。"我说。

"但是你一定已经告诉奥立那不是真的了。"

我又耸了耸肩说:"他不相信我。"我坐起来。"查莉,这一切真让我难以忍受,只要还有任何一个人要我再次面对,我就宁愿去一个精神病院。那里至少温暖而干燥,也不愁吃不饱肚子。"

"胡说,"查莉说,"我觉得你其实受益匪浅。你告诉了一些人你对他们的看法,现在你终于可以去伪存真了。你只需要和那些真正关心和爱护你的人交往就可以了。"

"但是在这些人面前我也感到害羞。"我说。

"害羞?你到底多大了?只有小女孩才会害羞。"查莉说。

"今天出版社的阿德里安给我父母那儿打了个电话。"我说,"我也给他写过一封信,在信中我说他性感,说他的女朋友不适合他,还告诉他我的胸部小得挂不住一支铅笔等。如果你是我,你难道不觉得丢人?"

"不,"查莉说,"都是事实而已。"

"可是我对此人一无所知。"我说。

"那就更没什么了。"查莉说,"他有何贵干?"

"他想为我的葬礼寄一个花圈,并询问他们是否能将我的遗作——吸血鬼小说——出版。"

"那真是一件大好事啊!"查莉叫道,"你又有工作了。"

"我说的是吸血鬼小说。"我用轻蔑的语气说。

"那个东西在哪里?"

我指了指电脑。"在里面。《勒亚的黑暗世界之路》。但是如果你对血敏感的话,就不要读了。"

查莉被勒亚完全吸引住了。她从打开电脑到读完八十页的小说只用了四十五分钟。整个过程中我都惊奇地坐在她对面。她彻底进入了剧情。她竟然啃了一会儿手指甲,这种情况只有她在电影院时才会发生。

"太棒了。"查莉读完后说道,"剧情真是跌宕起伏。后来怎么样?洛妮娜和阿诺斯先生最终会成为夫妇吗?"

"哦,这个应该是接下来的每一本小说中存在的悬念。我把他们设计成《超人前传》中的克拉克·肯特和露易丝·莱恩,以及《斯蒂尔传奇》中的雷明顿·斯蒂尔和劳拉·霍尔德那个样子。"

"哦,明白了,"查莉说,"其中竟然还有惊险的成分。你什么时候开始写下一部?"

"查莉,我不写吸血鬼小说。这是垃圾。"

"却是扣人心弦的垃圾,"查莉说,"你什么时候开始有条件地看待文学作品了?只因为你的行为很像少年维特,但这不能说明你就成了歌德。总之,我对维特持反对态度。单单为了个什么夏洛特就做出这般自恋的行为。我给出版社的阿德里安打个电话,告诉他你会写。"

"哦,"我说,"但是这个系列里面有很多令人发指的东西……"

"那又如何？跟他说你接受这个工作，除去令人发指的内容而要求更多的报酬。你又不会因此而损失什么。"

"哦……"

"别犹豫了！他专门打来电话，为了从一个死人那里买到这本书稿的发行权，这说明他确实非常欣赏它。你知道，我喜欢你的小说，非常喜欢，而这个，其中不仅有浪漫的情节，还十分惊险。那些恶棍和他们奇怪的兵器以及魔幻之门等，都给人以怪异的感觉。"查莉说，"我不是在贬低其他小说的价值，这个小说里面确实有些真东西。你想象一下，如果这个叛徒为了买血而闯入奥尔森医生的诊所，那会怎么样？如果护士安吉拉实际上是一个吸血鬼，而主治医生高斯温被一只狼人咬了的话呢……哎呀，实际上你可以把你的所有小说都变成吸血鬼小说！我是说，把它们改写一下。"

也许就应该这么做。勒亚的故事写起来也是得心应手。

查莉突然间热情高涨。"你在过去十年里总共创作了多少部小说？"她问。

"二百四十一部，"我说，"加上勒亚这本共二百四十二部。"

"这就行了，"查莉说，"材料取之不尽。你只需要在字里行间加上一些吸血鬼的内容就成了。"

"我把这方面的内容存在了光盘里。"我说。

查莉笑了。"但是你把你的内裤都扔了，你这个奇怪的小清理狂。你现在只有那几条小巧的 T 形内裤可穿了。刚刚想起来，我送给你的那个震动器你到底把它如何处置了？"

"哦，它……"我挠着头皮，"肯定是爱维琳姨妈把它撕坏了。"

"哦，我明白了！"查莉嚷道，"你把它扔掉了。一个能把内裤处理掉的人，首先会把震动器处理掉！你知不知道它有多贵？"

"我是歌莉·塔勒。我和拉克里茨有约。"我说。

接待员皱着眉头问："和克里茨？"

"对。您别说您不称她为拉克里茨，至少在私下里。"我说。

接待员慢慢地摇着头。

"真的吗？加布里——拉——克里茨？"我看到她显出一副不相信的样子，"如果您不以这个绰号称呼她，那可真成圣人了。"

"我们称呼她为'粗花呢屁股'。"接待员不以为然地说。

"粗花呢屁股？"

"我们这里都以臀部的样子来给人们起名字，"接待员说，"和蔼可亲的人被称为臀，不太好的被称作屁股。比如什么骨感屁股、条纹臀、雷屁股、皮革屁股——很不幸，这些'屁股'的地位可重要了。"

"哦！这也是……那你们的新主任编辑呢？阿德里安？"

"瓷实屁股。"接待员说。

"也许他不太友善。"我说。

"不是，但那些新来的原则上最开始只能以屁股相称。"接待员说着拿起电话，"不知道为什么我现在把所有这些都告诉了您！克里茨女士，歌莉·塔勒找您。"

拉克里茨一分钟后就来到楼下，带我到她办公室。

"香槟？"

"不，谢谢，我还记着上次的事呢。"我说。

"可是它带给了您斐然的成绩。我对《勒亚的黑暗世界之路》非常欣赏，"拉克里茨说，"那个年轻人也一样，他的胡言乱语竟然马上就使您受益了。还是随他折腾好了。他现在到底在哪里啊？"

"我还以为我们去他的办公室。"我说。

"去他那间简陋阴暗的小窝棚？"拉克里茨笑了，"真是的！我们就一直站在那里吗？我告诉您，如果要讨论增加稿酬的问题，那可不是一个合适的场所。"

我看起来明显有些惊讶，于是拉克里茨又补充说："来吧，孩子，您还是很期待这次会面的，不是吗？"

"不是，关于……您觉得我可以多讨些稿酬吗？"

"当然了，"拉克里茨说，"每本书多加一百没问题。"

有人敲门，阿德里安进来了。现在我倒真希望有一杯香槟，好让我的脸能藏在杯子后面。我的脸开始变红，虽然为此我在查莉的健身房里曾经上百次演练过这一瞬间的场景。

"诀窍其实再简单不过，"查莉说，"你只要千万别想你在给他的信里都写了些什么就行了。"

但是要让人们不去想某一件事，往往比想象中难得多。这就好比您很久都没有想起过一只狍子，对不对？更不会想起一只穿着比基尼、抽着雪茄的狍子，是不是？但是如果我现在对您说，请不要去想一只穿着比基尼、抽着雪茄的狍子，那您会如何呢？正是如此。

"早上好。"阿德里安说，并向我伸出手。我尽量落落大方地与他面对面，而不去想他知道我觉得他性感这回事。关于这一点，我依然这么认为。虽然他比我想象的要矮，可能刚好有一米八，和奥立相比无论如何要矮得多。

"我很高兴能见到活生生的你。"他说。他对我眨眼示意了吗?我揪着那件 Kermit 青蛙 T 恤衫暗暗叫苦,恨自己没有穿一件其他的衣服。可是我已经把所有的衣服都扔掉了,而查莉几乎没有什么能让我出门穿的衣服。

"您要不要来杯香槟?"拉克里茨问。

"有什么要庆祝的吗?"阿德里安问。他转向拉克里茨。他给了我一个机会去验证为什么他被员工称为"瓷实屁股"。嗯,没错,这个名字挺配他的。

"当然,我们说服了歌莉来创作洛妮娜系列,而且精彩绝妙的第一部已经写完了。"拉克里茨说。

"好吧,来个杯子。"阿德里安说。

"我去厨房拿一个干净的杯子。"拉克里茨说,扭着她的粗花呢屁股向门的方向走去,"歌莉,给您也拿一个?"

"不了,谢谢,我过去几天喝了太多酒。"我说。

"您喝的是'酒后吐真言'牌?"阿德里安说。

"可惜我喝的是伏特加,"我说,"因此完全可以写出来一些有悖自己本意的东西。"

"您如果忘了您所写的内容,其实也不一定是件坏事。"阿德里安说着——如果我没有弄错的话——朝我的胸部望去。

我的脸更红了,红到不能再红。

拉克里茨拿来酒杯并打开了香槟。"小说写得太棒了,不是吗?如果继续下去,我甚至会变成吸血鬼迷。歌莉,下一本已经在酝酿之中了吗?为你们的健康和曙光的畅销书干杯。"

"干杯。"阿德里安说。

"慢着,"我说,"我准备为吸血鬼系列创作小说,但这只是在对创意做出一些修改的前提下。"

"明白,"阿德里安说,"我在电话里已经说过,我非常赞同您的那些建议。您可以和克里茨女士谈,以便在下次的代表会议上进行协商。"

"不,您没有正确理解我的意思。"我把一个透明的文件夹放在桌子上,"这是一个新的策划书。它和旧的几乎没有什么关系,我将所有人物都作了修改,又创造了十几个新的形象,对基本情节和框架进行了勾画,并将十本小说用连续性的段落作了一个总括。一份三页的词汇解释和吸血鬼社会的十大戒律将使作者在写作中省去不少麻烦,而且还可以避免行文中的矛盾。"

拉克里茨和阿德里安都用惊愕的目光注视着我。

"我知道,这听起来有点烦琐,"我说,"但是当我在网上调查过之后,我得出了一个结论,那就是这类小说的确有很大的市场。您是对的。吸血鬼题材在未来会有广阔的前景。因此,我们当然希望我们的吸血鬼小说能与其他众多的劣质小说区别开来,不是吗?因此我删去了洛妮娜那只会说话的蝙蝠亚娃。一只会说话的动物确切地说应该出现在儿童类的图书里。"

"亚娃并不能像人类那样正常说话,只可以和洛妮娜进行沟通。"阿德里安说。

"这怎么行!"我说,"这个女子的技能多得已经令人叹为观止了:传心术、功夫、心灵遥感、医药学……还必须再让她以蝙蝠的语言进行交流吗?我的看法是:不!如果一定要保留亚娃,那它在我的小说里只能作为一个驯服的、来自异国的宠物,而非充当侦察敌情的角色。"

"哦。"阿德里安拿起我的那沓纸翻阅着,犹豫不决。

"我虽然急切需要一份工作,但是只有把这个东西提高到一定的档次,我才肯动手,"我说,"否则我只能拒绝。"

"关于稿酬,您是怎么想的?"阿德里安问。

我递给他另一沓纸。"这是其中一部书稿。我总共可以提供给您两百三十部稿子,前提条件是读者喜欢它们。"

我看见拉克里茨掐自己的胳膊,似乎在让自己确定这不是一场梦。

我深深吸了一口气。"我想要的不是稿酬,而是按利润分成。"

不管是拉克里茨还是阿德里安,看起来都像受到了突然袭击。两个人都不信任地看着我的稿子。

"这个还不是很……常见。"阿德里安终于说道。

我耸耸肩。"您考虑一下,如果您不再为那些没天分的作者承担责任,那会省下多少钱。而且如果书卖不出去,你们也没有任何风险。"

阿德里安只是看着我。我努力不让自己回避他那双绿眼睛,而是尽可能大大方方地与他对视。本周我工作得十分辛苦,在查莉的帮助下,我开始将十本《儿科护士安吉拉》的原稿改写成洛妮娜系列。安吉拉现在的名字是泊琳达,而那位金发、英俊的主治医生高斯温则设法与她亲近,因为其一,他需要泊琳达这种凡人的O型血,尤其是在满月时;其二,他想与泊琳达的密友洛妮娜对抗,因为洛妮娜试图阻止老谋深算的护士长亚力桑德拉为了支持在地下世界生活的叛逆者而和血库进行的另一个大型交易。幸运的是还有一位刀法精湛的主任医师奥兰多,他最终使混乱重归于秩序。和其他故事的结局一样,洛妮娜和奥兰多深深相爱。没有人会把洛妮娜和安吉拉联系起来,我甚至可以将其中的大段文字照搬过来。这简直是小菜一碟。

"要是您不情愿,我可以提供给别的出版社,"我说,"如您所知,吸血鬼可是十足的抢手货。"

"我们有过类似的先例,"拉克里茨对阿德里安说,"是那个科尔特系列。当然是远在您来这里工作之前的事,那本小说的创意者和作者都是按照所赢得的纯利来分成的。"

"其实并不是我的创意,"我谦虚地说,"我只是把它,这么说吧,改良了一下而已。"

"您想要多少?"阿德里安问。

"百分之五。"我说。

拉克里茨和阿德里安交换了一个眼神,然后阿德里安慢慢点了点头。"我自然还要和社长商议,"他说,"还要读您的稿子。您的写作速度怎么如此之快?您还有很多其他事情要处理。"

"歌莉是一个天才。"拉克里茨说。

"嗯。"阿德里安说,他用锐利的目光注视着我。

"慢慢考虑,"我说,报之以同样锐利的目光,"等到下周五。到那时我可就想知道结果了。"我从包里取出一支笔和一个便条,写下了查莉的电话号码。

"可是我已经有您的电话了,歌莉。"拉克里茨说。

"不,您没有。因为我,哦,突然搬家了。"我说。

阿德里安出乎意料地冲着我微笑。"您给房东写了绝笔信?"

他知不知道自己微笑的样子有多可爱?他嘴角的左边有三道纹,而眼角处更多。

"不是每个人都能信心十足地对待真相,"我说,"有些人当他们知道某人对他们的看法时,就会对此人深恶痛绝。"

"我可以想象,"阿德里安说,"这要视此人对他们评价的深浅程度而定。"

"我们现在谈的是什么?"拉克里茨询问道。

嗨，罗特先生：

我不知道您是否还记得我这个人，所以为了保险起见，我提供几个要点以帮助您回忆：歌莉·塔勒，一九九八年通过高中毕业考试，重点学科是德语。虽然非常不幸地在七年级时您就成了我的老师——历史和德语老师，但我认为您自始至终都不知道我的名字，您一直称呼我为小女孩、冒失的小女孩、自以为是的小女孩、令人失望的小女孩等。我们也给您起了不少名字，而其中叫得最少的几个可能正是您爱听的。

不管怎么说，我的德语都应该得到一分的成绩，但您向来只给我个二分，因为您不认同我对歌德、席勒和博尔歇特的评论。现在，即将走到生命尽头的我在总结自己的一生时，竟惊诧地发现有很多东西都是拜您所赐。在七年级时，您曾罚我写了一百遍"一个德国女孩不能违抗命令"，当然还有那个经典名句"把已经送出去的礼物再要回来无异于偷窃"。我被罚写是因为布里特·艾姆克借了我的圆珠笔，直到我把拉丁课本扔到她头上，她才肯把它还给我。可惜您就在那一瞬间走进教室，并当即站到了布里特一边。到底为什么？因为她有一张德国的马才有的脸吗？因为她在受到训斥时只会哭泣，而我总是愤怒地把牙咬得咯咯作响吗？

就好像我把这支笔送给她了似的！那可是老姨妈胡尔达送我的礼物，是唯一一支我喜欢的笔，因为它不是一件粗糙的制品：在笔的里面有一列火车来回地开动。我至今还保存着它。您不知道我是如何把它追讨回来的，否则我又要写一百遍"一个德国女孩不允许用修正液戳别人"了。

谨致以最崇高之敬意！

歌莉·塔勒

十三

弗洛给我们打开房门。"你们有没有带什么东西送给我们？"

"你为什么还不去睡觉？"查莉问。

"因为我还不困，"弗洛说，"因为我想等你们。"当我把一张印着独角兽的彩印画塞给她的时候，她给了我一个有力的拥抱，然后又是一个。"你是世界上最好的人，歌莉！"

"如果我也有东西给你，那我就是世界上最好的人了吗？"查莉酸溜溜地问。

"不，"弗洛说，"但是是第二好的人。"

"去睡觉。"查莉说。

"今天是满月，所以现在孩子们一般是不会按时睡觉的，这个你得习以为常！"卡洛琳娜从厨房里走出来，分别给了大家一个吻，然后又开始喋喋不休、没有间断地说起来，"查莉，可爱的，你一直在恶心，是不是？哈哈，我早就说过，这可不是好受的。乌尔里希，你没有刮胡子吗？像一只扎人的老熊。歌莉，真高兴你来了，你看起来好极了。这件T恤衫是新的吗？泽韦林，放开她的耳环。我准备了鲑鱼，不是金枪鱼排，由于过度捕捞我们不应该再吃它们了，它们不久就会灭绝，因为它们根本就来不及长大和繁衍，它们也没有食物可吃。泽韦林，我说过了，快放开。我们连小鱼都捕捞，这真是一种罪过，我有时候真是羞于为人。这些鲑鱼来自爱尔兰的养殖场,吃它们也不会使我们感到良心不安。我觉得或许我们可以给它浇上莳萝奶油酱汁,再配以面条,这样既快又能吃饱,孩子们也喜欢吃。玛尔塔和马里乌斯肯定会带两个孩子过来,因为他们的保姆不愿意帮忙。奥立和米亚已经到了,请不要透露出我们知道他们的婚姻已经出现裂痕。奥立在我们严守秘密的条件下将此事透露给我们,我们就当作什么都没发生。弗洛,快上楼去。我想,奥戴特想穿你那件睡美人的裙子。"

"她真是有病!"弗洛迅速跑上楼去。

"很好的把戏。"查莉赞同地说。

"不过只对女孩子起作用。"卡洛琳娜说。她举起泽韦林,并把过道上成堆的玩具踢到左右两旁,清理出一条路来。

我忽然对自己继续在这里待下去没有信心了,但是查莉抓住我的臂肘说:"别害怕,没有什么让你感到害羞的。"

哦,查莉!没有她我可怎么办?今天上午她最后一次作为歌手,在阿格那斯教堂举行的一个婚礼上公开演唱《万福马利亚》,我和乌尔里希坐在最后一排。其他专门在婚礼上献唱的歌手对她的演唱议论纷纷。

"天哪,是谁聘用她的?"

"她肯定和某个人是亲戚。"

"难怪新娘的母亲哭了。"

"谢谢,"乌尔里希在我耳边悄悄地说,"确实已经到了让某个人来结束这场闹剧的时候了。"

"不用客气。"我答道。虽然我的心因为查莉将她的满腔热情以错误的音调释放出来而滴血。

"挺胸,抬头。"此刻她对我说,我按照她的指示去做。在我的朋友面前，确实没有什么令人感到不好意思的。

其实每次的周六晚上聚餐都大同小异。我们在做饭时尽量忽视孩子们制造的噪声，不过最终自然是没有什么效果。一方面，马里乌斯和玛尔塔自始至终都奇怪地注视着我，并且一直用缓慢而清晰的音调与我交谈；另一方面，奥立避免与我对视，而米亚的目光如同一把匕首刺向我。

我确实在考虑是否在饭桌上发表一个声明："我没有服用精神病药物，并且我和奥立之间清清白白，对此我可以用我的性命来发誓。"

而我当然不敢这么做。另外，我和奥立虽然没有发生什么，可是我越来越为此感到后悔。而如果这样，那奥立和米亚又有何分别？

我几乎可以确定，米亚绝对希望我能注意到她尖锐的目光。

"上周的进修怎么样，米亚？"当我快等得不耐烦而我们终于就座，开始吃鲑鱼面条时，我问。弗洛像往常一样坐在我的大腿上让我喂她，宛如她还是一个小娃娃。

"依旧是那么无聊，"米亚说，"我听说你在此期间经历了一个惊心动魄的周末。"

"米亚！"马里乌斯制止道。但是米亚的样子看起来就好像她根本没有听到。

"张开嘴，火车开进来了。"我对弗洛说。

"我很好奇，歌莉，到底是怎么回事？"米亚俯身向前，她的红发在灯光的映照下犹如一团火，"你是想吃安眠药的，但这个过程中是不是发生了一些事？我可以问是什么事，或者是谁吗？"

"米亚，就此打住，"卡洛琳娜说，"我万分庆幸她没有那么做。也请你顾及一下这里的孩子们。"

"我不过是感兴趣而已,"米亚说,"我要是歌莉的话,会为别人的好奇心感到高兴。这样岂不是比装作什么都没发生要好?对吗,歌莉?快告诉我们,究竟是怎么回事。"

"一般情况下大家会先问'为什么'。"我说着,又把一辆装满货物的列车开进弗洛的嘴里。

"哦,如果你真想这么做,我完全可以理解。"米亚说,"你住在那位令人讨厌的姨妈家一个简陋的房间里,写一些丢人的色情小说,并且还有一个一般人两倍大的肥臀。"

"喂,米亚,你是不是疯了?"贝尔特说,"歌莉怎么会写色情小说!这到底是什么样的待友之道,在她刚刚经历了一场自杀……你们就知道幕后的一切了?"

"就是!"玛尔塔气呼呼地说。

"客观地讲,歌莉过得一点都不比你或我差。"查莉说。

"什么是色情小说?"玛尔塔和马里乌斯的女儿奥戴特问。

"你看,都是你搞出来的。"她对米亚说,又告诉奥戴特,"小宝贝,色情小说是关于小马的有趣的故事。"

"可惜你不写色情小说,歌莉。"奥戴特说。

我发现没有人为我的臀部而辩解。显然我的臀部并不是那么大,以至于要在这里明白而清楚地讨论一番。而且最近一段时间它更小了。我几乎没吃什么东西。

"哦,对不起,歌莉,我不想过问你的事,"米亚温和地说,"你自然有你特定的理由。"

"你最好闭嘴,米亚。"奥立说。米亚照做了,直到孩子们吃完饭,离开餐桌吵吵闹闹地开始游戏。他们之中每隔五分钟就会有人因为被弄疼而哭着跑来。我伸了伸两条因弗洛的负荷而麻木的腿，偷偷瞥了奥立一眼。他也在偷偷地看着我。我差点就对他笑了，但是我的目光扫过米亚，我忍住了自己的笑容。

米亚站起来，坐在我身边一把已经空出来的椅子上，她还把椅子拉得更靠近我，这确实是没有必要的。

"我一直在考虑，如果我想自杀的话，会如何将之付诸行动。"她轻声说。她为自己的攻击选了一个非常合适的时间点：查莉在帮卡洛收拾碟子，玛尔塔正试图从奥戴特的弟弟奥第罗——是的，我知道，这个名字几乎可与阿尔色尼乌斯和哈巴库克平分秋色——的鼻孔里取一块乐高积木。其他几位正聊得起劲，只有奥立焦灼不安地盯着我们，但是，如米亚所言，在桌子另一边的他不可能听到我们的谈话。

"也许我会在一家漂亮的宾馆租一个房间，身着盛装，然后给我心仪已久的人打个电话。"她说。

哈，现在终于言归正传。她想小心地探听情况。来吧，没什么了不起的，我的优势非常明显。首先，我知道她所了解的一切；其次，我知道她不敢承认自己掌握的情况，除非她坦白她没有去进修，而是与情人在与我们相同的一个宾馆幽会；再次，我和奥立之间什么都没发生！

"有个人长久以来一直令你心仪吗？"我问，"我的意思是，毕竟你已经结婚了。"

"没有，没有，你误解了我的意思。我试着把自己当成你。"米亚低声说道，她那双水溶蓝色的眼睛即使在昏暗的灯光下也只有很小的瞳孔。这让我觉得有些恐怖。这个细节必须在洛妮娜系列中得到应用。"我在想，如果我处在你的位置，我应该怎么做。我会给那个你心仪已久的家伙打个电话，然后大声抱怨他，这不可能，我本来是要马上自杀的，当然，为了制止你自杀，他会立刻赶过来。"

"可是这样做不是很蠢吗?"我说,"因为你就不能自杀了。"

"正是如此,"米亚说,"你知道吗,有自杀企图的人,其中的百分之三十并不会去付诸行动,而只是为了要引起他人的重视。当他们终于得到了温暖和安慰,当他们的要求终于被满足,他们就会放弃自杀。"

"哦,你在网上做了调查?"

米亚点了点头。"你知道吗?我觉得你正是属于这一种情况。"

"这说明你缺乏同情心和爱心。"我说。

"我必须说明,我认为这种计谋一点都不坏,"米亚说,"虽然阴险,但是效果显著。那个你对之心仪已久的家伙如果知道你爱他爱得如此深刻和心碎,他就很难弃你而去了。让他觉得你把他当成你的拯救者,你可千万不要小看这种作用。转瞬之间,和他上床就行了。"

"我不知道,米亚,但是对我来说,如果只为了和某个人上床,那这种代价也太大了。"我说。

"有些男人不太容易被诱惑,"米亚说,"比如说已婚的。"

我不能不笑。"可是谁会愚蠢到死缠住一位有妇之夫不放呢?"

米亚严肃地看着我。"有很多这样的女人,歌莉,比你想象的要多得多。你也许不相信,就连奥立有时候也误入歧途。"

"奥立?"我朝奥立那边望去。他看起来躁动不安,像坐在一个火热的椅垫上似的。"奥立不会的!"

"当然,当然,"米亚低声说道,"他还不知道,但是我的一个朋友上周末看见他和一个女人在一起。"

"可能是他表妹?"我提议说。渐渐地,我发现这件事变得越发有趣起来。

"不是,不是,你没有听明白我的意思,"米亚一边说一边向前欠欠身,"我的朋友在一家宾馆看见奥立和他的情人了,在吃早餐的时候。他们拥抱在一起狂吻不止。"

米亚极有可能恨我入骨,因为我在与她的对话中脸一点都没红。"不会,我不这样认为。怎么会是奥立!你的朋友一定是认错人了。"

米亚摇摇头。"她百分之百地肯定。"

"是什么时候的事?"

"上周末才发生的。"米亚说。她的瞳孔现在只有针尖那么小。

"哎呀!真可怜!"我同情地说,"当你正在进修的时候!这可真让人受不了。他怎么说?"

"他还不知道,"米亚说,"我想……先观望一下再说。"

"你觉得他是认真的?"我问。

米亚长时间地注视着我,然后她说:"这一点事实上早就被我排除了。"

是吗?厚颜无耻!一个傲慢放肆的女人。

"那岂不是很好?"我冷冷地说,"我只是不明白,你为什么不带奥立去和你的朋友对质,那样你早就弄清楚事情的真相了。"

"也许这正是我下一步要做的,"米亚说,"要不是在此期间受你自杀事件的干扰,我早就这样做了。你还要再试一次吗?"

"哦,你知道,我已经初步获得足够的关注和安慰了。"我说。

"你对那是个什么样的女人丝毫不感兴趣?"

"你是指奥立的情人?我当然感兴趣了,"我说,"我只是觉得,谈论这个女人会让你不好受。""不,一点都不,"米亚说,

"我朋友说，那是一个毫无特别之处、样子极为普通的女人。"

"是啊，"我说，向她友好地微笑着，"如果我是你那位朋友，我也会这么说的。她在详细描述那个轻薄女子的模样时，又怎么会为了不必要的事而得罪自己的朋友呢？他对你的伤害很严重，对吧？"

"不是，真的不是，"米亚说，"我的朋友说，她无论如何都想不通奥立看上她哪一点了。"

"为爱沦陷……"我说。

"爱！"米亚气呼呼地说，"我说过，他绝对不是认真的！"

"哦，那就只是——动物的性吸引而已，"我说，"这样更好。这种事很快就过去了。"

"好！好好好！"玛尔塔终于成功地将乐高积木从奥第罗的鼻孔里取了出来，她做胜利状将之举过头顶。奥第罗迅速从那里跑开了。他经常把东西塞进鼻孔，玛尔塔不是每一次都能把它们弄出来。复活节前，他把百乐宝玩具中一个消防员的帽子放在鼻孔里面，而那次就不得不去看急诊，在医生的帮助下才取了出来。玛尔塔坚持说除此之外还有两只芭比的鞋子也藏在奥第罗的鼻孔里。

"我们得准备走了。"马里乌斯看着坐在椅子上熟睡的贝尔特说。泽韦林伏在他肩膀上也睡着了，几乎每个周六晚上都是这样。

"对，我们也是。"奥立站起身来说，"米亚，走吗？"

"可是我和歌莉正聊得起劲。"米亚说。

"我们下次再接着聊，"我说，并且尽量优雅地笑了一下，"我很想知道事情会如何发展下去。"

"我也是。"米亚说。

奥立双眉紧锁。

出发之前总是一阵忙乱：孩子们不想被大人捉住，一定要绕着整个房子跑个遍。贝尔特醒了，在到处寻找米亚的外套。奥立一把将我抓住。

"我们必须谈谈！"奥立说。

"我要是你，就先和米亚谈，"我模仿他的腔调说道，"因为米亚认为你中了我的圈套，为了阻止我自杀而来到宾馆。如果你告诉她你对我的肥臀很反感，她马上就会相信你的。"

"但这不是事实。"奥立说。

"但是就算这是事实也同样无伤大雅，"我说，"除了米亚的事实之外！你还在等什么？你已经稳操胜券了。"

贝尔特从一件厚上衣和几双胶鞋下面将米亚的外套抽出来递给她。玛尔塔终于抓住了奥第罗，把他夹在臂弯里。他哭喊着，手脚剧烈地动个不停。

"星期一十二点半在法斯本德咖啡厅见。请务必过来。"奥立的声音小得几乎听不见，只看见他的嘴唇在动。

米亚搂住他，用她充满诱惑的目光仰视着他。"我想上床睡觉了，宝贝儿，你也是吗？"

奥立不情愿地摆脱了她，而米亚则给了我最后一瞥，那是"我一回到家，就给杀手打电话"的一瞥。

那就请来吧。我只是希望她千万别雇个半吊子，一定要雇一个出手神速而又让我没有痛感的杀手。

* * *

第二天一早，我母亲打来电话。

"今天是星期天。"她说。

"是，我知道，妈妈。"我谦恭地说。

"十二点半饭菜准时上桌，"母亲说，"有玉米棒、芦笋和欧芹土豆。我希望你别来得太晚，否则鱼会煎烂。"

我有些惊奇。"妈妈，你的意思是说我应该过去吃饭吗？"

"难道还有别的！"

"你也不会把我的餐具另外摆在过道里，或者干脆忽视我的存在？"

"别胡闹了，"母亲说，"十二点半准时到，穿几件像样的衣服，因为帕特里克要带他的母亲过来，我希望我们所有的人都能给人家留下一个好的印象。我们对丽歌露露有这种义务。"

嘿，如果露露敢把她未来的婆婆带到我们这个豹子笼里和大家见面，包括敢让她目睹阿尔色尼乌斯和哈巴库克在进餐时的坏习惯，那说明这件事好像还确实挺严肃的。露露和前男友的关系最多只维持了三个月，我好像见过不只一位有潜力成为她婆婆的人。所以在迈出这一步之前，一定要三思。

就让露露失望去吧。不过总有一天关于变态狂的种种传说会在外面风传起来，大约可以预见我姐姐未来的光景。

"一会儿见，孩子。"很显然，由于某些原因，母亲已经不再坚持因我惹怒了她而不想再和我说话这样的做法。

找出几件像样的衣服实在不容易，因为我在大清理的过程中把大部分衣服都扔在专门放废弃服装的柜子里了。可惜在查莉的衣柜里找不到我母亲认为"像样"的东西。我把所有的衣服都放在一边，不停地骂着"该死"和"他妈的"。到最后，我只能在一件上面印着"波多尔斯基，我想为你生个孩子"的T恤和另一件比较透明的白色衬衫之间进行选择。

"其他的都是还没洗的。"查莉惋惜地说。她又拿给我一件黑色的皮制紧身衣。

"不,"我说,"那还不如穿这件印着骷髅的上衣。"

"但可惜袖子上有个大洞。"查莉说。

最后我穿上了那件透明的衬衣,因为查莉说,和纯白色的蕾丝胸罩——虽然有些扎人,但非常名贵,所以我没有把它扔掉——搭配在一起,衬衣显得高雅而时髦。

当我从浴室里出来,乌尔里希正以他特有的方式吹着口哨。"嗨,老朋友,"他说,"这样才正点。不知道你要去赴谁的约会。"

查莉用胳膊肘撞了撞他的肋骨。"你看起来非常有——职业女性的味道,亲爱的。"

"我不知道,"我说,"能不能看见我的奶头?"

"能,宝贝儿,"乌尔里希说,"非常职业化。那个幸运的家伙叫什么名字?难道你不觉得还为时尚早?你应该等自己的心理承受力重新强大起来以后——哎呀!"

查莉又用胳膊肘撞了一下他的肋骨。

"我姐姐未来的婆婆今天要去我父母那里。"我说,犹豫不决地低头审视着自己。

"哦,当然,"乌尔里希说,"这正好是合适的行头。"

"挺胸,肩往后,抬起头,"查莉说,"千万别再生出什么念头,听到了没!可不能让这一切都付诸东流。"

"你指的是什么?"我问。

"所有与自杀有关的事。"查莉说。

* * *

帕特里克的母亲是一个矮小而不起眼的女人,她一头短发,戴着一副难看的廉价眼镜,身着一件米色的花衬衣。她满怀崇敬之情将餐厅环顾一周,说:"啊,您这里真是太好了。"这可把我的母亲捧上了云端。

"一个非常单纯的女人,但是有一颗金子般的心。"稍后当我在厨房里帮她布置餐具的时候她说,"那件衬衣太不成体统,这个贫穷的人,可是她哪里有时间追赶潮流呢?为了能使儿子读完大学,她去当了清洁工。现在她为自己的儿子能得到这么一个既聪明又漂亮的姑娘而感到自豪。一个来自良好家庭、受过高等教育的姑娘。"

"而且金发。"我说。

"而且金发。"我的母亲重复道,"他们的孩子也会惹人喜欢的。多点酱汁,提丽歌莉,只浇在芦笋上就行了。还有,你的衬衣也很不成体统,都能看见你的胸罩!我难道没有告诉你要穿件像样的衣服过来吗?我只有这一个请求,你……"

"对不起。"我说。早知如此,我倒还不如穿那件"波多尔斯基"的T恤呢。

"算了吧,"母亲说,"你是故意这么做的。你向来如此,一定要对着干!"

虽然阿尔色尼乌斯和哈巴库克拒绝鱼和芦笋,并且用土豆胡乱折腾了一通,但这顿饭依然像往常一样可口。一切照旧,只有我的父亲始终没有正视过我。他也许还在生我的气,为了上周一我对他的责备。

西所拉坐在我旁边羞涩地微笑着。"这个,你的多媒体播放器,你现在又用得着它了。"

"它就留给你用好了,西西。"我说,"把已经送出去的礼物再要回来无异于偷窃。"

"可是你现在毕竟是活着的,不是吗?"

我叹道:"可能吧。"

"芦笋的味道像呕吐物。"哈巴库克嚷道。

"鱼的味道像鼻涕。"阿尔色尼乌斯和他一唱一和。幸亏不是三胞胎,否则那土豆的味道可就像……不提了!

"哈比!阿尔色尼乌斯!这位客人会怎么看我们?"母亲说。"这位客人",显然帕特里克已经属于我们家庭的一员了。

"啊,有个大家庭确实不错,"帕特里克的母亲说,"我一直希望帕特里克能有个兄弟姐妹什么的,但是——"她叹了一口气,"命中注定没有。"可见,帕特里克并没有一个在网上胡作非为的双胞胎兄弟。真遗憾。

"还缺一个,"母亲说,"我的二女儿一家生活在委内瑞拉。她先生是外交官,我们的女儿歌提丽卡是翻译。她懂三种语言。"

"哦,太了不起了,这么多高智商的女儿!"帕特里克的母亲说着把头转向提娜,"您在哪里工作?"

"我目前是家庭主妇和母亲,"提娜以一副颇有尊严的姿态说,"但是等这对双胞胎稍微长大一点,我就重新回到学校任职。"

"也是老师。"帕特里克的母亲颇有感触地说。我的母亲自豪得好似飞上了天。而当帕特里克的母亲转向我时,母亲急忙将盛土豆的盆递给她。

"再来一点儿?"

"不了,谢谢,"帕特里克的母亲说,"饭菜可口极了,跟餐馆里的一样。这么好的东西只有在这里才能吃得上。"

"妈妈!好像你根本吃不起一顿像样的饭似的!"显然帕特

里克为他母亲的话感到尴尬。

帕特里克的母亲再次转向我问:"您从事哪项职业?"

我的母亲一跃而起,迅速收拾起碟子来。"你可以帮我到厨房里准备餐后甜点吗,露丽提?"

"哦,还有餐后甜点啊。"帕特里克的母亲说。

"妈妈,别做出一副似乎你从未吃过餐后甜点的样子。"帕特里克说。

"歌莉是个作家。"我的父亲大声说。母亲则一动不动地站在那里,手里还端着一摞碟子。其他所有的人都惊讶地看着他,尤其是我。

"作家!"帕特里克的母亲重复道,"真是了不起。那她都写些什么?也许我还读过一些呢。"

"我……"我刚开口,就看见母亲故意让一个叉子掉在瓷砖地面上,我遂又保持沉默。

"我本人最喜欢的是《嫌疑之下的夜班护士克劳蒂亚》,"父亲说,"直到最后一页都十分扣人心弦。"

如果我手里也有一个叉子,它也会落到地上的。

"还有《萨拉的玫瑰》,"父亲继续说,"非常真切感人。"

"这听起来棒极了,"帕特里克的母亲说,"有机会我可得买几本。"

"我可以把我的样书借给您,"父亲说,"不过您得保证,要好好保管它们。"

"那是自然。"帕特里克的母亲说。

摩尔特克大街二十三号
迪特马·麦尔根海默先生

亲爱的迪特马·阿里亚斯·麦克斯，29岁，不抽烟，怕羞，但喜欢找乐子：

  我在清理杂物时，无意中发现了我们交往的信件，这让我想起了你。我们的第一次和随后几次交往可惜都不尽如人意，可能你直到今天都还在怀疑，也许我在女厕所里遭遇到了什么事。很抱歉我当时就让你坐在那里等，而自己从后门逃掉了。但当我得知你并不是麦克斯，也不是二十九岁，更不怕羞，而且的确喜欢找乐子时，我着实吃惊不小。而当我后来又读完你寄来的信之后，发现事情并不是那么简单。对不起，我没有回复，可是我怎么可能再一次把油泼在火里呢！老实说，麦克斯或迪特马，这根本就行不通！如果你看起来比实际年龄老五岁，又如何能把自己的年龄抹去十岁？而如果你是迪特马，那么你就不会是麦克斯。我对自己必须被称为歌达而不是克洛伊也心有不甘。可是只能如此：名字也是我们的一部分。"迪特马"这个名字很难让人和性感联系起来，对此我表示认同，可要是你把自己称为迪迪，会不会好一点呢？或者你干脆把姓氏当作名字。"嗨，我是麦尔根海默"，这样听起来就……唉，其实一样差劲。不管怎样，我想表达的意思是，依靠率真和诚实，我们能够更好地与人相处。因此，随信附上一本小说，是写其貌不扬的主人公如何最终赢得丽人芳心的故事，正是他的诚实和率真使他性感而富有魅力。读一下《拉拉的夏日之恋》，你就会明白应该如何去认识男人和女人。

愿你能顺利找到另一半。

致以衷心祝福！

歌莉·塔勒

又及：这五欧元是你那次替我付的一杯玛琪雅朵的钱。再次请求你的谅解。

十四

"我真不明白你父亲到底怎么了。"母亲在厨房里说。

"我也不明白。"我喃喃地说。

"我们从来不在这里提及你的职业,"母亲说,"他为什么偏偏今天大谈特谈呢?"

"或许因为他觉得帕特里克的母亲喜欢读那些小册子?"

"对,这很有可能。她是个很普通的女人。"母亲咂着舌说,"每个人只有一个桃子,孩子!要把它放在碟子的正中间,覆盆子汁要顺时针浇上去——天哪,你真是越来越笨了。"

我几乎为我和母亲之间的关系又回到了老样子而感到欣喜。

"我希望至少你在阿丽克萨的银婚酒会上能穿得像样一点。"她一边说,一边将覆盆子汁和奶油用一根细棍整出一个美丽的图案。

"妈妈,我想,在大家都收到我的告别信之后,我不应该再去参加那个银婚酒会了。"我说。

"哦,你的意思是因为爱维琳和科伯马赫的缘故?"母亲又拿过来一个碟子,"爱维琳对我埋怨你,她说你有一个疯狂的想法,认为弗尔克不是你姨父科伯马赫的儿子,因为他的眼睛是棕色的。"

"正是如此。"我说。

"我觉得你是一语中的。"母亲说。

我惊讶地看着她。"我之所以那样写,是因为我不能再忍受她那一副施主面孔,是因为她经常称我为孽种。"

"她真是狂妄,"母亲说,"我跟她说,如果我的孩子对生物学很感兴趣我也没有办法。"

"真的?"

"我们不应该因为一个人讲了真话而生他的气。"母亲在桃子周围勾画出一个漂亮的螺纹,"我告诉她,我怀疑是以前跟她一起工作的那个哈拉尔德,她再也没有还口。"

"不是姨父弗来德?"我说。

"哦,"母亲说,"这倒也有可能,那就更不像话了。要我说,无论如何你随时都能再回到那里继续住,解约书已经被撤销了。这儿,这两个碟子是给阿尔色尼乌斯和哈巴库克用的。"

我的嘴张得大大的,然后她说:"请不要摆出一副天真幼稚的面孔,孩子,我希望帕特里克的母亲对我们有一个好的印象。"

虽然我对父母的态度感到困惑,完全不知道他们在想什么,但是一种温暖的、莫名的感觉还是传遍了我的全身,长久以来,我第一次重新找到了这种感觉,一种被父母关爱的感觉。不管怎么样,以他们独有的方式。

这种感觉真好,它让我暂时忘掉了身边存在的其他问题。

一小时后,当我走向我的车时,有人在我身后抓住了我的胳膊。

"该死,你在给露露的信里都胡写了些什么?"他气呼呼地摇晃着我,像摇晃着一袋面粉,"她偷看了我的电子邮件,想知道我都光顾过哪些网址。"

"哦,我很抱歉,你和那个曾经跟我有过一次难忘交往的名叫'棒槌硬当当31'的人长得太像了。我觉得露露应该有权知道这些。"

"你根本就没有证据!"帕特里克说,"很不幸,是吧?"

"我根本就不想这样做……你是想说明……哎呀,你弄疼我了!"

"我是不会让你破坏我的好事的,你这个婊子!"帕特里克说,"就因为你和其他几个病态的女人对一夜情拿不起放不下!哼,先在网上钓一个想跟你上床的,然后又因为他不肯跟你立刻结婚而耿耿于怀!我虽然已经不记得你是谁,但是基本上所有女人都一样。"

"什么?现在听我说,帕特里克……"

"不管你对她说什么,我都会把一切推翻,"帕特里克说,"她相信我的程度要高于你。"

我早就应该知道,世上没有如此相似的两个人。去他的占星学意义上的双子!

"哼,还有要说的吗?""棒槌硬当当31"问,"你真应该为我的棒槌能够放在你的双腿之间而感到高兴,你就慢慢回味去吧!"

他说完转身往我父母家走去,而我的姐姐和他的母亲已经都在车里等他了。

我不由自主地打了一个冷战。他是不是在做梦啊?即使让我拿着老虎钳摸他的棒槌我都不肯。真恶心!

但是偏偏就这样与他再次相逢,这个世界真小。

在去查莉家的路上,我交叉着双臂陷入思考:为什么我立刻就认出了"棒槌硬当当31",而他对我没有任何印象?或者正如米亚杜撰出来的那个朋友所言,我是一个毫无特别之处、样子极为普通的女人;或者是因为和"棒槌硬当当31"约会过的女人太多了,以至于他根本就记不起来所有的人。我可以想象,有那么一群女人曾经与他约在咖啡厅见面,他以惯用的伎俩在第一次约会时就把他的棒槌拿出来吹捧,正像对我所做的一样;而且帕特里克先是对我进行辱骂,然后离去,这样他可以不用付账。令人吃惊的是他居然也碰到不少和他……的女人——哦,不,真的,哪怕想象一下就令人作呕。

那还不如去想想爱维琳姨妈。

"好消息,"当查莉打开门时,我说,"我能回到我的住所了。"

查莉看起来有些惊恐。"回到那个可怕的洞里?你疯了吗?"

"查莉,我不能永远在你们这里住下去。"我说。

"一个星期!"查莉叫道,"你再住一个星期。我们在一起不是很愉快吗?"

"是的,我们确实是,但你和乌尔里希……"

"乌尔里希也一样,不是吗,乌尔里希?你也不希望歌莉回到她可怕的姨妈家里,对吧?回到那个令人压抑的、狭小的屋顶房!"

"乌尔里希自己曾经就在那个令人压抑的、狭小的屋顶房住过。"我说。或者说是到处横躺过。

"我也认为再回到那个不幸开始的地方并不是个好主意,"乌尔里希说,"嗨,老朋友,你为什么不慢慢去找一个相对好一点的住处?在你找到之前,你可以一直在这里住下去。"

"就是,"查莉说,"你的收入也比以前高了,你能够租得起好一点的住处，就在我们附近！"

"关于我的工作，现在还不是很明朗，"我说，"找一处住房有时需要很长时间。"

"这没关系，"查莉说，"是不是，乌尔里希？这一点都没关系。"

"是这样。"乌尔里希喃喃地答道。

"而且我们也非常非常爱你，"查莉说，"是不是，乌尔里希？"

"是这样。"乌尔里希又喃喃地答道。

我的心本来已经平静下来，现在却忍不住再次哭泣。"我也爱你们两个，非常爱。"我说。

"好，"查莉说，"那请不要再想着结束自己的生命，听见了没有？"

我似乎有责任让露露免受帕特里克的伤害，至于她得到这些信息后会如何处理，那就是她自己的事了。说实在的，性饥渴的帕特里克以"棒槌硬当当31"之名在网上招摇撞骗，并且在咖啡厅里逼迫那些女人摸他的棒槌其实并不是特别严重。每个人的人生履历中都有这样或那样的污点。在他和我就此谈过话以后，我觉得事态开始变得严重：这是个恶心的色情狂，是一个卑鄙下流的骗子。好吧，得给露露打个电话。

"露露，我现在知道了帕特里克其实就是'棒槌硬当当31'，"我开门见山地说，"是他刚才自己承认的。"

"我知道你们都谈了些什么，"露露冷漠地说，"帕特里克刚刚告诉我了。"

"真的？哦，真令人感到意外。他对我说，他会把一切推翻，而且你相信他的程度要高于我。"

"歌莉，你是我的小妹，我的确很喜欢你，但是你这样做太过分了。"露露说，"你觉得帕特里克英俊迷人，便想和他调情，这是一回事；可是如果你用如此卑鄙的谎言来对待他，从而试图拆散我们，这就不应该了。"

"什么？我怎么能跟这种人调情？你没病吧？不晓得他对你说了些什么，但是这真的……"这实在是令人愤慨，我不得不笑，不过只笑了一下，"知道吗，露露，说真的，帕特里克实在是天底下最大的混蛋。他在网上认识了一些女人，而她们——不管出于何种动机——被他的大号棒槌诱骗上床，而现在他竟然不承认。"由于过于激愤，我的白齿又开始隐隐作痛。

"不要再说下去了！"露露说，"我知道你刚刚经历了一段艰难的时光，但是你的做法简直就是——病态！"

"对，全是被'棒槌硬当当31'搞的，"我说，"他根本就不记得我了，可见他和多少女人有过交往。他不清楚我属于和他上过床的一类，还是属于拒绝他的一类。他在咖啡厅里这种'你摸一下'的行为绝对不可能是最严重的。"

"我要挂了，"露露以她纯正的教师口吻说，"好吧，我并没有生你的气，但是我不想再谈论这个话题了。"

"我敢打赌，它肯定没有三十一厘米那么长。"我说。但是露露已经挂掉了电话。

"可能也不像棒槌那么硬。"我自言自语道。

当我讲给查莉听时，她只是大笑。她说："你姐姐是个成年人，如果她执意要和这个下流的网络色狼在一起的话，那就是她的决定了。"

那好吧，这件事已经办完了，剩下的还有和奥立的秘密会面。

第二天中午，我在法斯本德咖啡厅等他时，牙痛依然没有停止。这段时间它总是偶尔短暂地疼痛，现在却是不间断的那种，这说明确实是这颗牙在痛，而不是什么神秘的、幻想出来的痛感。

虽然如此，我还是给我的玛琪朵里加了半勺糖。我紧张地四处张望，不知米亚是否藏在某处，正用一支蘸满剧毒的箭瞄准我。这是一个美好的五月天，我坐在外面，正好可以将阿波斯泰尔教堂尽收眼底。

奥立急匆匆地跑来，只迟到了五分钟。他的诊所位于下一个拐角处。

"有一个小男孩不肯张开嘴巴，"奥立气喘吁吁地说，"他的母亲已经带他试过了三个牙医，他们都不能让他张嘴，但是我成功了。你说我棒不棒？对不起，我确实想准时的。你看起来非常漂亮。你去做头发了？"

"我只洗了头发。"我实话实说。事实上我打算至少给头发定定型，但是等我穿上我唯一一条牛仔裤和那件"波多尔斯基，我想为你生个孩子"的T恤之后，我也就不想再费心折腾了。

"可惜我不是波多尔斯基，"奥立说，"不过说句老实话，我是不是比他更好呢？"

"这是查莉的T恤。我觉得这只是个反讽而已，"我说，"波多尔斯基与我们相比太年轻了。或者更准确地说，是我们和他比起来太老了。"我的牙现在痛得厉害，我下意识地用手捂着脸颊，"哦，你到底有没有和米亚谈？"

奥立点头说："一切都结束了。"

我暂时忽略了自己的牙痛，不由自主地抓住奥立的手。"奥立，对此我深表遗憾——米亚对她的情人是认真的吗？"

"我不知道，"奥立说，"我们没有提起那个家伙。"

"你是说，米亚不想谈论他？"

"是我不想，"奥立说，"我根本就没有向她问起过他。知道吗，我才不关心那个家伙呢！"

"但恰恰由于他，才导致了你们关系的破裂，"我说，"你不要自欺欺人！"

"不是！"奥立说，"我现在终于很清楚地认识到，我们当初根本就不应该结婚。"

"奥立，你这样做是不是太轻率了？两周前你们还是一对幸福的夫妇……哎呀！"

"怎么回事？"

"我的牙，"我说，"它很痛，非常非常痛。"

"有多长时间了？"奥立想知道。

"有几天了，"我说，"但以前疼痛都是自己停止的。"

奥立站起来。"来吧！"他说，"我们现在就把它弄好。"他叫来女服务员，付了我那杯玛琪朵的钱，根本不顾我的反对。"离上次检查毕竟已经有半年了。"

"也许它自己会停止的。"我说，但是奥立已经拽着我的胳膊穿过桌子走到人行道上了。

"是哪一颗？"他问。

"左下，第二颗白齿，我想。事实上到处都疼。"

"哦，哦，"奥立说，"这颗去年我们刚做过牙根治疗。"

"对，正是！"我说，"现在再回到米亚那里：她知不知道你并不是由于我,而是她才来到宾馆的?"

"她不知道,"奥立说,"关于那件事也不是我先提起的。周六晚上她勉强地上了车,然后对我说:'我知道你和歌莉之间有关系,但是我决定原谅你。我们重新开始吧。'"

"不错,都到这一步了,"我说,"那可是一个合适的时机,你应该在那一刻跟米亚讲,问题并不是因我而起,而是那个和她舌吻的老东西。"

"我说,事情不会如此了结!"奥立说,"米亚一下子就泄了气。她把这么大的耻辱甩给我,却说什么我总是埋头工作,对她漠不关心,我们之间的性生活太少,就算有,也是了无生趣。她还说,我在闲暇时聊的也都是关于牙齿的话题,而且现在更是不顾羞耻地和你这样一个臀部大得如同马戏团里的马臀一样的女人搞婚外恋。"

"那你正好可以在那一刻反击说:'嗨,你闭嘴,你这个无耻的贱人,是谁在宾馆里和已婚男人秘密约会,是你,还是我?'"我怒气冲冲地说。

"但是我没有,"奥立说,"我说的是,你的臀部绝对是上等货,如果我总想着它的话,我会给它找到一个架子的。"

"哦,"我说,"那当然就——你是不是疯了?"

"没有,"奥立说,"米亚哭闹着说:'你会知道你的下场。'回到家,她就打好行李并对我嚷道:'别拦我!'尽管我没有任何要阻止她的意思。然后她开着车走了。"

"去找她情人了!做得好,奥立!"

"去她父母家了,"奥立纠正道,"她父亲昨天一大早就打来电话,想劝我。他说,从双方共有的朋友圈子里寻找外遇不太成体统,还说我在让自己的鸡巴开口说话之前,是否能先用头脑思考一下。还说，当我清醒一些的时候，我应该知道在哪里能找到米亚。"

"这都是什么样的一家人？"我确实感到吃惊，"他真的说了鸡巴？那你无论如何都应该对他说：'嗨，岳父大人，你倒是问问你的女儿周五在帝豪大酒店和一个什么样的鸡巴约会。'真是乱七八糟的——哎呀，快疼死我了！"

"我们这就到了。"奥立说着推开他诊所的门。

"医生先生，您不会需要很长时间吧？"前台后面的门诊女助理问道。

"要的，塔勒女士有剧烈的疼痛症状。请您去一号室把勒娜找来。"当我迈步走向治疗室时，奥立冲我眨眨眼便消失在门后。

"请出示您的保险卡。"门诊女助理说。我隔着前台把卡递给她。

"您可真够幸运，"她说，"医生先生的门诊到下个月底都排得满满的。"

"您这样认为？"在我的字典里，"幸运"一词却有另外一种解释。我讨厌没有计划的行动。我通常会在几天前就开始在心理和生理上为看牙做准备了。

当我坐在椅子上时，疼痛感突然消失了。"我想它已经不会再疼了，"我说着站起身来，"我走了。"

"您坐下。它总是这样的，"勒娜，这个秀美的金发实习生将一块小围嘴绑在我的脖子上，"这是肾上腺素在作怪。只要您一回到家，疼痛感就马上又回来了。"

"我们来看看是怎么回事。"奥立说。他的白大褂使他看起来酷似尘世间的高级医师高斯温——我创造出这个人物形象时，与奥立尚未相识，但是他们简直太相像了。有那么一刹那，我欣赏着他在白大褂衬托之下的蓝眼睛和被晒成深褐色的面孔以及那头浅色的头发，直到他把椅子放平，让我处于平躺状态，并将台灯推到我的面前。

我不由自主地张开嘴，并闭上眼睛。

"很好。"奥立一边说，一边用一把金属钩将我的牙齿逐个敲了一遍。其实并不是那颗补过牙根的牙齿把我折磨得死去活来，而是它旁边那颗原本完好的白齿。我的牙齿虽然匀称、洁白，而且从小就不被允许吃甜食，但仍然不能算是一口好牙齿。谢谢，妈妈！

"只是个小毛病，"奥立说着在我的脸颊处塞了两个棉塞，"一个小洞而已。我们用不着麻醉剂，不是吗？"

"要用，否则我会把所有的东西都打碎！"我因脸颊鼓起，含混不清地叫道。

"其实我早知道的，坚强的女孩。"奥立说着打开了钻头，"我们刚才说到哪里了？"

"麻醉剂！麻醉剂！"我挥舞着双拳。

"啊，对，说到这里了，"奥立一边说，一边用钻头钻着我那颗疼痛的牙齿。哦，我对这种噪声真是痛恨得无以复加！"米亚搬出去了，她的父亲认为我没有管好自己的小弟弟。"

门诊女助理听到这些，手里的吸口水器险些触到我的咽喉。显然她从来没有听过自己的头儿谈论起自己私生活方面的最新动态。

"呵呵！"我发出声音。

"对不起。"勒娜嘟哝道。

"我打算这几天去找个律师，让他帮我算算离婚后我还能剩下多少财产。"奥立说。他的钻头正好触到我的痛处。

"哎呀！"我含混不清地叫道，"麻醉剂！"

但奥立只是轻轻把我按在椅子上，又继续钻下去。他的治疗激起了我绝无仅有的一次幻想——我们就在这把治疗椅上疯狂做爱。我是说，在我的幻想世界里。那里面既没有钻头，也没有身边的门诊女助理。

"已经好了，"奥立说，就在我觉得自己要昏倒的时候，"你很坚强。我也许不用付太多。我为开这个诊所贷了很多款，而且我们又没有孩子。我会因为房子而付给她钱，这个我倒还能接受。不要，不要，躺好，现在开始补了。勒娜，再多一点，正好。如果她想要房子我也没意见，那她就必须付钱给我。哈哈，我真想看看她拿什么来付。这个女人把赚来的每一分钱都用来置办行头了。"

他把一种很凉的东西弄到我的神经上。

"哎呀！"我有气无力地叫道。

当我终于又回到坐的姿势，漱了口之后，我说："可真够痛的！你为什么不给我来一针麻醉剂？"

"这不也顺利完成了吗？"奥立说，"勒娜，你现在还有十分钟的午休时间。"

"你说，你总是这么做吗？"勒娜走了以后，我埋怨他说，"你当然听见了我是怎么喊叫的！"

"可是你现在不疼了，"奥立说着把我脖子上的围嘴拿开，"而且也没有麻的感觉！"他的拇指尖温柔地触摸着我的下唇，"所以如果我现在吻你的话，你就会感觉得到。"

"如果，"我说，"可是经过这一番折磨之后我实在没有接吻的欲望。奥立，我认为你让米亚相信你们分手是因为我，这是不对的。"

"但是确实是因为你。"奥立说。

我惊愕地看着他说:"不是我!"

"当然是你。"奥立说。

"胡闹!好好回想一下吧,是因为米亚欺骗了你!"

"我爱你,歌莉。"奥立说。

查莉递给我一张B超的图纸。"看这个!你的教子!大致处在中间的位置。"

"真可爱。"我心不在焉地说。

"什么可爱,"查莉闷闷不乐地说,"根本就看不清楚!我一直认为现在的科技如此发达,你肯定可以看到孩子是不是在吮大拇指。我彻底失望了。几周来,我就期待能看到这张图纸,可是现在只能看到我的子宫和一个黑洞。连纸都是廉价货,活像付款单的纸!"

"查莉,你现在刚怀孕不久,孩子根本没有长出拇指。"

"也许如此。"查莉说。她抹去眼角的一滴泪,然后,忽然间又高兴起来,喜悦之情溢于言表。"现在告诉你一个今天的特大喜讯,出版社一位大妈打电话找你,她想后天中午请你在'贝多芬'吃工作餐。我已经自作主张替你应承下来了。"

"哦,那她是谁呢?"我一下子振作起来。

"想跟你做一番大事业的出版社的重要人物呗,职业女性。"查莉说,她的兴致更高了,"我真为你感到骄傲!"

"你真好,"我说,"但是不会这么快。也许他们只是想拒绝我。"

"胡说八道,"查莉说,她拉住我的手跳了一圈舞,"要是那样，他们一般不会请你去'贝多芬'。"

她说得有道理。

"别疑神疑鬼的，高兴点。"查莉命令道。

好吧，我是应该稍微高兴一点。"可是我没有可穿的衣服。"我在自己刚高兴了两秒钟之后说。

"我借给你一些，我借给你一些，"查莉唱道，"你看，生活多美好，你值得坚持到底。"她以跳跃之势从和地板固定在一起的抽屉柜上拿起一摞东西，"哦，还有，你爱维琳姨妈把你的信件送过来了，你姐姐也打过电话。"

"什么信件？"我把爱维琳姨妈带来的信逐个过了一下目。该死！信用卡的账单！还有一封来自"迪特马·麦尔根海默·阿里亚斯·麦克斯，29岁，不抽烟，怕羞，但喜欢找乐子"。

"是露露，"查莉说，"依然那么神气。她说要你回个电话。"

"哈，"我说，"现在她终于认清帕特里克的真面目了！"

可惜不是这样。

"妈妈说你不想再回到你的住所了，是吗？"露露问。

"呃，是的，"我说，"我要另外找一个地方。"

"那么你可以立刻搬家，对吗？"

"对，"我说，"我觉得爱维琳姨妈不会因此而找麻烦。怎么了？"

"我有一处房子给你住，"露露说，"其实是帕特里克的。当然，如果你将他的租房合同接过来，而且房东也同意的话。"

"帕特里克要搬到哪里去住？"我不解地问。

"哪，搬到我这儿啊。"露露说，"我的房子比较大，而且离我的学校和他的公司都不远。反正他现在几乎都住在我这里，付双份房租真是一个愚蠢之举。省下的钱我们可以买一些别的东西。"

"好吧,露露,我会认真考虑一下的……"

"这个房子你到底想不想要?"露露不客气地问,"它非常漂亮,不喧闹,但是在城南,有两个房间以及厨房、门厅、浴室、阳台。是二楼。下面有一家奶酪店,对面住着房东和她的女伴,三楼住着一对年轻的学生。房租还不贵,各方面的条件都十全十美,内院绿化得很好,你可以随意使用。"

"听起来挺好的,"我说,"不过……"

"帕特里克有三个月的退房时间,但如果房东同意,可以签一个终止合同,你六月一号就能搬进来。"

"那么,"我说,"我什么时候可以看房?"

"明天下午放学后,"露露说,"我去查莉家接你,三点钟。还有,歌莉,请你对帕特里克放尊重些。"

"露露,这听起来简直就和妈妈一样。"我说。

"我是成年人啊,"露露说,"有一天你也会慢慢变成这样。"

"事情真是一件接着一件。"我说。现在我的情况其实很不错,工作方面大有前途,牙也不痛了,如果再找到住所,那确实没有什么可抱怨的了。而这些谁又能想得到呢?

"那个性变态住过的房子?那里只配让人拉屎。"当我告诉查莉时,她叫道。

我耸耸肩。"如果它既漂亮又便宜,我就要了。"我说,"我会让风水专家在房间里走一圈,让他把性变态的气味除掉。"

"可是如果这样,你就必须要感谢他一辈子了,"查莉说,"而且,为什么要如此匆忙?你只有两周半的时间来准备和安排搬家的事。是不是不想在这里多住几天?"

"有一大堆事情等着处理,亲爱的查莉。"我说,"还有,我本来就不应该感谢帕特里克,他得向我道谢才对,要不然他还得费力去找一个续租的房客,并且还得交三个月的房租。"

"我们在一起多快乐!如果你一个人住的话,说不定又会产生愚蠢的念头。在这里我可以照顾你……"查莉眼中泪光摇曳。这段时间她经常这样:刚刚还又唱又跳,转眼就号啕大哭。但这只不过是孕期的情绪,没什么可担心的。"希望它是一个丑陋而肮脏的破洞。希望在那里也整天要忍受艾克萨菲尔·耐度的歌声,希望那里有一只能够模仿飞机降落声音的山八哥,而且跟真正的声音一样响。"

"不会,绝对不会!查莉,我觉得我现在正交好运,"我说,"还有,奥立爱我。"

查莉迅速转换了话题。"他当然爱你了。我们大家都爱你。我们需要你。没有你,我们的生活将变得悲伤、无聊和空虚。我们……"

"不是,不是,"我说,"不是所谓的'不要再去自杀式'的爱,他是真的爱我。古典而浪漫的那种。米亚搬到她父母家里了,奥立不想再和她在一起了。反正他是这么说的。"

"这倒是一个好消息,"查莉喜悦地叫喊着,"衷心祝你幸福!"

嗨,大家都怎么了?他们总是以某种方式跳过整个章节,只有我不是。"这可真令人忧虑,那个可怜的人根本不知道他在说什么。"

"奥立确实不是那种随便对人说'我爱你'的人,"查莉说着又跳了几步欢快的舞,"他终于明白了,我们已经等了好几年了!卡洛肯定高兴死了。而偏偏现在你要去找一个新的住处?这简直是浪费时间!你考虑一下:在你刚刚搬进去不久,就要再搬出来,到奥立那里。哦,我非常希望他能留下这套超棒的房子。单单那个高得出奇的圆拱形窗子就已经匪夷所思了。"

"你疯了,查莉?你难道丝毫没有看出来这一切是多么荒唐?"我摇着头,"奥立已经完全丧失理智了。他根本不知道自己的感觉。几天之前,他才发现他的妻子欺骗了他。他需要治疗,首先要使他受到惊吓的心重新平复。"

"我们的生活中有时候就是需要一点点的波折,好让我们重新梳理自己的感情,从而再次给自己的人生定位,"查莉说,"因此用不着去做什么治疗。你不也挺喜欢他的吗?是还是不是?"

"我当然喜欢他,"我说,"甚至很喜欢。"

"这就对了,"查莉说,"你终于得到了你想要的东西,好好享受吧。哦,在牙医的椅子上做爱!你一定要讲给我听那到底怎么样!"

我的脸红了。"我曾经告诉过你……"

"是的,歌莉亲爱的!"查莉笑了,"那天晚上你喝得差不多了。作为交换我向你讲述了我和雷奥·凯恩在飞机的厕所里无比尴尬的故事。"

"哦,我一点都不记得了。"

"对,是我故意让你喝醉的,"查莉说,"因为世上有一些东西最好只属于自己。"

"我今天躺在奥立的牙医椅子上,"我说,"你得相信我,我没有想到性。"当奥立试图吻我时,我甚至把头扭向一边,紧接着他的真情告白之后。

"我很抱歉,奥立,但是对我而言,这一切都来得太快了。"我说。

奥立面带失望。"我理解,你……不是刚刚过了一周吗?自从你……"他说,"但是你也有感觉的,对吧?在你我之间有一条特别的纽带……这也是我们同时来到同一家宾馆的原因,看似偶然,其实不然。一个魔幻之夜……"

"奥立,我已经告诉你好几次了,那天晚上我们之间什么都没发生!我吃了安眠药,而你则喝得大醉。除了你自己的主观想象之外,没有什么魔幻的。"

"或许我不能记住每一个细节,"奥立坦白地说,"但是有一点我知道得非常清楚:对你的感情并非出自我的想象。"

我久久地以疑惑的目光注视着他。他看起来让人有咬一口的欲望:一双郑重的蓝眼睛,一头桀骜不驯的金发,其中一绺总是落在额头前,还有那件非常合身的白大褂。如果我属于其他一些比较富有激情的星座的话,也许会将所有疑虑都抛到脑后而投入他宽阔的胸膛。可这是不可变更的。我们处女座生来就是怀疑主义者,我们原则上是不相信什么的。

"你做日光浴吗?"我竟然问道。

奥立叹息道:"我知道你需要时间,歌莉,你与男人的交往并不是很顺利。"

他说对了。此外,我和他本人的交往也不顺利。眼睁睁看着你爱的人和别人结婚却只能袖手旁观,这实在不是一种舒服的感觉。

"你……应该先把你和米亚之间的事处理好,"我说着走出门去,"我对你们分居的原因一直耿耿于怀。这对我是不公平的!"

"我可以等。"奥立在我身后喊道。

道恩约申路十二号
歌莉·塔勒女士

亲爱的歌莉：

非常感谢你的来信。我很惊讶收到你的信息，毕竟距你把我晾在咖啡屋已经一年半了。当时我和服务员以及经理发生了一场不愉快的口角之争，因为我不想替你垫付那杯玛奇朵的钱。最后我虽然取得胜利，却被终生禁止再次踏入这家咖啡屋。也许你可以想象得到，这不是一个快乐的经历。不提也罢。

你的信非常发人深省。我还和许多女人见过面，其中有几个甚至比你还漂亮，但是只有为数不多的几个有进一步和我交往的愿望。"杰西卡，24岁，性感，真正的金发"就是其一。不过，她实际上叫作希尔德加德，三十四岁了，虽然是真正的金发，但也是真正的肥胖，或者说至少是圆滚滚的。她人虽然很好，不过我心目中未来妻子的模样始终不是如此。

现在，当我读完《拉拉的夏日之恋》之后，或许我真会给她打个电话。的确是这样：情色是通过外在的东西，例如相貌、年龄和名字等传送过来的。在阅读中，拉拉如何慢慢而深刻地爱上那汤的过程充满了巨大的张力。最后，那汤一个勾拳打在那个自负的托思顿的下巴上而使他撞倒咖啡桌，从而打碎了整套迈森瓷器，这一幕实在精彩极了。作者对爱理解至深。

现在我要收笔了，也许我会打个电话给希尔德加德。顺便提一下，她有一个美丽的姓氏：卡兹。我就称她为"小卡兹"，你意下如何？

      在这种意义上你最亲爱的

         迪迪·麦尔根海默

  又及：如果我和希尔德加德进展不顺，你是否还有兴趣再同我会面？我也可以顺便把你的五欧元还给你。

十五

帕特里克的住所比我想象的还要好。特别是走廊和卧室里实用的壁橱令我非常满意。

"是我自己把它磨光又油上了白漆。"帕特里克说。我注意到他根本就不看我。也许在此期间,他记起来他还欠我一杯卡布奇诺的钱,也许他感到有些羞愧。我尽量不和他独自停留在同一间屋子,因为我对他有一些恐惧。那天他抓住我的胳膊摇晃,使我的手臂上留下了一块块的黑青。

整个房子的色调是黑色和白色的。瓷砖如同象棋棋盘,木地板被刷成白色,白色的墙壁,黑色的整体厨房,厨房正面锃亮,操作台是不锈钢的,黑色的皮沙发,白色的书架,地板上铺着一张斑马皮,墙上挂着几张黑白照片。

"变态狂。"查莉嘀咕道。她也一起过来了。

其实我觉得它挺酷的。阳台非常大,不仅可以容纳一套桌椅,而且还有足够的地方放一个躺椅或吊床。啊,这么多年以来,我是如何在没有阳台的房子里熬过来的呢?

房东是一个五十岁左右的友好可亲的女人。她和她的女伴侣在一楼开了一家奶酪店。我们从房子里的走廊经过时,查莉很夸张地仰起鼻子嗅了一下,不过我对奶酪的气味毫不在意。我爱奶酪!在房间里根本就闻不到什么。最重要的是房东对解除租房合同完全没有提出异议：我六月一号就能搬进来。她连我的工资证明都没看，因为她觉得作为一个自由职业者是没有这个东西的。

唯一的问题是要交相当于三个月房租的押金，这是我的万事达卡所不能负担的。

"钱我借你。"查莉说。她永远那么慷慨，但是她根本就没有钱，如果有，那一定是乌尔里希的钱。因此我不能这么做。

"这没必要，"露露说，"爸爸会支付押金。"

"吼，吼，吼。"查莉叫道。

"什么？"我差一点昏倒。自大学第一学期，也是最后一个学期以来，我再也没有从父母那里拿过钱，甚至在圣诞节和生日。我的母亲更乐意借那些机会送给我她自以为很有用的东西：由安哥拉羊毛制成的灰色的两件套保暖大衣和能够立刻用没有削皮的水果榨出果汁的榨汁机 2020。

"你只管收下好了。"露露说。

"我可不想要什么施舍。"我说。

"闭嘴。"查莉说。

"你必须把厨房承接下来，"帕特里克说，"你至少应该付给我三千五百欧元。"

"帕特里克，"露露劝诫说，"歌莉没有钱，而且她是我的小妹。"

"可是这个厨房花了我八千五百欧元，"帕特里克说，"这还是折扣价呢。单单这个冰箱……"

"帕特里克，"露露说，"我们现在是一家人了，家庭成员之间不应该骗对方的钱。"

"反正这个厨房很难看，"查莉说，"好像是'科学怪人'的实验室。锃亮的板子使每一个手印都看得清清楚楚。要是我，连一分钱都不肯付。"

我却认为这个厨房很不错。说实话,甚至是超好。流畅而平稳的抽屉,上乘的美国冰箱,一流的燃气灶……我们的聚餐之夜终于可以在我这里举行了。弗洛、哥利安和泽韦林可以在我的床上睡觉。卧室虽然不大,但因为衣柜是嵌入式的,所以看起来还挺大的。卧室隔壁也可以再放一张床给玛尔塔和马里乌斯的孩子,如果有必要的话。

"我也要把书架打折处理掉,"帕特里克说,"它们设计得很好。"

"在易趣上,"查莉说,"你的网络技术不是像棒槌一样过硬吗?"

"不会这么快,"帕特里克一边说,一边不赞同地投给查莉一瞥,"还有,储藏家具要花一大笔钱。"

"把两个房子的东西放在一处实在不是一件容易的事,"露露感叹道,"每个人都得舍去几件,没办法。就说我吧,必须把我最喜欢的沙发丢掉。你难道不想要,歌莉?"

"赠送吗?"查莉问。露露喜欢她茄色的、新巴洛克式的丝绒沙发胜过一切。上面有镶着金边的狮子蹄和一个金冠的刺绣。它被放在一面淡紫色的墙前面,旁边是一个用餐巾手工技术改良过的宜家抽屉柜。餐巾手工技术是露露的一大爱好。帕特里克的黑皮沙发摆在那里一定显得怪怪的。

"当然是赠送了,"露露说,"我不再需要它了。"

我不用考虑那么多:我顶楼的红沙发可以送人。还有那套老厨具,也许爱维琳姨妈能够在教堂找到需要它们的人。

"好吧。"我痛快地说。

房东拿过来合同,为了签字,我们所有人都坐在帕特里克的玻璃餐桌前。查莉提议让帕特里克手写一份合同，用以证明厨房是他赠送给我的。

"以防以后你又想找歌莉骗钱，"她说，"我的意思是，如果刚才露露没有听清楚的话。"

"我们现在是一家人了，"露露又一次说，"签这样一个合同真的没必要。"

"小心驶得万里船，"查莉说，"在这类事上我向来是像棒槌一样硬当当地坚持。"

"那好吧。"帕特里克说。他似乎有些不耐烦了。

在门外的大街上，他终于找到了一个和我单独说话的机会，查莉和露露正在奶酪店门前听房东向她们解释可以让天竺葵欣欣向荣的秘密。

"我早就警告过你，贱货，"他说，"她相信我胜于相信你。"

"可惜是这样的。"我说，"顺便告诉你，我们之间从来就没发生过什么，混蛋，也不要叫我贱货。你因为我不愿触摸你的橡皮棒槌而大怒，在你恶毒地骂过我之后，还让我替你付了卡布奇诺的钱。"

"为此我刚才把我的厨房送给了你，"帕特里克说，"这下我们扯平了，你这个贱……性冷淡。"

是的，确实是这样。其实我做了一桩好买卖。为了漂亮的厨房和绝好的房子，让他骂我一句性冷淡也无妨。

* * *

我尚有一个"工作餐"要赴，我知道，我不能穿着那件上面印着"波多尔斯基，我想为你生个孩子"的T恤出现在"贝多芬"这样高雅的餐厅。我拿上我的万事达卡去买新衣服还有内裤，不管账户上会有多少赤字。为了调剂生活而重新置办一些新衣服的感觉真好，不必再穿什么透明的、破旧的或印着有伤风化字体的东西了。浅灰色的裤子和短袖衫也许不是特别富有生气，但它们看起来很高贵，用手指捻也不起皱。我在下车之前再次通过汽车的后视镜检查自己的唇膏是否完好，头发上是否还戴着卷发夹——这种事常常发生在查莉身上，她在卡洛琳娜和贝尔特的婚礼上有一半时间头上都戴着这东西，我发现了它，是因为我想弄清楚人们为何一直在窃笑。我还把护齿口香糖吐出来，有时候在餐厅除了吞下它，你别无选择。

收音机里提示有雷阵雨，它会暂且涤去春日的温暖，不过现在倒还干燥，不会辜负了我新买的漂亮浅口高跟鞋。鞋的样式比较古典，虽然鞋跟很高，但穿起来舒服得令人难以置信。

"贝多芬"美极了，不管怎么样，从外面看是这样。当我透过窗子向里面张望的时候，我不禁惊诧于在一周的中期会有这么多人来吃午餐。

我和往常一样准时到达，并在考虑是不是应该再转一圈，好让自己不是第一个坐在桌前的人。那样显得过分热心，我希望稍微酷一点。况且我不知道拉克里茨是否已经预订位子了。

"您来了。"一个温暖的男中音说道。是阿德里安。他穿了一条牛仔裤和一件绿色的Polo衫，颜色和他的眼睛差不多。我几乎可以肯定，这一定是一个女人为他挑选的，一个能读懂他眼睛的人，也有可能是他的母亲。"您能准时来，真是太好了。"

"我一向都准时，"我说，"这是我们这个星座的特点。"

"处女座。"阿德里安说。

我惊异地点点头。"怎么，您也是？"

"不，"阿德里安说，"我是射手座。"

"那它好还是不好？"我问。

"根本就无所谓,"阿德里安说着打开餐厅的门让我先进去,"我不相信星座。"

"其实我也不信。"我一边扯谎,一边努力回想处女和射手是否相配。回去以后我要立刻上网查查。服务生把我们领到角落里的一张桌子旁,上面只摆着两个人的餐具。

"就我们两个人?"在我想阻止自己以前,这句话已脱口而出。

"拉克里茨女士不能来,"阿德里安说,"她家里有事。"

"哦,"我说,"希望不是什么严重的事。"

阿德里安摇了摇头。"您想吃什么?这里的菜一向很可口,可惜就是量少了一点。"

我开始研究菜谱。国际性餐厅同时意味着菜谱使用的语言亦是五花八门。"什么是阿巴龙尼?"

"是鲍鱼吧,我想。"阿德里安说。

"伊皿西?"

"类似我们的肉条,"阿德里安说,"切成细条的肉。"

我向他投去意味深长的一瞥。真不错。我倒要看看他还知道什么。"斯考帕罗?"

"一种奶酪。羊奶酪。"阿德里安扬起眉毛越过菜谱的边沿望着我,"您是真想知道,还是在做测验?"

"起夫那德?"

"这个,呃……我不知道。"阿德里安说。

"已经非常了不起了,"我说,"您肯定经常光顾上等餐厅,是吗?"

"是,"阿德里安说,"不过我也喜欢看电视里的烹调节目。"

"我也爱看,"我叫道,没法阻止自己不去注视他,"烹调确实刺激。我们每周六晚上都在一起做饭聚餐。我和我的朋友们。"

"哦，真好，"阿德里安说，"我们以前有时候也这么做过。或者一起做饭，或者一起玩，可是他们逐渐大多都有了孩子，然后就……"他停下来。

"是的，如果他们有了孩子，就很少露面了，"我表示理解，"可是该怎么办？不能只是因为有了孩子便不再与旧友见面，不是吗？"

"但是整天和这些幸福家庭混在一起是不可能的，"阿德里安说，"没人会这么做。"

"有时候人们会觉得你好像来自另一个星球，"我说，"或者更甚，似乎整个世界都在不断向前，只有自己还站在原地。"

"正是如此，"阿德里安说，"他们总是装作羡慕我们的样子，而实际上他们对我们这些单身只有怜悯。"

"是的，常常被称作阿姨，似乎是作为……可是您并非单身，"想到这个，我的脸突然红了，"我的意思是，哦，对不起……"

"您指的是和玛丽亚娜的事？直到收到您的信，我才明白，原来他们都知道这回事。"阿德里安局促地揉了揉鼻子。我刚才的尴尬顿时消失得无影无踪。

"不过，这种办公室恋情根本就不可能秘密进行。"我以母亲式的口吻说。

"不能，我想不能。无论如何我已经将它终止了。"

"什么？因我之故？"我叫道，我的脸更红了，"我是说因为我的信？因为我所写的……呃……"

"是的，"阿德里安说，"因为您所写的。还因为那反正只是卑劣而多余的一段插曲而已。您现在知道您写了些什么吗？"

我摇了摇我通红的头。"只是个大概。"我很想问他那段插曲为什么卑劣而多余,但是我不敢。那个玛丽亚娜·施耐德可能在性方面有一手。卑劣而多余。

服务生来点菜,给了我一段让我的脸色恢复正常的时间。服务生走了以后,阿德里安从公文包里拿出一个信封交给我。"我给您带来了一份合同,是洛妮娜系列销售额百分之五的提成。每年结算一次。为此我还制定了一个基本稿费的条文,好让您不必等到二月份才拿到钱。合同一经签订,您马上可以得到百分之五十的基本稿费。"

"那我应该赶快签字。"我说,并故作懒散状。啊,我的天哪!合同!基本稿费!钱!现在我能够付租房的押金了,不用去抢银行或接受父亲的施舍了。"由于无法预知的开支,我的账户上已经是负数了。有多少?"我打开信封,费力地抽出一打带有印章的A4纸。我的手止不住想要颤抖,我努力克制住。我是一个专业人才,或者说正向着这个方向迈进。

"您慢慢读一遍,"阿德里安说,"这份合同不仅仅赋予您权利,而且还要您承担义务。您肯定您已经扫清所有的障碍了?"

"当然。"我几乎没有看懂我读过的行文,只是不耐烦地寻找着数字,可以把我的账户重新弄成正数的数字。当我终于在第三页找到它时,我几乎要尖叫起来。"两万四千欧元。"

"您可以马上得到其中的一半,"阿德里安说,"这只是基本稿费——我们非常希望洛妮娜系列可以带来更多的利润。越多越好。"现在我的手还是抖了起来。"每年两万四千欧元,我从来没有过这么多钱!"

阿德里安扬起眉毛。"这是有条件的!首先,您还要上税;其次,为此您每个月必须创作出两本小说;再次,您有没有算过每小时的收入?我想,恐怕只有那些波兰采芦笋的人会赚得比这个少。"

"可是和以前相比已经好多了,"我说,"而且我确实喜欢写作。"

"无论如何我还是想知道您是否已经扫清所有的障碍了。"阿德里安说。

"您听我说,"我说,"我多年来一直为曙光写作,每个月两本,每一本都是按时交稿,而且没有错误,马上付印。"

"是的,"阿德里安说,"但是,呃,我代表出版社,想确定您不会再次试图自杀,否则我们会很麻烦。"

"这个,"我说,"这可说不好。我的意思是我也有可能生病或者出什么意外。您也一样。每个人都说不定什么时候会发生些什么。"

"那您不想再次自杀了?"

"哦,暂时不会。"我说。

"好。"阿德里安说。我期待着他问我为什么要那样做,可是他没有问。

"我根本就不是神经性抑郁症,"我说,"我不过是在较长一段时间里处于人生的低谷而已。感情生活、职场生活、其他生活——所有的一切曾经都那么无望。但是现在不同了。"

"我为您感到高兴。"阿德里安说。

"并不是说我现在的情况非常好。"我补充道,"只是改善了一些。"

"在各个层面?"

"什么?"

"感情生活,职场生活,其他生活。"阿德里安列举道。

我略作思考,然后说:"是的,可以这么说。"

菜上来了，非常可口。莴苣丝是汤里的配菜，被切成细条。阿德里安点了韭菜芦笋汤作为前餐，庸鲽作为正餐。我很想尝尝，可是我当然没有勇气问了。我点的珍珠鸡也非常不错。我们进餐时没讲多少话，但这没什么，是一种令人感到舒服的沉默。

"您怎么知道处女座守时？"当我们开始吃餐后甜点时，我问。

"我对此一无所知啊。"阿德里安说。

"可是您提到了我的星座！"我说，"刚才在门外的时候，您不记得了？您说我守时什么的，我说是因为我的星座，然后您说……"

"我记得我说过的话，"阿德里安说，"我知道您的生日是九月十四日，这就是全部。"

"原来如此。"我吃掉最后一勺草莓冰淇淋圣代。原来如此？

阿德里安靠在椅背上。"再来一杯浓缩咖啡？"

"您怎么会知道我的生日？"我问。

"不清楚。可能在老合同里看到过，也许在克里茨女士的日历上见过。但凡我看过的东西，我一般都会记住。浓缩咖啡？"

"好。"这可真奇怪。我十分肯定拉克里茨不知道我的生日，在合同里也从来不会出现生日，否则拉克里茨也不会对我的年龄感到吃惊。

我直视阿德里安。他的目光躲向一边。

"好吧，我在谷歌上查的。"他说。

"我？可是网上哪里有我的生日？"我有些得意。太好了！他在谷歌上查我了，他想更多地了解我。相反，在网上查查他这个主意我却没想到。嗯，回家后我一定要立刻补上。

"在您原来学校的主页上，"阿德里安说，"那里还有您的高中毕业成绩和重点学科的分数。"

"这百分之百是违反数据保护法的。"我说。

"对,肯定是,"阿德里安说,"如果我的高中毕业成绩单被公开的话,我一定会控告我的学校。不过您的情况不同——一点七分,成绩可真好。"

"如果那个新法西斯主义的光头罗特没有把我整个成绩破坏掉的话,我的分数会更高。"我说,"这是这个家庭里最差的一份毕业成绩单。当然我的母亲除外,她根本就没有。虽然如此,她依然对我没能像提娜、丽卡和露露那样成为年级的前三名而感到非常失望。这就是我的姐姐们,她们事事都胜于我。她们都是金发,精明而且已婚,或者至少已经订婚。"我停下来。希望这听起来不会让人觉得有不满或者嫉妒的意思。

"我有两个哥哥。"阿德里安不动声色地说。

我笑道:"也像我这么严重吗?"

"一个是核物理博士,他曾经作为划桨队的一员参加过汉城的奥林匹克运动会,他所有的孩子都会拉小提琴和弹钢琴;另一个继承了我父亲的公司并且和一个模特结了婚。我的父母很为他们感到骄傲。"

"对您不是吗?可是您……"

"我坐在曙光出版社的一间杂物室里,"阿德里安打断我说,"这当然不允许对外公开。他们只是声称,他们的格利高在出版系统担任领导职务。'曙光'这个名字绝对是禁忌。"

"这可真要命。"我说,"您多大了?"

"三十四。"阿德里安叹道,"每周日我都必须去父母那里吃午饭。"

我向前欠欠身。"我也是!而这只不过是他们制造的借以骂我的机会。您有没有考虑搬到另外一个城市生活?"

"啊，是的，"阿德里安说，"我在英格兰上过两年大学。"

"哪，您瞧！那您的父母一定……"

"在我哥哥得到牛津大学客座讲师职位的同时。"阿德里安打断我。

"我能想象您的哥哥们有多出色，"我说，"可是他们不可能像您这么英俊！"我很自信地说道。

"阿尔班在进行学业的同时还当了模特，"阿德里安说，"尼古劳斯在四周前被网民选为欧洲最帅的科学家。"

"所以他们是阿尔班和尼古劳斯，"我说，因为除此以外我不知道该说些什么，"我简直不能想象他们比您还帅。那您为何读大学时不去做模特？阿尔班能做的，您同样可以做到。"

"太矮了，"阿德里安说，"我只有一米八一，而我的哥哥……"

"您知道吗？"我打断他，"我不想再听关于您哥哥们的事了！如果我说您是我这么多年来见过的最帅的男人，不，是我迄今为止所见过的，那您一定要相信我。我也认识几个英俊的男人呢。"

"可是您还从来没见过我两个哥哥，"阿德里安说，"我所有的女朋友都被他们吸引住了。至少是每周日我带过去吃午饭的那些。"

"玛丽亚娜·施耐德也同样？"

"我怎么能把把玛丽亚娜介绍给我的家人？"阿德里安惊愕地说，"她肯定也不愿意去。我都已经说过，这不过是我们之间一段说不清楚的插曲而已。"

"您说的是卑劣而多余。"我纠正他。

服务生过来，我们点了浓缩咖啡。

"为什么您所有的姐姐都是金发,只有您不是?"当服务生离开以后,阿德里安问。

"我的爱维琳姨妈认为我是邮递员的孩子,"我说,"但实际上我是唯一一个得到我父亲遗传的孩子。褐色的头发,褐色的眼睛……"

"可是您的眼睛根本就不是褐色的,"阿德里安说着向前欠了欠身,"在阳光下,它们如同焦糖浆。"

嗯,这倒是个不错的比喻,比我有时候听到的琥珀更好。"我姐姐提娜有着和我相同的眼睛,但由于她的金发使她的眼睛看起来要漂亮些。"我这样说,是为了掩饰自己的窘迫。

"您知道吗?"阿德里安笑着说,"我不想再听关于您姐姐们的事情了。"

我敢以我的新合同打赌,他的哥哥们不会有他这种迷人的微笑。我能做的,只是和他一起微笑。

浓缩咖啡上来了,我们的"工作餐"也渐渐接近尾声,为此我颇感遗憾。阿德里安必须回到他的杂物室,而我则要买一瓶香槟,回到查莉那儿庆祝一下。在此之前,我还想去看看我父亲。

"刚才和您在一起真好。"阿德里安站在餐馆门外说。他伸出手的样子很奇怪,我不知道该和他握手还是拍手。我两者都没有做。

"我也这样认为。"我说,忽然有些伤感,"非常感谢您的邀请。再见。"

"回头见。"阿德里安说。

当我走出去几步以后,他喊道:"您等一下!"

我又回来,紧张地望着他。

"我觉得,哦,我想,现在我们也称得上是同事了,我们其实可以以名字相称,是不是?"他说。

"好,"我说,"虽然我喜欢阿德里安比格利高更多,而且我小说里的一个吸血鬼也叫作格利高。"

"实际上是关于'你'这个称谓,"阿德里安说,"至于你如何称呼我倒是无关紧要。"

当我见到父亲时,他又是一副严肃的面孔。"歌莉,真令人感到惊奇,今天可不是星期天。进来,你母亲在打桥牌。来一杯茶?"

"露露说你想替我付租房的押金,爸爸,"我说,"我来是为了告诉你,我不想接受这笔钱,虽然你这么做是出于对我的关心。"

"这和关心没有任何关系,"父亲说,"那笔钱我早就转给你了。"

"爸爸,真的,我一个人能顶得住。我一直都是自己打理一切。"

"我亲爱的孩子,两周以前你还想着要结束自己的生命,我可不认为你自己能打理好一切。"

我的脸红了。"是的,那时的情况……但我的境况一下子变得好起来了。我今天刚刚和曙光签了一份合同,一个允许我分红的合同。我每年光基本稿费就有两万四千欧元。"

"等于每个月两千欧元的税前收入,"父亲说,"这没有什么了不起的。尤其是你应该想到你为自己付的养老金有多么少。碰巧我转到你户头上的正好也是两万四千欧元。"

"什么?但是押金只有……"

父亲挥了挥手。"那刚好是你应该得到的数目,"他说,"其实我早该把钱给你的。"

"可是我根本不……"

他再次打断我。"你每个姐姐在读大学期间都花了两万四千欧元。你只读了一个学期就辍学了,并且开始自食其力。现在你得到这笔钱是合情合理的。"

我忍不住哭了。"尽管你很生我的气……爸爸,原谅我所做的一切。我连一封告别信都没有写给你。"

父亲动了一下,似乎想拥抱我,但他只是拉住我的手。"近来我对于你、对于我们都思考了很多。我深深地自责,因为这种事情根本就不应该发生。你在外面的花园里指责我的那番话是正确的:我们从来没有在人家面前表示过我们为你感到骄傲。我生你的气,是因为你和你的姐姐们一样聪明,一样有天赋,却中断了学业。这些年来我一直认为你把生活虚掷了。"

"但是不可能所有人都能成为教师和专业翻译。"我说。

"确实如此,"父亲说,"而且我发现你的小说并不赖。真的。我完全被它们吸引了,我没有一刻不在想,这些全是出自我女儿的构想。你大可尝试去创作一部真正的书。"

"爸爸……"

"好了,你应该马上开始写。就写一个年轻女人想自杀,她给自己认识的人写了告别信的故事,你觉得怎么样?"

"我得先完成那二十四本吸血鬼小说,"我说,"因为吸血鬼小说将会非常流行。"

"你的阿丽克萨姨妈肯定会喜欢的,"父亲说,"她就是这类读者群中的一个。"

致悲痛中的塔勒一家

哈泽那克二十六号

亲爱的塔勒太太和塔勒先生：

我对令爱歌莉的去世致以沉痛的哀悼。我和歌莉自五年级开始同班，并且彼此一直非常亲近。遗憾的是近年来我们失去了联系。我在慕尼黑完成了社会教育学的学业，通过考试之后，曾为残疾儿童工作过一段时间，结婚后移居一个大农庄，现在有两个孩子，露易丝四岁，弗里德里希一岁，因此我对歌莉所面临的问题根本一无所知。

哦，她当时要是和我站在一个立场上就好了，在学校里我也时时帮她摆脱困境。可惜现在已经太晚了，而我们这些活着的人只能以这句诗来作为安慰："我们为逝者感到伤怀，而我们的爱就是对他的告慰。"

此刻，让我引用奥托·冯·莱克斯纳[①]的一句名言来送给您："安慰是一种心灵的艺术，它常常就是深情的沉默，或者是沉默的矜怜。"

你们的男爵夫人布里特·冯·法尔肯海恩，婚前用名艾姆克

[①] 奥托·冯·莱克斯纳（1847—1907），德国著名作家、记者。他的许多名言广为流传。

十六

"你还是感觉不舒服吗？可怜的查莉，我帮你买了些药品，它对我一直很有帮助，而且绝对没有副作用。乌尔里希，你倒是刮刮胡子啊，你这只熊，你看起来真是好极了。歌莉，这双鞋是新的吗？我买了羊肉，但是没搞到茄子，我们可以肯定，人们不会种植变异的茄子。泽韦林，不要，你可不是一条狗，过来，玛尔塔和马里乌斯也来了，请别对她肿胀的指关节找乐儿，那样会惹哭她。她一哭就停不下来，她也快熬到头了，希望那个小象般硕大的宝贝快点出生。奥立也来了，没带米亚，他们两个分居了，不过你们早就知道了，可以说我对此一点也不感到难过……"像往常一样，卡洛琳娜进行着她周六晚上的问候独白，而我们则从地板上的玩具和衣服中开辟出一条路来。

弗洛和哥利安已经上床准备睡觉了，弗洛正好还能清醒到把我带来的小礼品——一个发卡和一只闪闪发光的蜻蜓——拿到她身边。在睡着之前，她嘟哝了一句"你是世界上最好的人"。

"我们去七座山那里远足了，"卡洛琳娜对此解释道，"围绕着龙岩转了十四公里，我们都跟跟跄跄的，除了泽韦林，他一直都很舒服地待在背架里。"

"这意味着今天贝尔特很可能八点半就睡着了。"奥立悄悄对我说。

"嗨。"我局促地说。自周一那次补牙以来,我没再和他联系过。

奥立露出他最迷人的高级医师高斯温的微笑。"嗨,你好。"这听起来不胜柔情。

"米亚还住在她父母那里?"我问,好让我和他都更理智一些。

"是的。不过她来取过一次东西,还借此机会把我骂了一顿。"

"希望你也已经趁这次机会问她,当时在宾馆她到底觉得那个老家伙好在哪里。"

奥立摇摇头说:"我认为这根本没必要。这只能让她觉得我们之所以会分开,是因为她的出轨。"

"可事实恰恰如此。"我说。"不,不是这样的,"奥立固执地说,"希望有一天你会意识到这一点。"

"你们俩能不能把蔬菜切得小一些?"卡洛琳娜说,顺手又抛给奥立两个西葫芦,奥立伸手接住。卡洛琳娜朝我眨眨眼,她的笑容颇富深意。

"这双鞋很有趣。"玛尔塔对我说。

"谢谢。新买的。"我说。

"它们看起来棒极了。"玛尔塔说着竟开始哭起来,"想象一下把我这双肥脚放进凉鞋里!啊,要是我还能拥有细细的脚踝,或者是漂亮而小巧的胸部,我宁愿放弃所有。我丝毫不能理解,为什么像你这样的人会想……"

"玛尔塔!"卡洛琳娜怒喝道。

玛尔塔抽泣着。

"啊,玛尔塔,这只是暂时的,"我说,"你的脚马上就会恢复正常。"尽管实事求是地说,我们不得不承认现在玛尔塔穿着马里乌斯那双硕大的桦木拖鞋很难看。

"就算这样,"玛尔塔抽泣着说,"也只是脚。而其他部分……哺乳期胸部甚至会变得更肥大。"

"但是你的怀抱里因此而添了一个可爱的小宝宝。"我说。

"就是,"卡洛琳娜说,"快别哭了,去把洋葱切成小方块。"

"可是我怎么能在切洋葱的时候停止哭泣呢?"玛尔塔抽泣道,把我们大家都惹笑了。

贝尔特把一张《吉卜赛国王》的老唱片放在唱机上,将音量开得前所未有的大,因为他相信孩子们因不习惯七座山之游已经沉沉睡去。歌曲的节奏非常动听,我们都在厨房里翩翩起舞,一边切蔬菜,一边摇摆着臀部,以特定的节奏搅动锅里的食物,还时不时地打一个响指。泽韦林在贝尔特的臂弯里快乐地呜呜叫个不听。就连玛尔塔也放松下来,晃动着臀部扭了一圈。

"还行嘛,我的小象。"马里乌斯说。他围着她跳了一圈又一圈舞。玛尔塔终于笑了。

有人在敲厨房的窗子,很显然我们没有听见门铃声。

"会是谁呢?"卡洛琳娜问。

贝尔特迈着桑巴的舞步去开门,他回来时米亚站在身边。

"嗨,大家好。"米亚说。她看起来很好,像平时一样好,甚至要更好一些。她穿了一条水蓝色的夏裙,使她的眼睛和美丽纤细的身材都被显现出来。我敢打赌,裙子是新买的,凉鞋也一样。

我们都不约而同地停止了跳舞,只有音乐还在继续。

"你来这里做什么?"奥立问。

"哦,今天不是我们一周一次的聚餐之夜吗?"米亚说,"我并没有说不来啊,对吗,卡洛琳娜?"

"是这样。"卡洛琳娜说。

"为什么你们见到我都摆出一副吃惊的样子?上周我也来了呀。"

"闭嘴。"奥立说。

"为什么?"米亚将她红红的长发甩在颈上。

"米亚,要喝点儿什么吗?"贝尔特问。

"谢谢,随便来点儿吧,"米亚说,"虽然我在家已经喝得够多了,但我无论如何不想让自己再清醒起来,因为有难办的事要谈。"

"希望你不是开车来的。"奥立说。

"哎呀呀,你担心我了?你害怕我会撞在桥柱子上?"米亚说,"你喜欢那些有自杀倾向的女人,不是吗?这很容易让你动情。"

"米亚,"卡洛琳娜说,"我觉得这样比较好,要是你……"

"什么?"米亚气势汹汹地对卡洛琳娜吼道,"你是不是想让我离开,你们好在这里开个庆祝派对?要是和歌莉上了床的人不是奥立,而是贝尔特的话,你又会怎么想,嗯?"

"米亚,你闭嘴!"奥立说,"我帮你叫一辆出租车。"

"歌莉,你还真成功做到了,"米亚说,"破坏别人的婚姻到底感觉如何?"

"别招惹歌莉,"卡洛琳娜说,"你和奥立分居关她什么事?"

"分居?哈哈,"米亚说,"我看你们还不知道最新的情况,你们不知道歌莉和奥立的私情,不是吗?"

"这绝对是没有的事。"查莉说。

"说真的,你们大可以去别的地方解决你们两个人之间的婚姻纠纷——"马里乌斯还没说完，就被米亚打断了。

"你这蠢货最好别掺和进来！我要不要告诉玛尔塔，你已经有多少次碰巧把手放在我臀部？你是如何对着我的领口发痴？"她的目光转向玛尔塔，轻蔑地撇了撇嘴，"你们全都是伪君子。"

"如果说这里有一个伪君子的话，那恰恰就是你。"乌尔里希说。

"啊，这又从何说起？就因为几年来一直出现在这里的我发现本周六晚上并不像以往那样无聊？"米亚问，"我现在可以告诉你们一些不为你们所知的东西：在歌莉声称想自杀的那个星期五晚上，她实际上和我丈夫在帝豪大酒店度过了一个销魂之夜。我之所以知道，是因为我一个朋友在那里见到了他们。吃早餐的时候，他们拥吻在一起。"

"就在你毫无察觉地在慕尼黑进修期间，对吧？"查莉说。

"在斯图加特，"米亚纠正道，"正是如此。还有，奥立对此没有辩解，能相信吗？我亲爱的朋友们，他承认自己爱上了歌莉。"

"就是这样，"奥立说，"这并非秘密。"

卡洛琳娜以手掩口，发出"啊"的一声。

"啊，是的，"米亚模仿道，"所以我就搬出来了。不过这对你而言可真不是时机，是吧，卡洛琳娜？你一直都在试图撺掇奥立和歌莉在一起，你永远不能原谅我抢走了奥立。而现在她终于如愿以偿。她用自杀的伎俩在宾馆里俘获了奥立，天哪，什么不关她的事……你们还在同情她，都向她伸出援助之手。不过，你们大可站在她的立场上。她破坏了我的生活，这对你们而言无关紧要，重要的是，这个可怜的、曾被生活抛弃了的歌莉现在过得很好。"

"现在该说一下事实了，米亚！"查莉说，"据我们所知，并不是你的朋友撞见了奥立和歌莉在一起，而是你自己！"

"可是她在慕尼黑啊。"马里乌斯说。

"斯图加特。"玛尔塔纠正道。

"她没有，"乌尔里希说，"她和她的情人在帝豪大酒店开房了。"

"啊！"现在卡洛琳娜、玛尔塔和马里乌斯一起惊呼。米亚看起来无比惊恐。

"而这并非第一次，"查莉说，"她对奥立说她去进修了，但事实上她每次都是在和情人约会。"

"一个又老又皱的老头子。"奥立说。

"他不老，"米亚吼道，看来她的恐慌已经被她克服了，"而且他在床上比你要强十倍！你真是一无所知，你太愚钝了。"

"那去找他啊，"奥立说，"你还在等什么？我是无论如何不会再要你了。"

"不是，是因为你现在有了大屁股小姐，"米亚说，"我要是早知道你的喜好，就只管吃肥几公斤。"

"说实在的，我其实一点都没听懂。"卡洛琳娜说。

"我也不明白，"玛尔塔说，"米亚和她的情人与奥立和歌莉住在了同一个宾馆？"

"不是！"我说。

"就是，"查莉说，"但歌莉是想在那里不受干扰地实施自杀计划。她绝对是无辜的。奥立跟踪米亚和她的情人也来到了这家宾馆。他在那里碰巧遇见了歌莉，歌莉安慰了他一番，因为他受到了打击。"

"还有威士忌的作用。"我说。

"哈哈。"米亚说。但看起来她似乎没那么强势了。

"这是命运的安排,"奥立说,"这就是因果报应。这个城市里有那么多宾馆,偏偏就挑了这一家。如果依然还有人认为这只是个巧合而已,那他实在是不可救药了。"

"啊?"玛尔塔说,"那谁能跟我解释一下为什么歌莉偏偏来到那家宾馆,她和奥立又是怎样碰到的?"

"报应!"贝尔特和马里乌斯异口同声地说。

"实际上我们应该感谢米亚才对,"乌尔里希说,"因为如果她真去培训了,奥立就永远不会来到这家宾馆,也就不会打乱歌莉的自杀计划了。"

"我的天!"马里乌斯说,"一个离奇的故事。"

"我还是不太明白,"玛尔塔说,"奥立怎么知道歌莉要自杀?他们为什么在早餐时拥吻?"

"他根本就不知道,"贝尔特说,"他只不过是在正确的时间到了一个正确的地点而已。"

"因米亚之故。"乌尔里希说。

"真是报应。"卡洛琳娜说。

"为米亚,"贝尔特说着举起酒杯,"为米亚因自己的放荡行为而拯救了歌莉的生命干杯。"

"为米亚干杯!"乌尔里希欢呼道。

"为米亚干杯!"马里乌斯说。

米亚以怨恨的目光扫视了一圈。"你们都见鬼去吧,"她说,"你们真是一群无赖!"

然后她快速离开了厨房。过了一秒钟整个房子都开始震动,可见她摔门的动作有多大。

"再见。"卡洛琳娜说。

"我还是不明白他们为什么在早餐时拥吻。"玛尔塔说。

"因为歌莉的唇像胡萝卜汁一样香甜,因为歌莉有一张漂亮的嘴。"奥立说。

"因为应该让米亚看到,"我说,"在当时的情况下。"

"太棒了!"卡洛琳娜说。

"你是不是真的摸了米亚后面?"玛尔塔沉着脸问马里乌斯。

"那又没有什么值得摸的。"查莉说。

"那肯定有这回事。"玛尔塔说着又哭了起来。

"现在你总该满意了吧。"奥立站在门前说。而查莉和乌尔里希已经坐在乌尔里希的车里等我了。

"你指的是什么?"

"现在,米亚终于知道我知道她背叛了我,"奥立说,"你一直都对此非常在意。"

"是的,事实嘛,"我说,"虽然如此,我还是觉得也许不应该把米亚弄得那么狼狈不堪。"

"可这又不是我的错,"奥立说,"是查莉和乌尔里希打开话题的。"

"为了让米亚相信我不是造成你们分居的原因。"我说。

"可是确实是因为你。我们几天前曾经谈起过这一话题。"奥立说,"我爱你,歌莉,我想和你在一起。难道你不明白?"

"奥立,这个——很抱歉!我没办法认真看待这件事。"我说,"我的意思是,你应该问问自己这种感觉是怎么突然冒出来的!在四周之前你就已经爱上我了吗?"

奥立迟疑片刻,然后说道:"实际上是的,只是我没有意识到而已。就算不是，闪电式地爱上一个人又有何妨？"

"当然没有什么，"我说，"我只是觉得时机有些不好。你在发现你的妻子欺骗你大约六小时后，就声称爱上了另一个适合你的女人，那个你曾经离开过的女人。我们可以称之为报应，不过也可以说是思路中断反应、投影反应或偏执反应。"

"你为什么拒绝让积极乐观的东西走进你的生活？"奥立问，"你倒是从自己的阴影里走出来啊，歌莉。现在你的幸福就在咫尺，你应该把握。相信我，如果别人处在你的位置，都会感到喜悦的。"

"你这是什么意思，奥立？"

"啊，你觉得我在掩耳盗铃吗？想跟我在一起的女人比比皆是，一向如此。身材高大、金发而英俊的牙医总是身价不低，即使因为米亚在性生活方面不满意而出轨也不能改变这一事实。谁知道呢，也许是更年期综合征提前所致。还有一点：你找不到比我更合适的人选了。这你应该清楚。"

"也许吧，谦虚的人除外。"我说，"嗨，你觉得自己是不是有些狂妄自大？"

"谦虚在这里毫无用处，"奥立认真地说，"你考虑一下，歌莉！我一直是你最合适的人选，因为我了解你，一个原本的你，包括你卓尔不群的个性和奇奇怪怪的小毛病。我爱你这一切。我会呵护你一生一世，让所有人都羡慕你。"

我非常想问问他有关我卓尔不群的个性和奇奇怪怪的小毛病的问题，但是我说："那么，能不能给我一段时间，让我梳理一下自己的感情？"

"要多久？"奥立问。

"不知道，奥立。"我说。

奥立咬了一阵自己的下唇。"我肯定不会永远等待下去的,"他说,"那样就显得太蠢了。"

"这个我能理解。"我说。

"你很笨,"奥立说,"你真的笨极了。"

"非常感谢,"我说,"这是不是也属于我卓尔不群的个性之一?"

"或许你应该考虑一下我的感受,你一直这样拒绝我,并且怀疑我对你的感情。"奥立说。

"可是我一直都在考虑你的感受啊。"我说。

"我们两个人是天生一对,"奥立说,"我们有共同的人际圈子,我们有相同的爱好和兴趣,而且我们在床上也很和谐。你还有什么奢望?"

"亲爱的奥立,至于我们在床上是否和谐,这还有待进一步验证,因为我们之间根本就没有发生过什么!"我说。最后的几个字我讲得慢而清楚。

奥立沉默片刻。"那我们的吻呢?"他问,"不要告诉我,你对它丝毫没有心动的感觉。"

"嗯。"我说。说实话,那个吻倒是很美,但跟其他的吻也没什么两样,不是吗?如果你吻的不是你讨厌的那个人,或者他不是把舌头伸进你的喉咙里,那种感觉都一样心动。或者说大部分。这样说吧,至少百分之五十,或者百分之四十五。这个比例再怎么也是合适的。

奥立误解了我的沉默,他满意地笑了。"你好好考虑一晚。"他说着在我脸上吻了一下,然后钻进自己的车里。那是一辆黑色的保时捷,奥立将之称作"牙医之车",贝尔特、乌尔里希和马里乌斯对他都羡慕得无以复加。我看着他如何潇洒地驶出停车位，然后加速绝尘而去。

"歌莉！他已经走了，你快上车吧。"查莉在乌尔里希车里喊道。

我坐在后面的位子上。"不好意思。"我嘟哝道。

"没什么，"查莉说，"那是一个很重要的谈话，应该需要一些时间。"

"你们听见什么了吗？"

"在查莉把车窗打开之后。"乌尔里希说。

"奥立是对的，歌莉，"查莉说，"为什么你要用自己的疑虑破坏这种形势？你的怀疑论从何而来？你应该用双手紧紧抓住幸福。"

"一派胡言，"乌尔里希说，"歌莉没错：这种感情来得确实太快了。如果米亚没有欺骗他，他们现在还在一起。而如果他对歌莉是认真的，那他就不应该对歌莉施加压力，而应该让事情顺着自己的逻辑发展下去。"

"除此之外，我指的并不只是奥立的感觉，"我说，"而是我自己的感觉。"

"所以你是喜欢他的！"查莉说。

"是的，我甚至还爱过他，"我说，"不过已经是很久以前的事了！"

"别告诉我他对你没有吸引力了。"查莉说。

"罗宾·威廉姆斯和大卫·贝克汉姆对我都有吸引力，"我说，"甚至乌尔里希——无论如何，有时候是这样。"

"谢谢，宝贝，"乌尔里希说，"如果你愿意，只要你还在我们那里住，我就在家只穿短裤走来走去。"

"可是……"查莉又开始了。

"别烦她,"乌尔里希说,"如果奥立和她彼此都是认真的,那就给他们时间让这一切得到求证吧。"

"如果还来得及的话,"查莉说,"否则以后她又会产生自杀的念头,没有人想要这种结果!"

"我们这里有三种封面设计方案,您必须拿个主意。"拉克里茨在电话里说。

"我拿主意?"

"是的,孩子,您没有通读过合同吗?您在这方面有参与决定权,而您也确实有必要这样做,因为其中一个封面上是酷似八十年代麦当娜的洛妮娜,包括整套书,而另外一个上面是一大摊血迹,比'水门事件'大屠杀的血都要多。您星期一过来吧,我可以把您介绍给美术设计部。"

"好。"我一边说一边想"水门事件"的大屠杀是怎么来的。

天哪!我对封面有参与决定权,这可真是意义深远!这样我的女性角色们终于可以有和前面那张照片里的女人颜色相同的头发了。"您家里的事已经,哦,我是说,希望不是什么严重的事。"

"您指的是什么?"

"您上周三没能来参加工作餐。"我说。

"原来是这样,"拉克里茨说,"是的,那天我临时有事,需要请假,而且我想,您和那个男孩肯定也希望单独见面。您知道吗,他和施耐德不再有瓜葛了。"

"我知道,"我说,"那只是卑劣而多余的一段插曲而已。"

"我不知道是否她也如此认为,"拉克里茨说,"但不管怎么说，那个男孩好像心情不错，他现在正忙着清理杂物室的东西，准备搬到角落里那间办公室。"

"哦，"我说，"他有一次用手肘指点过。"

"不是那间，"拉克里茨说，"自从那位同事罹患神经崩溃症以来，这间办公室就一直空着。不过这只是一个开始而已。祝您周末愉快，歌莉，那我们就周一见了。"

"非常乐意。"我说。是周一，而不是这个周末，因为阿丽克萨姨妈的银婚纪念日就在周末。

这一周过得如同飞逝。我和奥立大约通过四十次电话；我开始写第二本洛妮娜小说，完成了五十页；我还帮露露和帕特里克搬家。我之所以帮忙，是因为我很想第一个看到帕特里克的不锈钢光盘架子如何被安置在露露用餐巾手工技术改良过的抽屉柜旁边。

周四晚上，等我们把露露的沙发抬进来，又把帕特里克的沙发搬走之后，帕特里克把钥匙递给我。

"这是所有的钥匙？"我不信任地问。

"当然，"帕特里克说，"你怕什么？怕我晚上偷偷进来攻击你？"

"正是！"我说。

帕特里克不屑一顾地说："别担心！像你这样的我只有在救急的时候才会上一把。"

此时露露当然不在现场——她所听到的帕特里克对我说的话都是蜜饯一般的亲切。有一次他甚至叫我"小妹"。

"其实你对他大可稍微让让步，迎合一下，"露露说，"你这个人在这方面真是麻烦。"

"非常抱歉，露露，作为特例，我对他的了解要多于你：这个家伙永远是一个混蛋!"

"但这丝毫没有妨碍你接手他的住所和厨房,"露露说,"你应该为此感到羞耻!"

"对这样做是否道德的问题我也思考了好久,"我说,"但结果是肯定的!就是这样。"

周五早上门锁被换掉了。房东太太感到有些惊讶,当然我自己付了费,并向她解释说这是风水方面的原因。我在新锁的旁边还安装了一个保险门闩。最后我开车来到父母家。

我的母亲为我订购了一套西服,让我过来试一下。

"我已经告诉过你我有一条裙子。"我说。"红色的,"母亲说,"我没有忘。可能是紧身的,有细细的背带的那种,能使内裤显露无遗。"

"不是,"我说,"是一条漂亮的裙子,真的。"

"这套西服也很漂亮,"母亲说,"和哈娜在阿娜玛丽六十岁生日庆典上穿的那套一模一样。快穿上试试。"

我叹息着就范。西服是米色的,这让我的脸色看起来如同奶酪。

"我真想不通,"母亲说,"这是四十二号的!你倒是站直了。"

"我穿三十八号的,妈妈。"我说。

"真的?哦,一般我都可以目测,你还真是家里最胖的一个。不过没关系,他们二十四小时服务,如果我现在打电话,那你明天上午就可以拿到三十八号的。"

"妈妈……"

我的手机响了。我看了一眼屏幕,是奥立。他又打来了。

"不行,别反驳,明天你穿得像样些对我很重要,因为所有的人都会仔细打量你的,这你肯定知道。"母亲说,"我希望你能昂首站在那里。我也一样!但愿你还没有忘记你将我拖进了怎样一种尴尬的境地——作为一个母亲,她的女儿竟然试图自杀……快点接电话,孩子,这个东西太吵了。"

"喂?"

"喂,我的美人儿,我只想简短地问候一下,你好吗?"奥立说。

"是谁呀?"母亲问。

"我很好,我现在在我母亲这里。"我说。

"你已经跟她提过我了?"奥立问。

"奥立,这没有什么好提的。"我说。

"快点!"母亲说,"就说我们有事,你回头打过去!"

"你真是越来越过分了,"奥立说,"告诉你吧,你知道本周有多少女人暗示我,她们已经准备好随时替代米亚的位置,承担所有的责任和义务?"

"我打赌,一定是你诊所的助手们。"我说,"有多少人?"

"哈哈,有人在妒忌吗?"奥立问。

"手机是一种不文明的东西,"母亲说,"它们真应该被禁止。时时处处都可以找到你——这太可怕了。还有那写不完的短信。连阿尔色尼乌斯和哈巴库克都开始打听怎么写这些东西了。"

我叹了一口气。"奥立,我得打住了,我们周六在贝尔特和卡洛琳娜家见。"我把手机又放进口袋。

"总算完了!你有相配的鞋吗?"母亲问,"一双黑色质朴的鞋会很合适,鞋跟不要太高。我不得不说,你的发型看起来一如反常地端正。要是你再用圆梳子吹一下,就完全可以了。如果有人问你眼下住在哪里,你千万别说住在那个可怕的夏洛特家,你知道他们会怎么想——查莉手臂上文了东西……"

"妈妈!没有人会想得到我住在一个怀孕的、已婚的、和丈夫生活在一起的朋友那里。"

"哈,那你可真是不了解这些人,"母亲说,"知道吗,隐藏在人们心里的阴暗幻想是无穷无尽的。你表妹戴安娜和那个证券经纪人之间的一些尚未被证实的流言正漫天飞舞,不过,正像我说过的那样,是至今尚未被证实的流言。"我的母亲叹道,"你最好断了明天晚上没有男伴、只身前往的念头,我庆幸至少丽歌露露不是一个人去。阿丽克萨对此非常羡慕,因为帕特里克是一位学者,而她的克劳蒂亚只找到了一个平庸的公务员。当我告诉她作为一位IT人员可以赚多少钱时,她的脸色一下子变得无比苍白。"

"IT和牙医,到底哪一个更好?"我若有所思地问。

"愚蠢的问题,当然是牙医了,"母亲说,"这是众所周知的。但是他们可不会轻易让你得到的。还是现实一些吧。"

我的思绪顿时不可阻挡地飞扬起来:我在设想自己怎样坐在黑色保时捷里向宾馆驶去,我和奥立如何一起走在红地毯上。我的姨妈和老姨妈们都为他出众的相貌而惊叹,听到他是牙医时,她们更会惊愕得把假牙咬得咯咯作响,而我的母亲由于骄傲甚至忘记了数落我的红裙子……

"还有,再修一下你的手指甲,"母亲说,"你说,你还是常常啃手指甲吗?你知道不应该这么做的!"

"妈妈,在哪里或者什么时候啃手指甲是我的事,而且,我不想穿这套庸俗不堪的西服!"我本来想这么说的,但是我正好看到母亲用固执的目光盯着我。我活生生地把喉咙里的话憋了回去。

回到查莉那里,我气愤不已。

"我必须要成功地对她提出我的反对意见,哪怕只有一次,"我抱怨说,"可是如果她那样站在我面前,我就是开不了口。也许明天我会因为这套米色的东西而无比狼狈。"

"嗨,那个小革命者到哪里去了?"查莉说,"那个寄出激起层层风浪告别信的歌莉,使这个城市最英俊的牙医为之倾倒并且朝思暮想的歌莉到哪里去了?还有那个成功地写出吸血鬼小说的强大的歌莉到哪里去了?那个歌莉还成为给新公寓换锁的第一人!"

"你指的是那个明天会身着一袭红色长裙,酷酷地出现在阿丽克萨姨妈银婚酒会上的歌莉?"

"对,正是如此,"查莉说,"快把那个歌莉找来,将这个怯懦的歌莉放逐于荒漠之中。抬头!收腹!挺胸!举起握紧的拳头!"

"好。"我说。我抓起电话,全然不给母亲讲话的时间。"妈妈,我很感激你的帮忙,但我还是打算穿我的红裙子。"

"别那么难缠,丽歌露,"我的母亲说,"明天一大早他们就会送来小号的西服,我让你父亲把这个好东西带给你……"

"可是我……"

"这是我送给你的礼物,不,不,你不必感谢,妈妈一直在你身边。哦,有电话打进来,一定是爱维琳。她到底还是试图瞒着我和你父亲就你的租金一事讨价还价。这个吝啬、贪婪的人。我得先对你父亲交代一下,我有证据在握,她确实有淫乱的行为,我这位虔诚的姐姐。"

"哦。"

"不管怎么说，我得挂了。"母亲说。

查莉竖起拇指。"这次你总算说出来了。"她说。

"如果我明天要穿这条红裙子的话，那我必须提前一小时把自己灌醉，"我说，"或者我用白蜡封起自己的双耳，像为了聆听塞壬歌声的奥德修斯的海员们那样。这样我就听不见亲戚们对我的诋毁和母亲对我的谩骂，我可以长时间面带微笑，轻松面对。"

"啊，歌莉，亲爱的，还不如待在家里算了，把双腿放平，舒舒服服和我一起看碟。"查莉说。

"这样可称不上什么革命性。"我说。

"这是无声的革命，"查莉说，"我认为可以。"

你好，歌莉：

妈妈让我们写信给你，让我们告诉你我们很高兴你没有自杀，还有，我们都爱你。

可是我们觉得你想让西所拉而不是我们来继承那些好东西，这样就显得非常冷酷。如果你想再自杀一次的话，请一定要公平。你可以把项链留给西所拉，但是我们想要笔记本电脑和多媒体播放器，至少也应该给我们足够的钱让我们买一个多媒体播放器，因为我们是双胞胎，我们需要双份的。

爱你的阿尔色尼乌斯和你的教子哈巴库克

又及：要是那个电视机没人要的话，我们也很希望拿走。

十七

我可以无比自豪地说,为了在周五晚上穿上这条红裙子,我并没有把自己灌醉。我极为理智地给自己涂上闪闪发亮的唇膏,吹了头发——关于圆梳子是这样,反正梳完之后人们也看不到用的是哪一种——最后穿上那双漂亮的蝴蝶凉鞋。我极为理智地听着查莉和乌尔里希对我的赞美之声,极为理智地关上房门,然后极为理智地前往来克星顿-五年华大酒店。来到这里之后我马上意识到我真不应该如此勇敢,还真有必要事先灌自己两杯伏特加。

"快看,海因里希,那个是歌莉,"我刚走到门厅,还来不及用那个异常大的喷泉做掩护,我的老姨妈艾尔思贝特就已经叫起来了,"就是那个打碎家族迈森瓷器并且几周前试图自杀的歌莉。"

不说也知道,目光扫向我的不只是老姨父海因里希。"可不能这么说,老姨妈艾尔思贝特,"我说,"况且已经过去很久了。"

"我不是你的老姨妈艾尔思贝特,而是老姨妈阿戴尔海特,"老姨妈艾尔思贝特,或者就算是老姨妈阿戴尔海特说。我早就说过她们长得都一样。"你看起来很漂亮,亲爱的孩子,你有没有变得丰满一些?"

"没有。"我说。

"这衣服和你很相配。"老姨父海因里希说。他咂着舌并且用手捏了一下我的腰部。

"你真的写一些被摆放在商店柜台下面出售的色情小册子？"老姨妈阿戴尔海特问。

"它们没有放在商店柜台下面出售，"我叹道，"而是在每个报刊亭都有售。超市里也有。它们不是色情读物。"

"哦，是啊，时代不同了，"老姨妈阿戴尔海特说，"现在这些下流的东西确实到处可见，还卖给低龄人。你总让我多多少少想起我年轻时候的妹妹胡尔达。她也喜欢胡闹。你知道吗，她曾经是跳脱衣舞的？她的乳头上都是流苏，真不知道怎么能固定得住。要不就是用了双面胶？"

"这我可是一点都不信。"我说。

"我也不信，"老姨妈阿戴尔海特赞同地说，"那肯定是用的别的方法。"

"我是说，我不相信老姨妈胡尔达曾经是跳脱衣舞的。"我说。

"也有可能是我在某个电影上看到的，"老姨妈阿戴尔海特挽住我的手臂坦白地说，"在我这个年纪，要想把记忆里的每一件事情都记清楚是很难的。呵，我真高兴。这种正式的庆典越来越少见了，现在人们宁愿在自己家的客厅里庆祝。然而在一个如此豪华的宾馆里举行当然要郑重得多了。能见到所有的人，真是太好了。我已迫不及待地想看看你姐姐露露的男朋友了。大家谈到的都是他的优点。我听说你表妹弗朗西丝卡到底还是没和那个理发师结婚。谢天谢地，他的发型糟糕极了，不是吗，海因里希？活像一只臭鼬。"

"弗朗西丝卡又是单身了？"我不禁暗自庆幸起来。也许今天晚上我还真不是唯一一个没有男伴的人。我朝门厅四处望望，不知是否能在某处看到米亚。她是这里接待处的主管,我隐约地有一种预感,我会撞见她。但是我没有发现她的影子。希望她今天不上班。

"这个明镜厅太华美了,"老姨妈阿戴尔海特说,当我们迈上宽宽的大理石台阶向宴席走去时,她依然挽着我的手臂,"但是旁边那个水晶厅要漂亮得多,可惜它已经被人预订了。可怜的阿丽克萨想尽办法与之掉换,但对方一定非常固执。他们庆祝的不过是七十岁生日而已,甚至都不用跳舞。"

"什么?还要跳舞吗?"

"当然了,我的孩子。维也纳华尔兹,和当年的婚礼一样。就是你打碎瓷器的那次。那可是一声巨响,你还记得吗,海因里希?确实没有几个完好无损的了。只剩下一个牛奶罐,我想知道它现在在哪里。还有,胡尔达根本就不来,她提前飞去撒丁岛了,和一个能做她孙子的男人。"

"我还以为那是他的护理呢。"老姨父海因里希说。

"胡闹。"老姨妈阿戴尔海特说。

台阶还没有走过一半,我就看见母亲身着一套丁香色的套装站在明镜厅的门旁,和她在一起的还有我的父亲以及露露和帕特里克。露露穿着一身黑色的西服,除了颜色以外简直和我那套米色的毫无二致。

我突然间丧失了勇气,松开老姨妈阿戴尔海特说:"哦,我忘了点东西,你先上去吧。"

老姨妈阿戴尔海特紧紧抱住栏杆。"曜,她这风风火火地要到哪里去?"

"她也许正好冒出来关于她色情小说的一个很不错的构思。"老姨父海因里希说。

我匆匆忙忙又走下台阶。我这是疯了吗?如果我现在赶快回家换上那套西服,还正好可以在老姨父弗来德讲话之前赶上自助餐盛宴。那样我就能在剩下的时间里安然坐在一个角落,不受干扰地喝个大醉。

走到第二级阶梯时我跟跟跄跄地撞在一个呆呆注视着我的人身上,竟是阿德里安。

"您怎么会在这里?"我问。

我也呆呆地注视着他,至少像他注视我那样。他穿着西装,打着领带,如果我没有弄错的话,他平时显得稍微有些乱的、酷似八十年代皮尔斯·布鲁斯南的深色鬈发应该被分向两边梳理过。其中一边向外翘起,另一边则向内弯曲。

"啊,不会吧!"我说,"请不要告诉我您是我表妹弗朗西丝卡的新男友!这可大大超出了我的承受力!"

"这个我可以百分之百地予以否定,"阿德里安说,"我根本不认识您的弗朗西丝卡表妹。而您是不是和表兄马丁一起来的?高大、修长,智商一百八,略微有些谢顶的那个?"

我摇摇头。"可惜不是。"我说。

"谢天谢地,"阿德里安说,"马丁的女友们一向是精瘦、戴眼镜、短发的那种,她们看起来一副好像连自己都找不到自己的样子。这虽然比一个人来要好,但是我个人对这些戴眼镜的总有些悲悯,就算她们书架上放着博士文凭和联邦十字勋章,因为她们为了科研而使自己的个体淹没。"

"您也是来参加一个家庭庆典的?"

"是的,"阿德里安说,"在水晶厅。"

"哦,庆祝七十大寿。"我说。

"正是,"阿德里安说,"我父亲的。"

"我们在旁边的明镜厅庆祝姨妈阿丽克萨的银婚,"我说,"还请了一个弦乐队。"

"我们请了无伴奏乐队和一个魔术师。"

"为此我们定做了五层的婚礼蛋糕,"我说,"用的是银质的罩子。"

"我叔叔要朗诵一首三百个诗节的长诗。"阿德里安说。

"我们朗诵自己创作的诗,还要以'听,外面进来那个是谁'的旋律进行歌唱。"我说。

"我的母亲将为我父亲和她三个优秀的儿子致一个颂词,她会把尼古劳斯捧到天上,为阿尔班的成就喜极而泣,最后,她会叹息一声说,不要忘了我们最小的儿子格利高,他又没能把自己的领带打端正,然后众人都将大笑。"

"我的姨妈和姨父要跳华尔兹,其他人都必须跟着一起跳,"我说,"我猜我又是参加宴会的人中唯一一个单身女性,而唯一一个单身男性是老姨父奥古斯特,他马上就九十三岁了。跳舞的时候我得抓住他的尿袋子。"

"好吧,您赢了。"阿德里安笑了。

"您的领带确实打得不对。"我说。

"我知道,"阿德里安说,"我查过黄页,可是里面没有帮人打领带的应急服务。"

"我可以帮您。"我说。

"您怎么会打领带?"阿德里安好奇地问。

"哦,是我母亲教给我们的,"我说,"她觉得一个正派得体的女孩子应该会做这些。"我小心地在他颈部松开领带的结,又打了一个光滑的,"我们可以拿父亲练习。每天早上他的领带都会被打四次。为此他要早起一刻钟。但到底还是派上用场了。您看到了吗？多漂亮的一个结。"

阿德里安鼓起勇气说："啊，您是一个天使。真的！我敢打赌，现在我母亲根本不知道她应该如何在颂词里对我进行评价。"

"呵，她肯定会找到另外一些合适的东西来表述，"我说，"如果我是您母亲的话，我会就您的发型来一番评述。"

"有什么不对的地方吗？"

"看起来好像是——梳理过的样子。"我说。

"哦，我母亲喜欢这个样子。"阿德里安说。

"您确定吗？"

"我们之间难道不是早就以'你'相称了吗？"他问道。

"提露丽？是你吗？"有人在我身后的台阶上叫道。

"啊，坏了！"我说，不用回头都知道，"是我母亲。"

"穿紫色衣服的那位？"

"丁香色的。"我说。

"薰衣草色。"母亲纠正道。她站在我身边，一股浓郁的驿马车香水的气味扑面而来。"我们可以松一口气了，孩子！你的表妹戴安娜一个人来了，虽然玛丽·露易丝说那个证券经纪人因病卧床在家，但是我们大家都心知肚明，他们已经分手了！你还站在这里做什么？所有的人都在等你呢。"

"我只是……我想……"我支支吾吾。

"她只不过想跟我打个招呼而已。"阿德里安说，"晚上好，塔勒太太，我想您应该是。我是格利高·阿德里安博士。我和歌莉在这里偶遇。我们家在水晶厅有一个庆典。"

"博士？"当我母亲和他握手时，我困惑地重复道。

"很高兴认识您，"她说着并仔细打量他，就如同在超市把一个青椒放进购物车之前的挑选，"您是露丽歌莉的牙医？"我的心忽然被揪紧了,因为我在一瞬间认定,母亲知道我和奥立的一些事。

"要不就是妇科医生?"她继续说。在母亲的这种猜想下,我看到阿德里安像妇科医生那样审视我的目光,我的脸顿时变得通红,如同我的裙子。

"我想,她没什么病吧?"母亲说,"前段时间她有些过于疲劳……啊,不是吧,希望您不是心理医生?"在这种情况下我的脸本来应该更红的,但是由于已经到了极限,更红是不可能的了。

"我不是医生。我获得的是艺术史的博士学位,"阿德里安说,"很可惜。"

"哦,真有趣,"母亲说,"我的三女儿提歌露露是德国语言文学的博士。允许我问一下,您是如何认识丽露歌的?"

"哦,请问您说谁?"阿德里安问。

"她指的是我。"我说。我的脸颊烫得要命,我对他发出无声的诉求:不要说!不要说!不要说!

"哦,我们是……在博物馆认识的。"

阿德里安蹙着额头说。

我翻了个白眼。阿德里安耸耸肩,做出一个抱歉的手势。

"在博物馆?"母亲重复说,"哦,当然了,您作为艺术史学家——但是,露歌丽到博物馆做什么?"

"哦,请问您说谁?"

"她指的是我。"我绝望地说。

"哦,出于考证的目的,歌莉经常去博物馆。"阿德里安说。

我用手敲着自己的额头。

"为了创作她的一部历史小说。"阿德里安继续说。

"原来是这样，"母亲一边说一边抓起我的胳膊，好像要绑架我的样子，"能在这里认识您真是太好了，但是我们现在必须要走了，因为我妹妹非常注重时间观念，而且歌莉还要在入口处拍照，是给《来宾题词纪念册》用的。你偏偏要穿这条裙子。我知道你就是想让我丢脸，我到底对你做过什么，让你从来不按我的意愿行事？这到底是什么唇膏？你究竟是一个停车灯还是一位年轻女子？"

"是个停车灯，妈妈。"我说。当她拽着我走上台阶时，我越过自己的肩膀抛给阿德里安一瞥。他微笑着竖起大拇指。天哪，他看起来多么可爱！连同他那疯狂的发型都无比可爱。

"要不我们稍后再见一面，等我和老姨父奥古斯特跳完华尔兹之后？"我说。

"好，"阿德里安说，"我肯定会出来几次透透气的。"

"很不错的男人，"母亲说，"结婚了？"

"没有。"我说。

"同性恋？"

"也不是。"我说。

"你看，"母亲说，"就是应该多去博物馆啊。"

等自助餐开始的这段时间十分冗长，尤其是我找到了自己位于老姨父奥古斯特和老姨父海因里希之间的位子，而他们两个人轮流在我脸颊、腰部和大腿上捏来捏去。老姨父奥古斯特还试图再捏我其他部位，我用汤勺狠狠地打在他的手上。

"哎呀！"他说，"你这样对待我们老年人！"

"下次我会用叉子。"我警告说。

我对面坐着提娜、弗兰克,以及西所拉、哈巴库克和阿尔色尼乌斯。提娜穿着和露露一模一样的西服,只不过是浅褐色的。

"饿啊,饿啊!"哈巴库克和阿尔色尼乌斯用叉子敲击着桌面叫道。我刚才递给他们两个多媒体播放器——这从教育学角度来看也许并非明智之举,但是我现在刚好手里有钱,而且他们在信中写的也不无道理。出于惊讶和狂喜,他们至少有一刻钟很乖、很听话。我几乎可以肯定,他们不会再提电视机和笔记本电脑的事了。

可是现在他们又恢复了原样。

"我们难道是霍屯督人吗?"老姨妈阿戴尔海特说,她离那两个座位比我还远,"现在的孩子们完全不懂得注意自己的行为举止。以前如果我们不是安静地坐在那里,会被拐杖打的。"

这反而激起了阿尔色尼乌斯和哈巴库克的极大兴趣。他们请求老姨妈阿戴尔海特讲一下细节。她叙述老师如何将她狠狠打了一顿,以至于血顺着腿流淌下来。阿尔色尼乌斯和哈巴库克突然发出一阵惊呼声。

"那是什么时候的事?"桌子另一头的老姨妈艾尔思贝特问——我觉得她就是艾尔思贝特。

"嗯……十九……也许是我在哪个电影里看到的。"老姨妈阿戴尔海特说。

"这条裙子真漂亮,"提娜对我说,"你穿简直太合适了。你瘦了吗?"

"可能有一点点。"我说。

"我本来也想穿裙子的,"提娜说,"但是妈妈喜欢这套西服……"

"看起来还不错。"我说。

"只是可惜颜色像大便。"哈巴库克说。阿尔色尼乌斯大声喊道:"像拉肚子的大便!妈妈拉了一大堆,妈妈拉了一大堆。"

老姨父奥古斯特从口袋里掏出一张字条。"我的抒情诗,"他说,"没有眼镜我没法读。你能帮我再朗读一遍吗,亲爱的孙外甥女?"

"听,外面进来那个是谁,哈啦嘿,哈啦吼,"我读道,"一定是我心爱的人,哈啦嘿,哈啦吼。老姨父奥古斯特,这是原来的诗句,你应该自己写一首。"

"是啊,是啊,"老姨父奥古斯特说,"但是我还没有想好。"

我手袋里的手机响起《丘比特交响曲》。

"现在我才不让哈里的这些愚蠢的臭狗屎玩意儿来打扰我,"老姨父古斯塔夫抱怨道,"不过我倒是挺喜欢唱歌。这真是不公平。我会唱那么多动听的曲目,我唱得和汉斯·阿尔伯斯①一样好。我唱歌的时候,姑娘们都匍匐在我的脚下。"

"这动听的音乐从哪里来的?"老姨妈阿戴尔海特问。

"从歌莉的手袋里。"提娜说,"歌莉!我们还真应该关掉手机。"

我从手袋里拿出手机。"喂。"我低声说道。

"喂,我的美人儿,你正在做什么?"奥立问。

"他想排挤我,那个哈里!他不愿意让我参与节目表演,"老姨父古斯塔夫说,"就凭他拙劣的钢琴弹技!"

"奥立,现在不方便讲话,我正在来克星顿酒店参加姨妈的银婚纪念酒会,我跟你说起过,这里绝对禁用手机。"我小声说道。

---

① 汉斯·阿尔伯斯(Hans Albers),德国汉堡知名的水手歌唱家。

"在来克星顿——有没有看见米亚?"

"没有,到现在为止还没有,"我说,"但是我随身携带胡椒水喷射器,以防万一。"

"一个手袋怎么会发出如此动听的音乐?"老姨妈阿戴尔海特问,"我也想有这样一个手袋,海因里希。去问一下歌莉,在哪里可以买到。"

"查莉说你找了新的住处,并且已经签了租房合同,是这样吗?"奥立问。

"是这样。那是位于城南的一个特别棒的公寓,"我说,"我难道还没有告诉你吗?昨天我拿到了钥匙。"

"没有,你还没告诉我,"奥立说,"反正你是忘记了。你不觉得这有些不正常吗?"

"怎么?"

"所有人都知道你要搬家了,为什么只有作为你男朋友的我还不知道?"

"奥立,你不是我的男朋友——我是说,你当然是我的一位男性朋友,但不是那种意义上的……"

"你租房子做什么?你可以搬到我那里住。马上!"

"谢谢你的提议,"我说,"但是——不了。"

"歌莉,你玩这种浪费时间的游戏是不郑重的行为。"奥立说。

"奥立,这不是游戏!"

"你吊了我好几周了。如果这不是游戏,那到底是什么?"

"无奈的郑重。"我说。但是奥立没有笑。

"我需要的只不过是一个明确的回答,"他说,"你爱我还是不爱?你想不想和我一起生活?"

"我的确非常非常爱你,奥立,但是我……"

"歌莉,快把这东西收起来,阿丽克萨姨妈过来了!"提娜喝道。

"哎,你知道……我现在真的不方便……"我低声说着并躲到老姨父海因里希的身后。

"是还是不是?"奥立说,"你只需要回答是或者不是。这应该不是什么难办的事吧。"

"你的问题是什么?"

"歌莉,不要太离谱!"

"不要,奥立,我……"

"你想和我在一起吗?是还是不是?"

"是不是有人没把手机关掉?"我听见阿丽克萨姨妈说。

"奥立……"

"歌莉的手袋能播放音乐。"老姨妈阿戴尔海特说。

"是还是不是?"奥立问。

"在这一刻首先就不是,"我说,"我很抱歉。我不喜欢被人拿枪对着胸口的样子。"

"好吧,"奥立说,"看来你想继续把游戏进行下去。"

"你想要一个答复……"我说,但奥立已经挂断了电话。我把手机扔回手袋,刚好在阿丽克萨姨妈到来之前。

"我不想再听到你的手袋里发出什么动静了。"她严厉地说。

"有其母必有其子,"老姨父奥古斯特带着哭腔说,"哈里也不想再理会我们的唠叨。他们对我们老年人什么都做得出来。"

"要不要让我们替你写一首?老姨父奥古斯特?"阿尔色尼乌斯自告奋勇道,"我和哈巴库克,我们写的诗很不错。我也有一个熏火腿儿,哈啦嘿,哈啦吼;今天我想和你们扎个堆儿,哈啦嘿,哈啦吼。"

"还要加进去'大便'这个词。"哈巴库克提议。

"还不错,"老姨父奥古斯特说,"可惜我没有熏火腿,你们试试用人造膀胱管道来写一首吧。"

为此,哈巴库克和阿尔色尼乌斯有好一阵都在旁边苦思冥想,徒劳费尽心思。

"这样好不好?"我忽然冒出一个好主意,"老姨父奥古斯特,我把我写的诗送给你吧。你看,我把字体打印得特别大,你不用戴眼镜就能读。"看起来这并没有我想象的那么严重,因为表弟哈里将此诗未作删改便收进他的纪念文集里了,这个呆瓜。

老姨父奥古斯特被感动了。"你愿意帮助我吗?你要把你登场的机会让给我吗?外甥孙女,你真是一个天使。"

"是,我知道,"我说,"可是你不能因此就摸我的大腿!"

老姨父奥古斯特说:"我根本没有察觉。我们两个人过会儿一起跳华尔兹吗?"

"看来还真是这样,老姨父奥古斯特。"我说。

"自助餐开宴了。"姨夫弗来德说。阿尔色尼乌斯和哈巴库克一跃而起,直冲向前。

"你们最好只取一些自己想吃的东西。"弗兰克在后面喊道。这个可怜的爸爸不得不每次都吃他们的剩饭。

"你最好跟他们一块儿去,"提娜说,"否则他们又要先从餐后甜点吃起了,而且阿丽克萨姨妈让我做一个关于儿童教育方面的报告。"上次阿尔色尼乌斯和哈巴库克吃掉了预计为二十个人准备的整个冰冻布丁圆蛋糕。如果只是这样,还不算特别严重,但是之后他们将吃进去的一半又吐了出来。我就不说他们吐到哪里去了,说不定您现在正在吃饭呢。"

等第一批人取过食物之后,我和西所拉一起走向自助餐桌。

饭菜如这个家族一贯的那样,美味而丰盛,这一点必须要肯定。

"让我来指给你,在这种庆典上我们必须要吃的东西,"我说,"某些食物看起来不怎么样,但它们很好吃。相反的,那些我们不用去尝。"

"反正我也吃不下什么,因为这可恶的牙套。"西所拉说。

"啊,你这个小可怜。你还要戴多久?"我询问道。

"四个月!"西所拉说,"上次班级聚会时,牙套上卡进去一片菠菜叶子,我根本就没有觉察到。从那之后他们称我为'菠菜比萨'。没有任何男孩愿意亲吻一个比萨。"

"哦,可不能这么说。随着年龄的增长,他们会慢慢开始喜欢吃比萨的。"我说。

"歌莉?"西所拉睁着大大的眼睛望着我,"妈妈说你小时候也很难看,是这样吗?"

"不是,"我说,"你妈妈小时候才难看呢!她双耳竖立,甚至连她的一头鬈发都不能遮掩它们,而她却自以为很美。她还经常穿带垫肩的上衣,看起来就像是为了争夺奖牌吃了兴奋剂的摔跤手。"

"你觉得我长大以后也会变漂亮吗?"西所拉问。

"我觉得你现在就已经够漂亮了,茜茜,"我说,"等你的牙套取出来之后,你的感觉会大不同——我敢打赌,那些男孩子最后会发现你到底有多漂亮。重要的是要让身体挺直,肩膀往后,让下巴稍微仰起,要直视面对你的人。抬头,挺胸——瞧,像我这样。"

我手里的盘子撞到了露露身上,她和表妹戴安娜被人群滞留在三种烤肉旁边。我剥掉了沾在露露夹克上的一片莫萨里拉奶酪,这惹得西所拉哧哧地笑个不停。

"嗨,歌莉,你看起来真的棒极了,"戴安娜说,"这是那个会和你结婚的博物馆馆长产生的效力吗?"

"什么?"露露问。

"我的母亲刚才流着泪告诉了我这一传言,"戴安娜说,"或者这并不是什么传言?"

"就是,"我说,"我根本不认识什么博物馆馆长。"

戴安娜叹道:"这个家族的人太可怕了,他们常常捏造一个事件,然后把它和私生活联系在一起。就说我和尼克吧,我们之间的关系坏透了。别的母亲肯定会为我们的分手而欣喜万分,我的母亲却号啕大哭:一个股票经纪人啊,我的孩子,你以后再也找不到像他这样的人了!"

"是的,形单影只地来参加这样一个该死的庆典,确实是需要很大勇气的。"露露说。

"你是站着说话不腰疼,你现在有这么一位——对了,能再告诉我一下他做什么工作吗?"

"IT行业,"露露说,"还有,我们现在一起住。他人真的很不错。一会儿我介绍你们认识一下。"

"不着急,"戴安娜说,"弗朗西丝卡此前说过,要是她这次作为单身出现在这群人面前的话,她会砍下自己一只手,让我们看看,她会和谁一起来?"

"我刚才看见她和一位相貌英俊的男人在一起,"露露说,"妈妈告诉我他是位兽医。"

"她怎么这么快就搞上了一个?"戴安娜问,"不会的,不会的,这肯定又是一个谣传。"她向四周望了望,又说,"她在哪儿?我今天根本没见到她!她被安排坐在表姐克劳蒂亚和她那位金融部门的公务员旁边,对面坐着表姐米丽亚姆的十一个孩子。"

"五个。"露露说。

"四个。"西所拉说。

"几个根本无所谓,"戴安娜说,"米丽亚姆教给她的孩子们如何模仿钟表的嘀嗒声。常常是,如果她说'可是戴安娜,你已经超过三十岁了,难道你听不见自己的生物钟的嘀嗒嘀嗒声吗'的时候,所有的孩子就发出嘀嗒嘀嗒声,好似《彼特·潘》里的那只鳄鱼。哦,弗朗西丝卡在那里,就在你父母身后!"

"我和帕特里克坐在黑拉和弗尔克以及他们的孩子那边,"露露说,"虽然自助餐还没开始,但我们已经做了两次餐前祷告。他们祷告起来都显得十分古怪。对了,你们知道吗?黑拉又怀孕了。"

"这次肯定会生一个天主教本笃会的修士。"戴安娜说,"啊,我真不敢相信!那边!弗朗西丝卡旁边那个!"

"那个兽医?"

"我受不了了,"戴安娜叫道,"什么兽医!我认识他!"

"他们在哪里?"我和露露都伸长了脖子。

戴安娜笑道:"变成灰我也认得他!真不敢相信!我妹妹在网上物色了一个人!也太凑巧了!"

"在哪里?在哪里?"我和露露急切地问。我们依然没有看到表妹弗朗西丝卡和她的新男友。

"真是笑死我了,"戴安娜说,"这个家伙真无耻!叫什么'棒槌硬当当35'!我是去年在交友网站 dating-café.de 上认识他的。嗨,你们两个不要用惊恐的目光看着我!我刚刚经历过一段非常非常艰难的时期,而因特网正好是一个可以结识男人的媒介。并非所有的男人都像'棒槌硬当当35'那样专做坏事。"

"三十一。"我轻声说道。现在我发现了表妹弗朗西丝卡在大厅那边正和我父母交谈。帕特里克也在旁边站着。

"什么三十一,"戴安娜说,"那是再普通不过的尺寸——最多也就十六厘米。他不过是以他的三十一厘米来引诱我而已。我快笑死了,不骗你们!如果这不是一个偶然的话。他先引诱了我,然后是我妹妹。"

露露的脸色苍白如同僵尸。"我想我要昏倒了。"她说。

"非常抱歉。"我说。

"对不起,我先走一步,好吗?我现在就去那里向他问个好,"戴安娜说,"我倒是挺想看看他的嘴脸!"

"很可能他已经不记得你是谁了,"我朝她的背影说道,"他的记忆力并不怎么好。"

"啊,我的天哪!"露露说,"我想我要吐了。"

亲爱的外甥孙女歌莉：

由于我尚在旅途之中，不能和你在阿丽克萨的银婚酒会上见面，故此我非常乐意以书信的形式对你信中的问题给予答复。

首先要说的是，对于你继续生存下去的决定我深感欣慰。人生就是一场巨大的冒险，我的孩子，而林林总总的问题无外乎是给了你向世人展示你各种能力的机会。宝贝，展示给他们看吧，你年轻而美丽，并且内心充满幻想——如果可以的话，我愿意立刻与你交换。

我从未有过婚姻，因为我爱的人当时已经结婚了。对那个身患重病的女人，我们是绝对不想再增加她的痛苦了。而我又不能接受其他男人——即使有所谓合适的男人——我们如同斯宾塞·屈赛和凯瑟琳·赫本一样：一对秘密的恋人，互相拥有对方的爱，却不能和任何人分享。不同于他们的是，我们甚至连在一起拍电影都做不到。可是我从未因他恪守对妻子的信义而感到后悔。二十多年前，他去世了，而他的病妻至今健在。

在对爱情的追求上，你要非常理性地对待，不要被这个家族和你愚蠢的恐慌感所误导：不要退而求其次，并为此而沾沾自喜，永远不要。努力去得到你爱的人，否则你只能强迫自己去爱你所得到的那个人。

我非常喜欢你的小说，我们养老院里的所有女性也都为之倾倒。你还有没有其他作品？如果有，那我们这里所有的人都会喜悦万分。我对小说用廉价的薄纸印制而成深感可惜，因此我请求一位朋友将小说逐字逐句用打字机打好，印在以手工制造的纸张上，并装订成册。随信寄来的是选用上好的摩洛哥羊皮并加以金色书口的《儿科护士安吉拉》的收藏版。我敢肯定，这样的版式也可以吸引其他的读者群。也许你应该向你的出版社提个建议。

受这些读物的启发，我本人也开始以自己的经历为素材写作。如果你愿意将随信附上的这个手稿交给出版社的编辑，我将不胜感激。我把书名定为《在里维耶拉的日子：一段遗失的时光》，当然它只是暂用名。如果他们喜欢我的小说，我可以创作更多。如果他们认为小说里关于爱情场景的描写过于大胆，自然允许他们进行删节。

我亲爱的孩子，从现在起，我祝愿你得到一份美丽人生，永远记住：有一颗心可以让你失去，这恰恰证明了你尚有一颗心。

你的老姨妈胡尔达

又及：请收下这张支票，去买几座房子或者你喜欢的其他一些东西。但这并不是最好的方法，所以我建议你也可以考虑买一辆敞篷车或一条狗，或者二者都买。这两种东西都能够大大增加你与男性建立初次交往的可能性，而且它们也都能够让你在没有男人的世界里不再那么难挨。

十八

露露没有吐,她是在喝掉整整一瓶苏格兰威士忌之后才吐的。她在洗手间以冷水泼面,但没有哭,没有流哪怕一滴泪。

"露露,我感到非常抱歉,"我说,"无论如何我不希望事情变成这样。"

"这不是你的错,"露露说,"你已经试着警告我了。"

"你知道吗?依我看,帕特里克演绎这段'棒槌硬当当31'的日子已经是很久以前的事了,"我说,虽然我相当不情愿替这个混蛋辩解,"他肯定转变了。而他确实爱你。"

"他这个满口谎言的畜生,"露露说,"你根本不会相信,他在否认和你认识时有多么坚决。"

"啊,是啊,他完全不记得我了,"我说,"他倒不是在演戏。"

"因为你只不过是那些众多女孩子中的一个,"露露说,"就像戴安娜。"

"不是这样的,"我说,"和戴安娜相反,我根本没有检查过他的棒槌的真实长度。他骂了我一句'性冷淡'之后,就冲出了咖啡厅,而我还不得不替他付卡布奇诺的账单。"

"我简直是瞎了眼,"露露说着,又打开冷水管,"歌莉,对不起!我非但没有听从你的劝告,反而还责备你!我怎么会这样！"

"好了，"我说，"如果有个两全其美的办法就好了。"

"那我现在该怎么办？"露露问。

"唉，我也不知道，"我说，拼命压制着自己即将脱口而出的回答，"有时候，如果爱一个人，就不去计较类似的种种误会……"

"你疯了？"露露冲我嚷道，"我应该和这么一个虚伪、龌龊的东西一起生活吗？你不觉得这样我有一点点可惜了？"

"是的，当然，"我说，"但是你倒是想一下……"

"想什么？想一下我已经三十二岁了吗？想一下我的母亲会因为我再次单身而罹患叫唤痉挛吗？想一下家人会把我当成麻风病人那样对待吗？""就是这样。"我说。

露露呼了一口气。"这些对我而言真是太无所谓了。和你相反，如果我境遇不佳，我首先想到的不是自杀。我要给这个混蛋一点颜色看看。至于母亲说什么，我才不管呢！"

"好吧，"我松了一口气，"你必须把他从你的住处赶走，听见了吗？然后换一个新锁，像我那样。"

"不！这不行！"露露说，"要是我现在把他赶出去，他就会回到原来的住所。他的租房合同在一号以前还有效。"

"但是他进不去。我把门锁换了。"我带着胜利的喜悦说。

"这不管用，从法律上讲，在下周四之前，他还有权进入那个房子！"露露边说边擦眼睛，"他甚至有可能对中止合同书提出反驳……这种情况绝对不能让它发生。"

"露露，我放弃那套房子！做得干脆一点：把他轰出去！"

"绝对不行，"露露说，"我可不能便宜了他。"她整理了一番，问道，"我看起来怎么样？"

我想说，像费尔德曼殡仪馆的一个工作人员，但我还是说："像往常一样，就是面部有点湿。你需要化妆吗？我包里有。"

"谢谢，"露露说，"其实我不想化妆，以防有人察觉。"

"你熬不到下周四的。"我说。

"哈，那你可小看我了，"露露说，"我会坚持到那一刻，甚至连'白菜汤减肥法'都会照做。现在你进去吧，装作什么都没发生。戴安娜那里，你可以用双胞胎搪塞过去。我随后就到。"

在洗手间前，阿德里安倚在柱子上，手里拿着一支手工卷制的大麻。

"您在抽烟？"我问。

"不是，"阿德里安说，"我在非常认真地思考，我应不应该这么做。这支大麻是我刚才从我侄子那里没收的。"

"哈！被我们抓到了！"我说，"你的哥哥们也并不是十全十美。"

"我的哥哥们确实十全十美，但他们的孩子不是。"

"是的，因为太多小提琴课的缘故，"我说，"这是显而易见的！要是我的话，就会告诉你哥哥，他的教育方式显然不太灵。"

"我已经同意不去告密了。"

"可惜。你的母亲已经致完辞了？"

阿德里安点点头，他踌躇着把大麻夹在两根手指之间。

"哦，很严重吗？"我同情地问。

"哦，不是，这次是这样的，她只在最后对全体进行了一次呼吁，以便能给我找一个妻子：我们的格利高快三十五岁了，也许有谁认识一位可以和他共度此生的年轻女士？"

我笑了。"这真是精彩极了。下星期他们肯定会找来很多女士供你挑选。"

阿德里安也笑了。"你那边怎么样？和那个'尿袋子'已经跳完舞了？"

"还没有，"我说，"即便如此，也已经弄得我手忙脚乱了！"我很高兴，我们现在简单地以"你"相称。我向他微笑。

露露从洗手间走出来。"我不是说过你应该先走一步？"她生气地说。

"你左边脸上的胭脂太多了。"我说。

露露用手擦了擦脸蛋。"好点了吗？"她这才意识到阿德里安的存在，并将他从头到脚细细打量了一遍，"您是哪位？弗朗西丝卡的兽医？"

"不是，"阿德里安说，"我是，哦……"他用询问的目光看着我。

"天哪，"露露说，"您倒是应该清楚地知道您是谁。"

"格利高·阿德里安是曙光出版社的总编辑，"我说，"他的父亲正在旁边的水晶厅庆贺生辰。格利高，这是我的姐姐露露。她刚刚恢复单身状态，还没有从阴影中走出来。她平时要随和得多。"

"我现在还不是单身啊，"露露说，"要从下周四开始。请问您一下，这是不是一支大麻？"

"是的。"阿德里安说。

"能送给我吗？"

"当然——这里，请吧。"

"谢谢！"露露把大麻扔进自己的包里，说，"我们一会儿见！我现在就进去了。"

"抬头，收腹，挺胸。"我说。而露露已经离去。

我的手袋里又响起《丘比特交响曲》。

"你的手机！"阿德里安说，"你够幸运，竟然还有手机！我们那里在入口处都要把手机留下，无论如何不允许私自携带手机入场。"

"你要用吗？"我从手袋里拿出手机。

"里面有几个不错的游戏吗？"阿德里安问。

"等一下，我得接电话。喂？"

"我考虑过了，"奥立说，"这样下去不行。"

"你指什么？"

"我指的是我们，"奥立说，"我和你！"

"我们刚才不是已经说清楚了吗？"

"可那并不是你的本意，"奥立说，"对你，我自然了解。"

"可惜不是这样。"

"哦，当然，歌莉，我太了解你了。而且我知道，如果你能够重新考虑一下，你会为你说的话感到后悔的。"

"你也许了解我的牙齿，奥立，但是其他方面……"我的目光转向阿德里安，他背对着我靠在柱子上，正向门厅望去，"为什么我们非要一而再、再而三地讨论这个问题？"

"因为我想得到一个答复，已经忘了吗？"

"我刚才给过你答复了，已经忘了吗？"

"但那不是一个经过深思熟虑的答复。"奥立说。

"这正是问题所在，"我说，"你不给我考虑的时间。"

"因为没有什么值得考虑的，"奥立说，"这种事必须用自己的一颗真心来决定。"

"切。"我说着将目光投向阿德里安。他那经过梳理的头发在强烈的吊灯灯光下呈现出一种红色的光泽,并且依然执着地一边向内一边向外翘着。我忽然有把双手插进他的头发将它弄乱的冲动。

"切?这就是你能告诉我的一切吗?"

"也许你是对的,奥立,"我望着阿德里安的背影若有所思地说,"如果我爱你的话,我应该能清楚地知道这一点,那么我就不会犹豫不决地绕圈子,而是迫不及待地只想见到你,只想守在你身边爱你——哦,我的天哪!"当然!我的感受正是如此。

那个人不是奥立。

"这就是说,你不爱我?"

"没有你所期望的那么多,"我说,"但是我们可以一直做最好的朋——"

"不要说下去!"奥立对我喊道,"不要说!"

"我们还可以做朋友——"

"我告诉你不要说了!"奥立咆哮着,震耳欲聋,以至于阿德里安扭过头来关切地望着我,"我现在去找你,我们把事情彻底谈清楚!你根本就不知道自己都说了些什么。"

"奥立!你敢来!"我叫道。但奥立已经挂断了电话。

"那是谁啊?"阿德里安问。

"一个——我的牙医。"我说。当我注视他的时候,我的心悸动不已。"你要不要进去呢?他们肯定惦记你了。"

"你也是,"阿德里安叹道,"我是指你那些人。"

"是的,甚至非常非常。我敢肯定,表嫂黑拉还要专门给我做一个关于耶稣的报告,老姨妈艾尔思贝特要针对我写的色情小说发表评论,而玛丽·露易丝姨妈则想确认我真的不是跟一个博物馆馆长谈恋爱。哦,还有,我的老姨父们一定还想知道我作为拉拉，跟女人在一起是什么感觉。"

阿德里安笑了。"关于我是同性恋的谣言被另一种消息取代了，有人看见我和一个妓女在一起。"

"那一定是玛丽亚娜·施耐德，"我说着，赶忙用手捂住自己的嘴，"对不起，我只不过想到，可能是因为她身上众多黑色的皮饰。"

"是的，确实如此，"阿德里安说，"他们说的应该是一个女施虐狂吧。"

"我可以和你一起进去，告诉他们你不是受虐狂，"我说，"但恐怕一个吸血鬼作家肯定不是你父母心中的合适人选。对吗？"

"哪，你听我说，"阿德里安说，"他们已经绝望到连一个施虐狂都会接受的地步了。对你，他们会高兴死的。"

"可是我连大学都没读过，"我说，"而且我也不是什么模特。"

"相信我，要是他们知道我有你这样一个女朋友，他们会狂喜的，"阿德里安说，"可是如果你的家人知道你和曙光出版社的主编在一起，他们会是什么态度呢？"

"哦，曙光！难道就是出版那些不健康的、放在柜台下面出售的小册子的那个出版社？"我说，"另一方面，他们又会说：她已经三十岁了，你再瞧她的头发，一位牙医是不会再要她了。"

"牙医很优秀吗？"阿德里安问。

"是的，牙医只不过是被那些有贵族气派的大庄园主吹捧起来的，"我说，"你真的拿到了艺术史的博士学位，还是刚才随口说说而已？"

"这个学位我倒是真有，"阿德里安说，"就是迄今为止还没有派上什么用场。得到曙光出版社的一个职位时,我简直太高兴了。而现在,作为曙光的主编,我的收入的确也不错。"

"那倒是,不过艺术史和你的工作几乎没多少关系。"

"你现在就别再揪住这个不放了。"阿德里安说。

"换了我,那将是我最后的选择,"我说,我对自己的声音如此温柔感到吃惊,"你得到曙光的职位真是太好了,否则我们永远不会相识。"

"对,是这样。这是这个职位带给我的最好的收益。"阿德里安向我靠近了半步,"伴随着一声呻吟,他将她扯到身旁,他开始吻她,狂野而热烈。"

"什么?"我似乎受了一击,呼吸变得急促,因为他离我那么近。

"经过了这么长一段时间,他才意识到,只有她才能打开他的心灵,才能激起他肉体的狂热。"他说。

"真的吗?"现在我的双腿变得如此绵软。我需要倚在栏杆上。

"她是他黑暗世界里的一盏灯。"阿德里安继续说道。

"啊,糟糕,这是我写的吗?简直是——太庸俗了!"

"不过下面就好多了,"阿德里安说,"他用健壮的双臂将她抱起,放在他的床上,让她躺倒在那张熊皮上……"

"哦,我的天哪,我想起来了。"我说。我的乳头坚硬得犹如两块小圆石。

"自从我读过它,我就一直幻想着跟你做这些。"阿德里安轻轻说道。此刻他终于开始触摸我,即使不是我期望的被触摸的部位。他无比轻柔地触摸着我的一缕头发,从上到下。

"这里是宾馆,"我说,我的样子似乎刚刚跑完了一百米,"我们可以在这里订一个房间。"

"带熊皮吗?"阿德里安问。他的唇距离我的脸如此之近,我能够听见他的呼吸声。他闻起来有草莓的味道。

"关于熊皮,我们得另作打算。"我说。

"你能肯定——啊,这是谁?"

阿尔色尼乌斯和哈巴库克不知何时突然出现在我们身旁,显然他们被派来找我。"歌莉!外婆说你得马上进去,因为我们现在要唱歌了。我们是不是应该告诉她,你愿意继续留在这里和人家亲热?"

"是的,"我说,"我是说,不!告诉她我马上就来。"

阿尔色尼乌斯和哈巴库克离开了。

"快,我们走吧。"我说着拉起阿德里安的手走向台阶。

"可是你刚才说……"

"我说我马上就来,"我说,"我会的。"

而阿德里安则全然不动,他将我拉过来开始吻我——啊,给我的感觉正是狂野而热烈。我极力和他贴得更紧,紧得甚至连一本小册子都插不进去。

这是一个漫长的经典之吻,最后我们终于手牵手快步走向前台。

"一个双人房间,"阿德里安说,"如果可能的话,要一个带浴缸的。"

听他这么一说,我感到自己的腿顿时失去了知觉。刚好我还可以以前台作为支撑点。"浴缸的场景没必要吧。"我低语。

"我想看看我们能走到哪一步。"阿德里安说。我非常庆幸那个把钥匙摘下来并好奇地看着我们紧紧相拥着走向电梯的人不是米亚。

"提露歌莉！这次你可太过分了！你到底去哪儿了？"我的母亲叫道，"奥古斯特老姨父不得不替你唱了一首歌，还有，戴安娜和他跳了华尔兹，他的尿袋不知道怎么回事出了点故障，然后来了一个年轻人，他自称是你的牙医，说有要紧的事和你商量。"

"哦，不会吧！"我说，我把他忘了个精光，"那他现在在哪里？"

"我怎么会知道？"母亲说，"露露和帕特里克刚才招呼过他。我们都还以为你马上就会回来！你去哪儿了？"

"我……我把东西忘在家里了，"我说，并用手指摸了摸自己的嘴唇。由于那个吻，我的嘴唇几乎受伤。"我离开了多长时间？"

"两个多小时！"母亲叫道。

我和阿德里安本来还想待得更久，但是我们都清楚地知道，我们很有必要休息一下。

"也是出于健康的考虑。"阿德里安是这样说的。我打算有机会的话，马上在网上查一查性高潮过多会不会对身体有害。

"如果我们现在悄悄溜进去，也许他们根本不会意识到我们曾经消失过，"阿德里安如此提议说，"我们和那些姑妈姨妈、表兄表妹聊上一个小时，然后开溜，再在这里见面。"

这本来是个不错的主意，但我的消失自然是被人觉察到了。

"这就是典型的你，不折不扣，"母亲骂道，"啊，露露和那个牙医在这里。他结婚了吗？"

"是的，但是他和妻子已经分居了。"我说。

"那你还不站直了！"母亲喝道。

"嗨，歌莉，"奥立喊我，"很不错的派对。苏格兰威士忌也棒极了。我和你姐姐已经喝光了整整一瓶。你知道吗？露露也想下次转到我这里看牙。"

"平时露露滴酒不沾。"帕特里克轻声说道。

露露高举酒杯说："啊，你闭嘴——你这个IT狂人！"

"露丽歌！"母亲叫我。

"干杯！大家一起！为了这个美好的五月夜晚。"露露说，"妈妈，你究竟知不知道，歌莉和这位英俊的金发牙医几乎快成一对情侣了？"

"是啊，是啊，是啊，"奥立说，"我已经决定把我的心交给她，还有我保时捷的副驾驶座位，但是歌莉以一个可恶的带'朋'的字眼拒绝了我。"

"我根本就没有，"我说，"什么带'朋'的字？"

"你当然有，"奥立说，"你践踏了我的感情。"

"她没有，"我的母亲说，"这肯定是一个误会。快道歉！"最后她对我说道。

"对不起。"我立刻说。这是一种熟悉的反射，我偏偏做不到对之进行反驳。

"现在已经太晚了，"奥立说，"我警告过你。我的感情也早因你而支离破碎了。"

"这就是你特地赶来的原因？"

"没错！我怎么能和一位姑娘在电话里说这种话呢？"奥立说，"我知道如何做才有分寸。"

露露笑了。"没错！就是这样！迟到的人必定会为生活付出代价。"

"尴尬吧？！"奥立笑着说。

"你看，这不是都解释清楚了吗？"我说，"我非常希望，我们还可以做朋——"

"就是这个!"奥立喊道,"她又来了!这个带'朋'的句子。"

"我们还可以做朋友,"露露说,"啊,是的,我也对这句话深恶痛绝!"她和奥立的笑声一直传到桌子另一边。

当奥立重新平静下来的时候,他说:"瞧你现在的样子,你肯定再也不想听到这句话了。我敢打赌,你身边的男人一定多得是。"

露露哧哧地笑了。"对,"她喘着气说,"多得不得了!"然后她欠身在奥立耳边嘀咕了一阵。

"哦,要等到下周四,"奥立窃笑道,"到那时也许我受伤的心灵已经彻底痊愈了。"

露露举起酒杯。"干了它,"她说,"快,IT,你也喝点什么吧。"

"这可太有失体统了,"帕特里克说着站起身来,"如果你不反对的话,我去和你父亲聊天,至少他还是清醒的。"

"这我是丝毫不会反对的。"露露说。奥立觉得这很好玩,他笑得差一点从椅子上翻下来。

"帕特里克是对的,"母亲说,"丽提露露,我实在为你的行为感到羞耻!"

"我同样为你感到羞耻。"露露说。她现在看起来好像由于大笑而导致小便失禁的样子。

"歌莉,我不知道你原来有一个超级可爱的姐姐。"奥立说。

"我甚至有三个超级可爱的姐姐呢。"我说着,试图能毫不引人注意地站起来。

"你要去哪里?"母亲问。

"我刚想起来,我忘了点东西。"我说。

"你想……"母亲紧跟着我,"提丽露!够了,你的姐姐已经够我受的了,你现在最好规矩点。啊,不会吧,阿丽克萨过来了!哎呀,你拒绝了这个醉酒的牙医!我们只好说我们不认识他。"

"歌莉,我的孩子,唱歌的时候你到哪里去了?"阿丽克萨姨妈问,"我都惦记你了。"

"哦,奥古斯特老姨夫因为不准唱歌好不伤心,所以我把自己的机会让给他了。"我说。

"好孩子,"阿丽克萨姨妈说,"玛丽·露易丝说你现在和一个自然博物馆的管理员在一起。你刚试图自寻短见不久,这么快就找到一位?我可以想象你还没有从饱受打击的阴影中恢复过来,还没有和一个制作动物尸体标本的人拍拖的心理承受力。"

"不是的,"我说,完全不顾我母亲打给我的手势,那看起来宛如抹颈自刎,"格利高是艺术史学家。他并不是在博物馆工作,而是在出版界。我非常乐意今天晚上把他引介给大家,但是他正在隔壁的水晶厅庆祝父亲的七十岁寿辰。"

"就是那个巨富阿德里安家族的成员?"阿丽克萨姨妈问。

"是的,"我说,"他是最小的儿子。"

阿丽克萨姨妈的嘴张得大大的。我的母亲也是。

我正好趁此机会开溜。"我现在也必须去那边找他了,"我说,"我们回头再见!"

当我走到门口时,我的确有把阿德里安从水晶厅叫出来的想法。可是这个想法根本就不必要,因为他已经在那里了,他倚在柱子上,正在等我。

"可够快的,"他说,"我们不是约定要休息一小时吗?"

"哦,你知道吗,我其实已经完全休息好了。"

"我也是。"阿德里安笑着对我说。他的头发又恢复了原样,在宾馆的房间里,我有足够的时间充分整理它们。

露露和奥立也摇摇晃晃地走出大厅。

"我想,现在我是真的,要吐了,"露露说着,在他面前关上了洗手间的门,"对一个姑娘来说,有些事必须要让她一个人完成,这是我的母亲教给我的。"

"我可以在这里等着。"奥立靠在洗手间的门上说,"切,下次我肯定不在你身边,不能阻止你的自杀行为。希望你能清楚这一点。"

"没有下次了,奥立。"我说。我拉起格利高的手和他一起走下台阶。

"他是哪一位啊?"等我们下去之后,格利高问。

"这是——呃,"我说,"这是高级医师高斯温。"

"哈,"阿德里安说,"是不是要我上去给他下巴来一拳?"

"没有必要,"我边说边拉他继续走向电梯,"这个场景我们就把它省略掉吧。"

最后,在电梯门关上的一刹那,我看到前台后面那个阴险的、红发的高级护士亚力桑德拉一张呆滞的面孔。

Für jede Lösung ein Problem: © Kerstin Gier 2007
First published by Bastei Lübbe AG.
Simplified Chinese edition copyright: 2019 New Star Press Co., Ltd.
All rights reserved.

图书在版编目（CIP）数据

十三封自杀告别信／（德）科斯汀·吉尔著；冯雅静译．——2版．——北京：新星出版社，2020.1

ISBN 978-7-5133-3775-5

Ⅰ.①十… Ⅱ.①科… ②冯… Ⅲ.①长篇小说-德国-现代 Ⅳ.①I516.45

中国版本图书馆CIP数据核字（2019）第265007号

十三封自杀告别信

[德] 科斯汀·吉尔 著；冯雅静 译

责任编辑：曹晓雅
责任校对：刘 义
责任印制：李珊珊
装帧设计：韩 捷

出版发行：新星出版社
出 版 人：马汝军
社　　址：北京市西城区车公庄大街丙3号楼　　100044
网　　址：www.newstarpress.com
电　　话：010-88310888
传　　真：010-65270449
法律顾问：北京市岳成律师事务所

读者服务：010-88310811　　service@newstarpress.com
邮购地址：北京市西城区车公庄大街丙3号楼　　100044

印　　刷：天津行知印刷有限公司
开　　本：910mm×1230mm　　1/32
印　　张：9.25
字　　数：214千字
版　　次：2020年1月第一版　2020年1月第一次印刷
书　　号：ISBN 978-7-5133-3775-5
定　　价：49.00元

版权专有，侵权必究；如有质量问题，请与印刷厂联系调换。